新潮文庫

八甲田山死の彷徨

新田次郎著

2451

八甲田山死の彷徨《ほうこう》

序　章

1

街路を人々が叫びながら走っていた。人の流れが一方向に集中して滞留すると、人の群れは街路から溢《あふ》れだし、並び建っている師団司令部と旅団司令部の庁舎の前にまで人垣を作った。

「火事だっ」

という鋭い叫び声が続けて聞えた。第四旅団長陸軍少将友田春延は椅子《いす》から立上って窓に向って立った。旅団長の部屋にいた人たちは一斉に立上って、友田少将の背後に、彼等自身の階級のへだたりだけを残して並んだ。

火事は第八師団司令部の庁舎と大通りをへだてて斜め前であった。民家としては珍しい、煉瓦《れんが》の四角な煙突から、真赤な炎が立昇っていた。

街路の人々は増えたが、その火事を消そうとする者は少なかった。多くの者が煉瓦の煙突から出る炎が更に威勢よく燃え上ることを期待しているようであった。

煉瓦の煙突の家の周囲を近隣の人がバケツや桶《おけ》を持って走り廻《まわ》っていた。それらの緊張した顔と火事を眺めている人々の表情とが対照的に動いていた。

髪をふり乱した女が煉瓦の煙突の家から裸足《はだし》で街路に走り出して大声で喚《わめ》き叫んだ。なにを言っているか分らなかった。

煉瓦の煙突の炎が高く燃え上るにつれて、その家の屋根からも煙が上った。

旅団長が振り返って傍の者になにか言おうとした。が、旅団長はなにも言わずにまたもとのところに眼をやった。煉瓦の煙突から出ていた炎が黒煙に変り、その黒煙が爆発的に噴出した直後、煙突から出る煙の量は急に少なくなり、煙の色も急速に褪《あ》せて行った。

その火事については、間もなく旅団長のところに、菓子工場の単なるボヤであるという報告があった。

巡査が群衆に向って怒鳴っている声がした。煉瓦の煙突から出る煙は更に少なくなった。

友田少将は窓をはなれてもとの席に戻って坐《すわ》った。友田少将が席を離れて窓に向っていた時間はおよそ十分ほどだった。よく磨きこまれた会議用のテーブルに窓からさしこむ日が当っていた。友田少将が坐ると、他の者もそれぞれ、前の場所に坐った。友田少将は、火事についてはなにも言わなかった。旅団長がそれに触れないかぎり、他の者もそのことについて私語を交わすようなことはなかった。

「では始めて貰《もら》いましょうか」

友田少将がいうと、その言葉を待っていたように、友田少将と並んで坐っていた第八師団参謀長中林大佐が立上ってテーブルの上に地図を拡《ひろ》げた。

「日露両国が戦争状態に入った場合、まず考えられることは敵の艦隊が津軽海峡及び陸奥《むつ》湾を封鎖することである。そうなれば、鉄路及び道路が艦砲射撃によって破壊されることが予想され、青森と弘前《ひろさき》、青森と八戸《はちのへ》方面との交通は八甲田山系を縦断する道路を利用せざるを得なくなるだろう。夏期はまあなんとかなるだろうが、冬の交通路が設定できるか否《いな》かの可能性については今のところ全く不明である。

厳寒、深雪を冒して軍の移動が可能なるや否や、また可能ならしむるためには、如《い》何《か》なる方法を用いるべきかの研究は未《いま》だなにもなされていない」

中林大佐は地図を前に置いてしゃべってはいるけれど、それは地図を対象としての作戦を論じているのではなく、一般論を言っていることは明瞭《めいりよう》であった。従って、彼の指先は、話の当初において、地図の上をたった一度指しただけであった。

彼の眼はよく動いた。一人一人に事実を納得させ、いささかの疑問も生じさせないように、そこにいる人々の眼をとらえて離さなかった。少しでも疑点を持った眼があると、その眼が疑問を解くまで食いついていた。

その会議用テーブルには第四旅団長友田少将、第八師団参謀長中林大佐の他に、第三十一聯隊《れんたい》長児島《こじま》大佐、同聯隊第一大隊長門間少佐、同大隊第二中隊長徳島大尉《たいい》、第五聯隊長津村中佐、同聯隊第二大隊長山田少佐、同大隊第五中隊長神田大尉がいた。

第三十一聯隊及び第五聯隊は第四旅団に属し、第四旅団は第八師団に属していた。第八師団長こそ顔を見せてはいなかったが、師団長の代理ともいうべき、師団参謀長中林大佐が出席しているのだから、この会合は、師団、旅団、聯隊の各首長の会合であり、更にその系列の延長が大隊長、中隊長にまで到って止っているところに異色があった。

「いままでは、日露がもし開戦したならばという仮定のもとに話して来た。しからば、その蓋然性《がいぜんせい》は如何《いかん》と問われるならば日露開戦は既に仮定の段階を出《い》でて、いまは、開戦の時期が速いか遅いかの問題になっていると言わざるを得ない状態である。軍は、日露開戦準備にあらゆる努力を傾倒している。兵器の充実然《しか》り、兵の教育然りである。ただ、現在、わが陸軍に取って一つだけ明らかに準備不足と考えられるものがある。酷寒寒地装備であり、寒地教育である。シベリアの寒さを毫《ごう》もいとわぬ装備を持ち、酷寒零下数十度においても尚《なお》かつ戦うことができる露軍に拮抗《きっこう》するには、わが軍も、露軍と同等以上の装備が必要である。ところが、残念ながらそれに対する、研究も、実験もはなはだ少ない。雪中行軍を例にとって見ても、弘前第三十一聯隊が今年の一月に行なった、岩木山登山行ぐらいのものである。この岩木山雪中行軍は軍に取って偉大なる収穫であった。しかし、この実験行軍は、あまりに短期間であり、そして、旅程も短く、天候に恵まれ過ぎていたがために、研究材料としてはいささか不足の感があった。第八師団参謀長として勝手なことを言わせて貰うならば、中隊又は小隊の編成を持って厳寒積雪の八甲田山踏破の可能性を試して欲しいということである。これは師団命令ではない。飽くまでも、師団参謀長としての希望である。命令の段階に至るまでの参謀長の私案だと思って貰ってもいい。厳寒期の八甲田山をいかなる犠牲を払っても踏破せよというのではない。寒さとは如何なるものか、雪とは何物なのか、その真実の姿を、提示して貰えればいいのである」

中林大佐はそこで言葉を切って、友田少将の顔を見た。補足することがあればどうぞという顔であった。

「八甲田山は、青森と弘前の中間にある、青森の歩兵第五聯隊にしても、弘前の歩兵第三十一聯隊にしても、雪中行軍をやるとすれば、まことに手頃の山である」

友田少将は二人の聯隊長に向って厳粛な面持で言ってから、突然末席に坐っている徳島大尉と神田大尉の方に向き直り、やや語気をやわらげて言った。

「徳島大尉も、神田大尉も雪中行軍についてはなかなかの権威者だそうだな」

聯隊長と大隊長を飛び越えて、旅団長からの直接の言葉であったから、徳島大尉と神田大尉は椅子をうしろにはねとばすような勢いで立上ると、まず徳島大尉が、

「はっ、雪のことも、寒さのことも知っているといえるほど詳しくは知りません、権威などとはとんでもないことであります」

と答え、続いて神田大尉は、

「平地における雪中行軍はやったことがございますが、山岳雪中行軍の経験はございません」

と答えた。

「冬の八甲田山を歩いて見たいと思わないかな」

旅団長友田少将が二人に向けたその再度の質問はいささか、度を外れたものであっ

た。だいたい、旅団長が、聯隊長、大隊長をさし置いて中隊長に話しかけたのが異例だったのに、八甲田山を歩いて見たいかと問うたのは、旅団長自らが、二人の大尉に直接命令したのも同然であった。

「はっ、歩いて見たいと思います」

二人は同時に答えた。答えた瞬間、二人はその責任の重大さに硬直した。

徳島大尉も、神田大尉も、ここへ来るまでに、大隊長及び聯隊長を通して、おおよそのことは聞いていた。雪中行軍という大きな問題が与えられることになるだろうとは思っていた。それは軍人としてまことに名誉なことであったが、直々《じきじき》旅団長から、やって見たいかと問われようとは思ってても見ないことであった。

「やる気があることはよろしい。だがやる気だけではいけない、準備が大事だぞ。ありとあらゆる方法を慎重に考えた上でその行軍を成功させることだ、弘前歩兵第三十一聯隊は三十一聯隊らしく、青森歩兵第五聯隊は五聯隊らしくそれぞれやって見るがいい」

中林大佐が二人に向って言った。それぞれやって見るがいいということには、重要な意味が含まれているようだった。競争せよとは言わないが、それぞれの聯隊で秘策を尽して当って見ろと言わぬばかりであった。

会議はそれで終った。

師団参謀長と旅団長をそこに残して、六人の将校は、第四旅団の庁舎を出た。街路に溢れていた人の群れもいなくなり、そこにあれほどの騒ぎがあったのは嘘《うそ》のようであった。

六人は階級の順に二列縦隊に並んで街路を歩いた。聯隊長、大隊長、中隊長とそれぞれ二人ずついて、同じ方向に行くとすれば、二列縦隊にならざるを得なかった。

第三十一聯隊長の児島大佐は肩を並べて歩いている津村中佐に話しかけた。

「やるとすれば、来年の一月の末か二月の初めということになるな」

「さよう、今から準備にかかると丁度そのころになるだろうし、厳寒、積雪期と言えば、やはり、一月の終りから二月の初めにかけてですな」

津村中佐が応じた。

「どうでしょう、もともと研究的雪中行軍だから、弘前と青森の双方から出発して、八甲田山あたりで擦れ違うということにしたら」

児島大佐が言った。そのとき彼の足がちょっと止った。あとに続く四人の足が止り、いまそこで取り決めがなされようとしている、重大なことに聞き耳を立てた。

「よろしいですな、それでは双方出発期日については打合せて決めることにいたしましょう。つまり、自然条件は同じということですな」

「そうだ、自然の条件は同じにして、編成についてはそれぞれの立場で考慮すればいい」

児島大佐は、そこでひとつ軽い咳払《せきばら》いをした。通行人が近よって来たからだった。児島大佐のあとに続いている大隊長の門間少佐は、聯隊長同士の会話に少々こだわるものがあった。彼は左側を歩いている山田少佐に、なにかひとこと話して見たかった。大隊長として全く同じ立場にいる山田少佐が、いまの聯隊長たちの話をどう感じたか確かめて見たかった。彼はいくらか歩調を落して、山田少佐の耳元で囁《ささや》くような声で言った。

「実施となるとお互いにたいへんですな」

前を行く聯隊長には聞えない程度の低い声だった。

「たいへん？　なにがです、少しもたいへんなことなぞないではないですか」

山田少佐は光る眼で門間少佐を見返して言った。その一言で門間少佐は話の継ぎ穂を失った。門間少佐は興ざめた顔で、前を行く聯隊長の後を追った。

「ほんとうにたいへんなのはわれわれですな」

と徳島大尉が神田大尉に言った。

「そうです。これは誠にたいへんなことになるかもしれませんね、三十一聯隊の方は、岩木山の経験があるけれど、五聯隊には今度が全くの初めてですから……」

神田大尉が言った。

「いや、天候に恵まれた、たった一度ぐらいの経験なんかなんの役にも立ちませんよ」

そこで徳島大尉は無意識に神田大尉と歩調を合わせてから言った。

「寒くなりましたな」

「もう十一月の末ですから」

二人は同時に空を見上げた。

2

神田大尉《たいい》が弘前の徳島大尉の官舎を訪問したのは十二月に入っての最初の日曜日であった。神田大尉は平服だった。手紙で連絡してあったので徳島大尉は玄関に出て神田大尉を迎えた。神田大尉は青森から土産物として持参して来た清酒二升を徳島大尉の前に置いた。

「あなた以外には教えを乞《こ》う人がありませんのでね」

神田大尉は初めっから下手に出ていた。まず、今年の一月の岩木山雪中行軍の準備段階について訊《き》いた。

「特にこれと言って申し上げることはありませんが、雪が深いために道が見えなくなりますので、事前に地元民をやって、要所要所に、目印の棒を立てたり、立木の枝に赤い布切れを結びつけて置きました。これが非常に役立ちました。天気がよくても雪道は不安なものです。だから吹雪にでもなったら布切れぐらいではどうしようもないでしょうね」

徳島大尉は磊落《らいらく》な男であった。同じ軍に秘密はあってはならない、まして三十一聯《れん》隊《たい》と五聯隊は同じ旅団に属しているのだから、来たるべき八甲田山越えの雪中行軍には共に成功しなければならないと考えていた。

「地図が使えないということも充分承知して置かないといけません。地図上の目標物が把握《はあく》できにくくなるのです、やはり雪中行軍には原則として案内人が必要ではないでしょうか」

「原則として？」

神田大尉は反問した。

「そう、原則としてです。地図は万能ではありません、地図以上のものと言ったら人間です。土地の案内人を有効に使ったほうがいいに決っています」

徳島大尉は、さらに細部の点について、案内人の必要性を説いた。

「雪中の露営は可能でしょうか」

神田大尉はこの点が最も訊きたいところであった。

「積雪の程度と天候の如何《いかん》によりますが、まず、現在の軍の装備では深雪の中の露営は困難ですな、特に八甲田山に踏みこんだ場合、露営をすることは死を意味するようなものです。如何《いか》なる方法をもってしても、あの寒気に勝つことはできません」

あの寒気と徳島大尉が言ったとき、彼は一月の岩木山登山の折のことを思い出しているようであった。

「それから履き物ですが、これは地元民の履く雪沓《ゆきぐつ》が一番いいようですね、雪沓の予備を用意して置いて適当な折に履きかえるようにするといいでしょう、飯は石のように凍って食べられませんから、食べるときはどうしても火が必要です」

徳島大尉は酒を出して神田大尉をもてなした。神田大尉の訪問が私的なものであったので、話は雪中行軍だけに限定されずに、思わぬ方向にそれて行くことがあった。日清戦争の話になると、二人は顔を赤くして語り合った。しかし、神田大尉の訪問が八甲田山雪中行軍の下準備のための来訪であるかぎり、勝手放題のことをしゃべって、熱を上げているわけには行かなかった。話はすぐまた雪や氷や装備などのことに戻り、二人は額を寄せるようにして話しこんだ。

「外国の軍隊の雪中行軍の装備についてなにか資料はありませんか」

神田大尉が訊いた。

「自分もそれについて旅団の方に訊いて見ましたが、これと言ってしっかりしたものはないらしい、せいぜい防寒具として毛皮や羅紗《ラシャ》服などの類《たぐい》を用いることぐらいしか分ってはいないようです。雪の上で履くスキーというものがあるらしいが、わが軍ではまだそれを使って見るつもりはないようですな。外国の軍隊の防寒装備についての文献なら多少師団の方にあるから、行って見られたらどうでしょうか」

徳島大尉がそうすすめると、神田大尉は、

「いや、自分は教導団出ですので、外国語の方は全然だめなんです」

と言った。当時士官になる道は二つあった。士官学校に進む道と、下士官になるべき道を進んで行って、士官に進級する場合であった。神田大尉は後者の道を選んだ。彼は明治元年秋田県の漁村に生れた。十九歳のとき陸軍教導団に入団し、二十一歳で軍曹になり、累進《るいしん》して、二十八歳のときに少尉に任官した。大尉になったのは、明治三十四年五月であった。たまたま日清戦争によって軍備が拡張されたこともあったが教導団を出てここまで進級したのは、神田文吉自身が勝《すぐ》れた才能の持ち主であったからである。

当時の将校の履歴を見るとほとんどが士族又は華族出身であり、平民で将校になれたものは非常に珍しかった。そのころはまだ封建時代の考え方がかなりはっきりと残っていた。士族の子弟でなければ士官学校に入ることは容易でなかったから、どうしても軍人になりたいものは神田大尉のように教導団を経て行ったのである。そして、そういう道を通った平民出の将校に優秀な人が次々と現われたのである。神田大尉もその一人であった。神田大尉が教導団を出たと徳島大尉の前で説明しなくとも、徳島大尉は既にそのことは承知していた。しかし、神田大尉が教導団出であることを口にしたことは、徳島大尉の前で自らを卑下したことになり、別の見方をすれば、徳島大尉を一段と高いところに置いて話をしているということになった。

神田大尉の方が年齢は上であったが、大尉になったのは徳島大尉の方が早かった。

徳島大尉は、神田大尉に教導団出身だから外国語は分らないと言われると、ちょっと言葉につまった。

「いや、自分も外国語の方はいっこうに分りません、だからいま言ったことはすべて聞いた話です」

　徳島大尉はそこで話題を変えた。

「五聯隊の方はあなたのような熱心な方がいて着々と準備をしているようですが、こっちは来年のことは来年になって考えればいいという考えですから、さっぱり計画は進んでいません」

　徳島大尉は大きな声で笑った。

「いや、わが五聯隊も同様です。担当中隊長の私がやきもきしているだけで、実際には、中隊編成でやるか小隊編成でやるかもまだ決っておりません。ただ、大体の道順だけは決っています」

「青森、田茂木野《たもぎの》、田代《たしろ》、増沢、三本木と進むのではないでしょうか」

「そのとおりです。青森から、八甲田山系を通って三本木方面へ進出するとすれば、この道以外にはありませんから、この行程だけは最初から決っています」

「わが三十一聯隊も、八甲田山系を通るとすれば、その道を五聯隊とは逆に歩くつもりです。三本木、増沢、田代、田茂木野、青森という道順になります。それから、わが三十一聯隊は、八甲田山行をやるとすれば、小隊編成でやることになるでしょう。これだけは今ここでも断言できます。中隊編成では無理だと思います。これは、岩木山雪中行軍をやったときに充分に体験したことです。自分は少数精鋭主義で行こうと思っています。装備はできるだけ軽くして、全旅程を民宿にたよっての行軍を実施するつもりです」

徳島大尉は思い切って言った。それは三十一聯隊の機密に属することだと言えば言えることであった。それを競争相手の五聯隊の、しかも当事者に洩《も》らすのはいささか、見識のないことのように思われたので、神田大尉は一瞬眼を見張った。徳島大尉の言葉の裏になにかありはしないかと考えたほどだった。

「八甲田山をやるとすればと言われたのは？」

既にそのことは、先月、お歴々の前で決定されたことではないかといいたいところだった。

「やるとすればです。師団参謀長も旅団長もやれとは言わなかった。やって貰《もら》いたいという意思表示だけして、後は三十一聯隊と五聯隊の意思に任せる態度を取ったでしょう。だから、やらないでもいいのです。自分は、聯隊長に、厳寒積雪の候に八甲田山を通って、青森へ出るなどという無謀なことは軍としてやるべきではないと進言しているくらいです。師団にしろ旅団にしろ、あの煉瓦《れんが》作りの立派な庁舎に住んでいる少数の人達は、言わば、事務処理機関の人たちです。自ら雪中行軍を行うのではなく、それを眺める人達です。三十一聯隊と五聯隊とに雪中行軍という問題を与えて、競争させて見ようと企《たくら》む人たちなんです。競争しろと、上から命令を出せば、やれ装備が不足だ、予算がないと噛《か》みつかれるから、聯隊自体の責任においてやれと言っているのです。つまり、旅団も師団も、なにかが起った場合、それは聯隊長が自主的にやったことであるという見解を取る積りでいるのです。軍の事務機関と実施機関との考え方の相違ですな」

「すると旅団命令は出ない？」

「おそらく……聯隊の演習にまで旅団長がいちいち口を出すわけにはいかないでしょう、三日以内の営外演習なら、旅団長の許可は必要としません」

「三日でやれというのでしょうか」

「いや、例えばの話です。自分は旅団長の許可を得て十日ぐらいの日数を掛けてやるつもりですが、聯隊長は三日でやれる経路を選べというかもしれません。とにかく、人が動けば金がかかる。その金がないから、なにかと言えば精神でおぎなえという。精神だけであの寒さに勝てるものですか、胸まで埋もれてしまうようなあの深雪に勝てるものですか、どうもわが軍の首脳部には、物象を無視して、精神主義だけに片寄ろうとする傾向がある。危険だ。きわめて危険なことだ」

徳島大尉は酒が廻《まわ》ったのか、かなり赤い顔をしていた。

「物象の軽視……」

神田大尉は、見えないなにか大きなものに行き当ったような顔をした。徳島大尉の言っている物象とは、八甲田山という山であり、寒気であり、積雪であり、同時にそれに対応し得る装備、食糧等のすべてを言っているのだと思った。

神田大尉は懐中時計を見た。帰るべき時刻が来ていた。

「来月に入ったら、準備に忙殺されて、お眼にかかることはできないでしょう、この次にお眼にかかれるところと言えば恐らく雪の八甲田山中ということになるでしょうな」

神田大尉が別れる間際《まぎわ》に言った。

神田大尉が玄関で靴を履いているとき徳島大尉が話しかけた。

「どこにも、わけの分らない人がいて困るものだ。そういう人の眼を開かせるには、眼《ま》のあたり、凍傷とはどんなものか、寒さとはどういうものか見せてやるしかない、できることなら、出発前に、一度、雪中行軍の演習を近くの山でやられたらいいでしょう」

神田大尉はその徳島大尉の言葉を心暖まる思いで受取ると丁寧に礼を言って外へ出

た。

　徳島大尉の官舎から弘前駅まで行く途中、神田大尉は隣り合っている第八師団司令部と第四旅団司令部の庁舎の前を通った。彼は二つの庁舎の前の通りを隔てて斜め向うの煉瓦《れんが》の煙突に眼をやった。煙突からは紫色の煙が静かに昇っていた。

　彼は、頭左《かしらひだり》の号令をかけられたような格好でその煙突の前を通った。煙突から真赤な炎が立ち昇ったその直後に黒い煙が出たことなど思い出していた。赤い炎を見たあとで、八甲田山雪中行軍についての慫慂《しょうよう》を旅団長から受け取ったのだ。彼は赤い炎が煉瓦の煙突から吹き出していたときよりも、赤い炎が突然黒い煙に変ったときの方が、印象としては強かったことを思い出していた。あのとき旅団長が背後をふり向いた。旅団長の不安そうな眼《まな》ざしと黒い煙とがもつれ合った一瞬、彼もまた、なにかわけの分らない不安に襲われたのだ。火事に対する恐れではなかった。言わば、思いもよらぬ敵の襲撃を予感の形で受取ったときのあの恐怖と似ていた。彼には日清戦争の直後、台湾に出征したときそういう体験が一度あった。彼はその日の夕刻、森の中から立ち昇る一条の煙を見て、底冷えのするような恐怖を覚えた。そして、その夜、彼の指揮する小隊は敵の包囲を受けて大損害を受けたのだ。

　彼は、煉瓦の煙突の前を去った。二度と煉瓦の煙突のことなど考えるべきではないと思った。

3

神田大尉《たいい》は、第三十一聯隊《れんたい》の徳島大尉を非公式に訪問するに当って、一応上司の了解を得ていたので、翌朝、出勤するとまず第一に大隊長の山田少佐の部屋を訪ねた。

神田大尉は挨拶《あいさつ》が終るとすぐ、徳島大尉から聞いて箇条書きに纏《まと》めたものを山田少佐に提出した。罫紙《けいし》数枚に書いて、かんじん縒《より》で綴《と》じてあった。表紙には『第三十一聯隊徳島大尉の雪中行軍についての意見』と書いてあった。

山田少佐はその書類と神田大尉の顔とを見較《みくら》べてから、書類を読み出した。

神田大尉は、すべてにおいて努力家であった。弘前まで徳島大尉に会いに出かけて行ったのもそうであったが、徳島大尉から聞いたことを、青森に帰って来たその夜のうちに纏めて、報告書の形で上官の山田大隊長に提出したのも、彼でなければできないことであった。まるで陸軍という特殊社会における突然変異のように、士族出でない彼が大尉にまで昇進したということは、並大抵の才能や努力ではなかったことを如《によ》実《じつ》に示すものであった。彼は、仕事に尽瘁《じんすい》していた。与えられた仕事に全力を傾倒してかかっていた。独断専行については特に慎んだ。彼の権限を外れることについては必ず上官の耳に入れて置くように心掛けていた。それまで累進《るいしん》して来た彼の処世術でもあった。同僚はもとより、彼より下級の士官に対しても、彼は決して憎まれるようなことはしなかった。常に彼は心の中に、自分は平民であり、教導団出の将校であるという反省を持続していた。

「徳島大尉に、個人的な訪問であることを予《あらかじ》めことわって置いたのか」

山田少佐は、書類を一読してから言った。

「自分は平服で徳島大尉の官舎を訪問しました。神田個人として来たことをはっきり言っておきました」

神田大尉がなにか、その書類の中にあったのかという顔をすると、山田少佐は、

「いや、これを読んで見ると、およそ個人的な訪問によって得られたようなこととはほど遠いものだ。これは三十一聯隊の雪中行軍の計画をそっくりそのままさらけ出したようなものではないか」

「自分もそのように感じました」

「裏は考えなかったのか」

「徳島大尉にかぎってそのようなことはないと思いました」

「徳島大尉はそうであっても、大隊長の門間少佐の腹は読めないだろう、まして聯隊長の児島大佐がなにを考えているか分ったものではない」

「するとこれは？」

「つまり、こういう考え方もあるという程度に思っておればいいのだ。これに引き摺《ず》られることはなく、五聯隊は五聯隊として独自な計画を建てればよい」

山田少佐はそう言って立上った。

「一つだけお願いがあります、年が変って早々、一個小隊を率いて、近くの山へ一日の予定で雪中行軍をして見たいと思います」

「お前は徳島大尉にかなり感化されたらしい。まあいいだろう。日帰りの行軍ならたいしたことはない、いったいどこの山へ行くつもりだ」

山田少佐は壁に貼《は》ってある地図に向った。

「八甲田山へ行く途中に小峠《ことうげ》というところがあります。そこまでなら一日の行程としてそうむずかしいことはないと思います、積雪もかなりの量が期待されます」

「いつやる積りだ」

「正月早々にやりたいと思っています。その結果によって装備その他のことも考えたいと思っております」

山田少佐はそれを了承した。

神田大尉は数日後に、彼の部下の第五中隊第一小隊長の伊東《いとう》中尉、藤本曹長、佐藤伍長《ごちょう》の三名を連れて田茂木野村へ出かけて行った。田茂木野村の者に道を訊《き》くためであった。

青森歩兵第五聯隊の屯営は青森市の南のはずれにあった。周囲を田圃《たんぼ》にかこまれていた。屯営の前の一本道を真直《まっす》ぐに南東へ向って歩いて行くと、田茂木野部落を通り道は自然に山中に導かれて行って、八甲田山塊の東面を通って三本木に達する。

もし旅程を青森から三本木までとすると、田茂木野村がその山道の入口に当る村であり、それから奥で人が住むところと言えば、ずっと山奥へ十二キロも登ったところの田代温泉であった。

五聯隊の兵営から田茂木野村までは約五キロほどのゆるい傾斜の道であった。神田大尉は田茂木野村へつくと、八甲田山付近のことに通暁《つうぎょう》している者を探した。田茂木野は村と言っても十六戸の聚落《しゅうらく》であり、主として農業と、炭焼きに依存していた。働き手の農民たちの多くは山へ入っていて留守であった。佐藤伍長が村中を走り廻《まわ》った末、二人の老人を伴って来た。源兵衛《げんべえ》は六十五歳であり、作右衛門《さくえもん》は七十三歳であった。源兵衛は軽い中風を患《わずら》ったせいか、少々言語障害があったが、作右衛門の方は、腰も曲っていないし、若者のような声をしていた。

「一月の末か、二月の初めにかけて、この道を通って三本木に行った者がいるか」

と神田大尉はまず質問した。

「この道を通ってというと、この道を青森まで歩いて汽車に乗って八戸へ出て、それから三本木へ行ったというのではなく、山越えに三本木まで歩いて行ったかということですか」

と作右衛門は訊いた。作右衛門は最初から、相手が軍人であっても、ものおじしてはいなかった。

「そうだ、この道を南東に取って田代を経て三本木へ出た者がいるかいないかを訊いているのだ」

神田大尉は地図を拡《ひろ》げたが、作右衛門は地図なんか見むきもせずに、

「そんなばか者は居ねえな」

と言った。

「なにばか者だと」

伊東中尉が大きな声を出した。これから雪中行軍をやろうと計画している自分たちのことをばか者と言われたように思ったのである。しかし考えて見ると、そのような

ことは一口もまだ言ってはなかった。伊東中尉はそれに気がつくと、すぐ語調を変えて、

「なぜばか者なのだ」

と訊いた。

「一月から二月にかけては雪は深いし、風も強い。とても歩けたものではねえ。無理に行こうとすれば死ぬより他に仕方がねえところだ。死ぬことが分っていて行く者はばか者だ」

なるほどと神田大尉は相槌《あいづち》を打って、伊東中尉にかわって訊いた。

「その雪の状態や風の状態をもっと詳しく教えて貰《もら》いたい。具体的に、雪はどのぐらいの深さか、風はどれほど強いか、寒さはどの程度にこたえるか聞かせて欲しいのだ」

「さあね、大峠を越えたらまるで白い地獄だ。雪は胸まで埋まるほどあって歩くことはできない、あの辺から田代にかけては、ろくに木が生えていないから、雪の原っぱだ。道は雪に埋まって見えないし、冬の間はずっと風が強いから地吹雪《じふぶき》で、行く先の見当もつかない。もし吹雪にでもなったら一歩も歩けねえ。寒さは、……そうだね、酒が凍るくらいの寒さだ」

酒が凍ると聞いて伊東中尉が唸《うな》った。それは容易ならない寒さだと思った。

「しかし、田代には温泉もあって、そこに人が年中住んでいるそうではないか」

藤本曹長が口を出した。

「そうだ。秋の終りころ食糧と燃料を持ちこんで越冬している家族がいる。雪で家が壊されないように番をしているのであって、別に人を泊めるために住んでるのじゃあねえ。それを、田代まで行けば温泉があるからと、まるで、夏道でも行くようなつもりになって、雪にはまりこんで死んだばかがいる」

「そんなことが最近あったのか」

「最近というわけではないが、四年前にこの近くの若い者が山の神様の日にでかけて行って八人死んだことがある。同じようなことが十三年ほど前にもあって、その時は十二人死んだ。いくら大勢で行っても駄目なものは駄目だね」

作右衛門は不可能を強調した。

「特に一月半ば過ぎの山の神様の日は、山へ入ってはいけねえ、山の神様が怒って、必ず罰《ばち》を当てる」

それまで黙っていた源兵衛が重い口を開いた。

「おれの倅《せがれ》も四年前の山の神様の日に田代へ行くと言って出かけて行って死んだその

八人の中の一人だった。倅の死骸《しがい》が賽《さい》ノ河原で見つかったのは、四月になってからだ。大峠を出て一里も行かないうちに凍え死んでしまったのだ。兵隊さんたちは、わしの倅たちとは違って、着ているものもいいし、身体《からだ》も強いでしょうが、まず、冬の最中《さなか》にこの道を田代へ抜けることは無理だね、たとえ田代まで行ったところで、その先の増沢までの間で道に迷ったらどうすることもできねえ」

源兵衛は軍人たちが、雪中行軍をするつもりだときめこんでいるようであった。

神田大尉はそこで話題をかえて、この村の住民たちが雪の中を歩くにはどんなものを履くか、携行食糧はなにがいいかなどを訊いた。雪の中を歩くには輪カンジキがいいが、獲物を探して幾日も雪の中を歩く猟師でもないかぎり特別の食べ物はない。食べ物は凍らないように肌身に抱いて歩き、凍ったら焚火《たきび》で暖めて食べるしかないだろう。そういう点では炒《い》り米《ごめ》か餅《もち》が便利だろうと作右衛門は答えた。

冬の日は短かった。田茂木野村の老人たちと話しているうちに日が翳《かげ》って寒くなった。

神田大尉は去るに臨んで、一つだけ訊きたいことがあると前置きして作右衛門に問うた。

「もし、雪の中をどうしても田代まで行きたいと言ったら、誰か案内してくれる人があるだろうか」

作右衛門はしばらく考えていたが、

「それは案内する人にもよるし、案内される人にもよるだろうね」

と言った。神田大尉はこの老人との腹の探り合いはそれ以上すべきではないと思った。軍の機密というほどのことではないから、正直に雪中行軍のあらましを老人に語るべきだと思った。

「われわれは一個小隊の兵力で、小峠、大峠、賽ノ河原、田代、増沢を経て三本木まで雪中行軍をしようと思っている。その時期はまだ決定しないが、多分年を越えた一月末ごろになるであろう。その際、しっかりした案内人を頼みたいのだ」

作右衛門は神田大尉の、それまでになく重々しい口調に、押されたようだった。彼は源兵衛と顔を見合せて、津軽弁丸だしで話し合っていたが、

「そういうことなら、この村としても案内人の二、三人は出さないといけないだろうね」

案内人は出さねばならないだろうが、さて、案内人に立とうという人がいるかどうかは分らないぞという顔であった。

4

徳島大尉《たいい》は神田大尉に雪中行軍の用意はなにもしていないように言ったけれど、心の準備は既にできており、雪への挑戦の構想は完成していた。徳島大尉は神田大尉と会った翌日から、彼の構想の取纏《とりまと》めにかかり、一週間後には雪中行軍実施計画書の概要を大隊長の門間少佐のところに持って行った。

「八甲田山越えの計画か。それなら聯隊長《れんたいちょう》と一緒に聞こう」

門間少佐は徳島大尉の異常に緊張した顔を見て言った。

徳島大尉と門間少佐が同時に聯隊長室に現われたのを見て、児島大佐は、

「雪中行軍の計画ができたのだな」

と言った。児島大佐はその計画ができ上るのを待ち望んでいたようであった。

「概要はでき上りました。これでよければ細部にわたっての実行計画に取りかかりたいと思いますが、これを説明する前に、大隊長殿及び聯隊長殿にひとことだけ聞いていただきたいことがあります」

徳島大尉が緊張すると早口になる癖があった。門間少佐は不安気な表情で徳島大尉

を見た。

「言って見たまえ」

児島大佐はさして驚いた色は見せなかった。つややかな顔に曇りはなかった。

「雪の八甲田山中で五聯隊と行き会うという約束については考え直すことはできないでしょうか、強いて八甲田山に執着せず、五聯隊は五聯隊、三十一聯隊は三十一聯隊で別々の雪中行軍をやったほうがいいと思います」

「八甲田山は無理と思うか」

「やって見なければ無理かどうか分りませんが、きわめて危険度が高いことだけははっきりしております」

「するとお前たちが持って来たその雪中行軍の計画書は八甲田山を対象としたものではないのか」

「命令を勝手に変更はできません。自分は八甲田山を対象とした雪中行軍の計画としては、可能な範囲内で、最も完備したものにしました」

「できていればそれでいいのではないか、いまさらお前はなにを懼《おそ》れているのだね」

「第一に旅団や師団の場当り主義的浅慮に操られることを懼れ、第二には雪を怖《おそ》れ、第三には雪に踏みこんで行く人々を恐れています。だからできることなら、この計画は取り止《や》めて前と違った編成による岩木山雪中行軍をやったらどうかと思っています」

徳島大尉が聯隊長の前で旅団や師団を批判したので、児島大佐は渋い顔をしたが、そのことには特に触れず、

「人々を恐れるとは？」

児島大佐は徳島大尉を見詰めて言った。

「この雪中行軍が死の行軍になるか、輝かしい凱旋《がいせん》になるかは、この行軍に加わる人によって決ります。雪地獄の中で一人の落伍《らくご》者《しゃ》が出ればこれを救うために十人の落伍者が出、十人の落伍者を助けるために小隊は全滅するでしょう。雪地獄とはそういうものです」

徳島大尉はおそるべきことを言った。

「君の言わんとすることが、ほぼ分って来たぞ、なんでもいいから率直に言って見るがいい」

陸軍大佐児島軍造は軍人の中の苦労人であった。長い間の軍人生活が板に付いたというよりも、軍人社会の中で煮つめられた人の風貌《ふうぼう》を持っていた。彼は、徳島大尉のような部下を、何人か持ったことがあった。こういう男がこういう言い方をする場合

は、その事柄が意外に重大なものであって、まかり間違えば責任問題さえ引き起しかねない要素を含んだことが往々にしてあった。注意してかからないといけない。こういうときは言いたいだけ言わせたほうがいいのだ。彼はそう思った。

「遠慮することはない。思ったとおりのことを言って見るのだ」

児島大佐は、静かな諭《さと》すような声で言った。

「すべてをおまかせ願いたいのです、雪中行軍の指揮官のこの徳島にすべてをまかせて頂かないかぎり、雪地獄には勝てません」

児島大佐には、その徳島大尉の言い方がひどく感情的な響きを持って聞えた。

「すべてをお前にまかせるという約束で始めたことではないか。そして、そのとおりに進んで来たのではないのか、これ以上なにをまかせろというのか」

門間少佐が口を出した。

「これからの問題を言っているのです。雪中行軍の編成や装備についてはいっさいこの徳島が建てた計画をそのまま取り上げていただきたいのです。それを認めていただかないと困るのです」

徳島大尉はそう言って、彼の持って来た、雪中行軍実施計画書を門間少佐にさし出した。門間少佐はその頁《ページ》を一応繰って見てから児島大佐の前に置いた。

児島大佐が眼鏡をかけた。

時間が流れて行った。営内を行き来する靴の音が聞えた。

「弘前を出て十一日間の雪中行軍とは驚いた。総里程六十里、約二百四十キロメートルを歩くことになる」

児島大佐は計画書から顔を上げて言った。

「お前はさっき危険度の高い雪中行軍は慎むべきだと言ったが、これこそ危険度が高い計画というべきだろう、もっと里程と日数を少なくできないのか」

「さっきも申上げたように八甲田山を通って青森へ出るとすればこれ以外の道は考えられません。やるならこれです。これが無理ならば、八甲田山への雪中行軍はあきらめて、岩木山登山に計画を切り変えるべきです」

徳島大尉ははっきりと言い切った。児島大佐は行軍経路についてはそれ以上質問せず、さらに計画書を読んでいたが、しばらくして声を上げた。

「これはどういうことだ」

それは質問ではなく驚きのあまり発した言葉であった。

指揮官が徳島大尉、その下に中尉が一名、少尉が一名、見習士官が七名、見習医官が二名、下士官が二十名、兵卒が五名であった。

それは人数こそ小隊であったが、所謂《いわゆる》、小隊の編成とは違っていた。兵卒の数が非常に少なく、下士官と見習士官の寄せ集めのような小隊であった。しかも、その編成表の次に参加者の条件が書いてあった。

雪中行軍参加者について

一、雪中行軍参加者は原則として本人の希望によるものとし、全聯隊から募集する。
一、参加者の人選はすべて雪中行軍の指揮官がこれに当る。
一、下士官及び兵卒にして、この雪中行軍に参加せんとする者は、行軍中、その一部なりとも道案内のできる者、もしくは、雪山に精通している者であって、身長五尺三寸以上を有する者でなければならない。

「説明いたしましょうか」
徳島大尉が言ったが、児島大佐も門間少佐も黙っていた。それまでの徳島大尉のいうことを聞いておれば、徳島大尉がなぜこのような異例の編成を計画したかが分るのである。

「いろいろ考えて見ましたが、このようにするしかないと思います。下士官、見習士官に主力を置いたのは、この雪中行軍が研究に主眼点を置いたものであることと、自ら軍人を望んで入隊した者ならば、いざというとき、国民に対して申しわけが立つと思ったからであります」

徳島大尉の言ういざというときがなんであるかは児島大佐も門間少佐もよく分っていた。雪中行軍に際して、一般兵卒から死傷者が出た場合、国民の感情が軍当局に対してどのように反映するか、徳島大尉はそこまで考えていたのである。

「いっさいを徳島大尉にまかせることにしよう」

児島聯隊長は門間少佐に言った。

その日のうちに、雪中行軍の概要が聯隊内部に掲示され、参加人員の募集がなされた。将校から下士卒にいたるまでの参加人員の選抜はすべて、徳島大尉がやるということに対して他の大隊の中に異論をとなえる将校があったが、児島大佐と門間少佐によって慰撫《いぶ》された。

「普通の場合と違うのだ、徳島大尉は、今度の雪中行軍に命を賭《か》けているのだ」

門間少佐はそう言って将校たちを説得した。

下士官と兵の身長を五尺三寸以上としたことは、体力の勝《すぐ》れた者を集めるということであった。

雪中行軍募集の要項を見ると、その行軍が容易なものではないことが分るし、まして、歩兵第三十一聯隊の下士官と兵卒の大部分は青森県の出身者であったから、厳寒期の八甲田山が、並大抵のことでは近づくことのできないところであることを知っていた。死の危険があることも知っていた。だが、五尺三寸以上の下士官と兵卒は大部分この行軍に参加を希望した。徳島大尉は彼等の履歴を調べ一人一人に面接した上、彼等の直接上官の意見も入れて参加を決めた。

徳島大尉は、その年の一月の、岩木山雪中登山の折、一人の兵が足に凍傷を負ったことが、小隊にとって、どれだけの荷重になったか眼《ま》のあたり見ていた。雪中においては一人の落伍も許せないのだ。

十二月の二十五日、弘前歩兵第三十一聯隊徳島小隊の編成は終った。中尉、少尉が各一名、見習士官七名、見習医官二名、曹長一名、伍長二十名、兵卒四名であった。三十一聯隊の壮挙を聞いて、地元紙の『東奥日報《とうおう》』が従軍記者の参加を申し出た。記者、西海勇次郎が随行を許可された。全員三十八名であった。

小隊編成が終ると、徳島大尉は、各隊員に研究問題を与えるとともに、将校、見習士官等を、行軍予定経路に当る、各町、村、部落へ派遣して、道路、積雪、案内人の有無等について調査させた。見習士官以上には正月の休暇を返上させて準備に当らせた。

第三十一聯隊の徳島小隊の雪中行軍の予定表が、第五聯隊に届いたのは、年を越えて、明治三十五年一月六日であった。

「三十一聯隊の方は、準備ができ上ったようだ」

聯隊長津村中佐は第二大隊長山田少佐を呼んで、三十一聯隊の予定表を見せた。

「これは欲張り過ぎている。弘前を出て八甲田山系を大きくひとまわりして弘前へ帰るなどということは夏だってたいへんなことだ。徳島大尉は少々どうかしているのではないだろうか」

山田少佐は憮然《ぶぜん》とした顔で更に続けた。

「こういう計画が無謀というのでしょう、いくら案内人を立てたところで、この経路全体にわたって案内人が得られるという保証はないだろうし、だいいち、すべて民宿をたよるというやり方自体に無理がある」

「案内人を立てる？」

津村聯隊長が聞き返した。雪中行軍予定表にはそんなこまかいことは書いてはなかった。

「神田大尉が徳島大尉に会って聞いて来たところによると、徳島大尉は、すべて案内人にたよる方針だそうです」

「それで神田大尉は、その案内人についてはなんと言っておる」

「彼は徳島大尉によほど吹きこまれたものと見えて、やはり案内人説を唱えています。たとえ三日間の行軍でも雪中行軍だから、田茂木野村から案内人を立てようと言っています」

「三日間というと」

「わが大隊の雪中行軍の構想は、青森の屯営を出発して田茂木野、小峠、大峠を経て八甲田山の東南に踏みこみ、第一日目の夜は田代温泉に宿泊し、第二日目は増沢村、第三日目の夜は三本木町に一泊して、四日目に汽車に乗って帰営するというものです。これは一応の案であって、完全な雪中行軍実施計画は、小峠までの雪中行軍の演習が終ったあとで作成する予定です」

「そういう旅程ならば案内人は一応考えておいたほうがいいのではないか、とにかく、雪山は未知の世界だ」

「未知の世界を開拓するのが今度の軍事目的ではないでしょうか、案内人を先に立てたら、どこへだって行けます。地図と磁石によって雪の中を行軍するところに、研究の最大なる効果が期待されるわけです」

「だが、そこのところは小隊指揮官の神田大尉にまかせたらどうだね、彼は稀《まれ》に見る卓抜した将校であり、しかも、この聯隊生えぬきの将校だ」

　津村中佐は進歩的な考えを持っていた。士族の子弟でなければ士官学校には入れないという旧式な考え方はもはや時代おくれであると考えていた。そのいい例として神田大尉を見ていた。彼は士族の子弟でもなければ、士官学校出でもないが、五聯隊の中では最も優秀な将校であった。


「そうです。神田大尉はこの聯隊生えぬきの優秀な将校です。ですから、下士卒に人気があります。慕われてもいます。将校連中にも好かれています。だから今回の雪中行軍の指揮者として彼を推薦いたしました。だが、私は神田大尉にもう少し個性的なものを持って欲しいと思っています。さすが五聯隊だと思われるような雪中行軍の実施計画を作って貰《もら》いたいのです」

「案内人を立てないということが、個性的だと考えるのか」

　津村中佐は細い眼に鋭い光を見せて言った。

「いや、そういうわけではありません」

　山田少佐が一歩後退すると、津村中佐はすかさず言った。

「小峠までの雪中行軍は何時《いつ》実施するのだ。その結果を見て、装備や編成も考えねばならないだろう」

「十日過ぎにはやることになっています」

「三十一聯隊はもう編成もなにも終っているのだ」

津村中佐は特に声を荒くして言ったのではなかったが、彼の眉間《みけん》のあたりに浮んでいる焦燥の色をかくすことはできなかった。

5

神田大尉《たいい》の指揮する一個中隊は二十名のカンジキ隊を先頭にして小峠に向って行進していた。屯営を出てからずっと雪の道であった。先頭隊の二十人が用意して来たカンジキをつけたのは田茂木野村の手前からであった。カンジキ隊の後に各小隊が続き、最後尾に三十貫（約百十二キログラム）の資材を載せた橇《そり》が追従した。橇の牽引《けんいん》には四人の兵卒が当り、二十分毎《ごと》に交替した。

一点の曇りもない日であった。雪面はきらきらと輝き、橇を曳《ひ》く兵隊たちは汗をかいていた。

田茂木野村の住民は時ならぬ時にやって来た軍隊を見て、各戸から道に飛び出して一行を見送った。中隊は全員軍靴《ぐんか》の上に雪沓《ゆきぐつ》を履いていた。雪はほどよく固く、カンジキ隊が踏みしめた後を歩く本隊はさほど苦労することはなかった。

「兵隊さんが雪沓を履いているぞ」

と少年がそれを指さして言った。兵隊は軍靴を履いているものだと思いこんでいる少年にとっては、兵隊たちが村民と同じような雪沓を履いているのが珍しく思えたのである。田茂木野村の少年たちには、兵隊はそれほど珍しいものではなかった。雪のない季節には、時折、小隊や中隊、時によると大隊がこの道を通って山の方へ登って行った。だが、冬の最中に兵隊がこの道を通るのを見たことはなかった。

中隊は五十分歩き、十分休憩した。その時間間隔は正確で一分の狂いもなかった。道の傾斜が急になるにつれて雪は深くなり、カンジキ隊の雪踏み行進も容易ではなくなった。最後尾の橇隊も、綱を曳く人数を増加せねばならなかった。だが、この行軍には支障らしいものはなに一つとして認められなかった。寒さを訴える者もないし、凍傷など思いもよらぬことだった。風はなく、地吹雪も飛雪もなかった。四回目の休憩時間が来たが、神田大尉は休憩を命じなかった。五十分歩いて休憩するところを六十五分、歩いた。そこがその日の行軍の最終目的地の小峠であった。小峠という名のとおり、そこは峠状の地形だったが、峠ではなく、道は尚《なお》先へ続いていた。

休憩、昼食の命令が出ると、兵隊たちは、それぞれ日溜《ひだま》りを求めて、雪の上に腰をおろした。雪の上に疎林《そりん》の影をばらまきながら動いている日ざしは冬とも思われないほど暖かであった。

「積雪は一メートル五十であります」

と伊東中尉が神田大尉に報告した。

「おそらく、大峠に向うにつれて積雪は加速度的に深くなるだろう」

神田大尉は大峠の方を見て言った。大峠は指呼の間にあった。神田大尉の地図によると小峠から大峠までは僅《わず》かに七百メートルであった。その間が急勾配《こうばい》になっていた。大峠を越えると標高五百メートルの雪原に出るのだ。

「中隊長殿、昼食が済んだら、大峠まで足を延ばしましょう、大峠を越えた向うの雪の状態を調べて帰ることは来たるべき雪中行軍に際して大いに参考になると思います」

伊東中尉は餅《もち》を食べながら言った。

「そうだ。時間があったら行って見てもいいな、とにかくまず飯を食ってしまうことだ」

神田大尉は大峠行きには、はっきりした態度を示さずに、飯を食べていた。昼食時間は三十分であった。兵たちは、飯骨柳《はんこつりゆう》（柳の枝の皮で編んだ弁当箱）に入れて携行して来た飯を食べた。どの兵もまるで、冬の遊山《ゆさん》に来たような、のどかな顔をしていた。休憩時間が終る五分前に伊東中尉が神田大尉に、大峠へ足を延ばすことを再度すすめた。他の小隊長も同じ意見であることをつけ加えた。

「屯営から此処《ここ》まで四時間で来ましたから、帰りは二時間あれば充分だと思います。このまま帰れば、午後二時には屯営に帰着します。屯営帰着を四時とすれば、まだ二時間は行動できます」

伊東中尉は青空に輝いている太陽を見ながら言った。

「そのとおりだ。しかし今日の計画は小峠までということになっている。そのように大隊長の許可を得て来ているのだから、予定通りこのまま帰営の途につくことにする」

神田大尉ははっきり言った。食事中に、神田大尉はそう決めたのだ。

伊東中尉は物足りない顔で、神田大尉の顔と大峠とに交互に眼をやっていたが、やがてあきらめたように、彼の小隊へ帰って行った。伊東中尉は、予定計画から一歩も出ようとしない、神田大尉のこだわり方に疑問を持った。いつもの神田大尉とは違うなど思った。もともとこの行軍は、すぐあとで行われる雪中行軍のための準備のようなものであるから、小峠までという許可を得て来たとしても、多少の変更は指揮官の裁量にまかされてもいいことであった。ここまで来て、雪原まで入りこもうとしない神田大尉の態度こそ、むしろ姑息《こそく》というべきだと思った。伊東中尉は、眉間《みけん》のあたりに時々皺《しわ》を寄せて考えこむ、山田少佐の神経質な顔と、時折、遠いところを見るような眼をする神田大尉の顔とを思い較《くら》べていた。来たるべき、雪中行軍に際して、その実施計画を立案した中隊長の神田大尉と大隊長の山田少佐との意見が合わないという噂《うわさ》は同じ大隊の将校の間に流れていた。山田少佐が雪中行軍の計画について神田大尉を大声できめつけていたという噂も聞いた。神田大尉は小隊編成で雪中行軍に臨むべきであると主張するのに対して、山田少佐は中隊編成で行うべきだというあたりに、意見の食い違いがあるらしいということも知っていた。いずれにしろ今日の小峠行きの予行演習の終り次第最終的な方向はきまることだけは明らかだった。伊東中尉は、神田大尉が予定外の行動を取らないのは、大事を前にして些細《ささい》なことで山田大隊長の機嫌をそこないたくないという配慮だと思った。

風が出た。大峠の方に飛雪が上るのが見えた。出発時刻が来ると、中隊は予定通り屯営へ向って坂を下って行った。青森の屯営についたのは午後の二時であった。

神田大尉は下士卒に対して休養を命じ、その日の行軍についての報告をまとめて、大隊長の山田少佐のところに届けた。午後四時過ぎであった。山田少佐は、その報告に満足した。

「本日の結果から見ると、雪中行軍はやはり中隊編成でやるべきだと思う。それもお前の中隊だけでやるのではなく、本聯隊《ほんれんたい》全体がこれに参加する形式の中隊を編成し、これに大隊本部が随行する形式の実行計画を作成して貰《もら》いたい」

山田少佐の顔は議論の余地を許さないほど冷やかであった。

神田大尉は大隊本部が随行する形式という言葉にひっかかった。大隊本部が編成外の参加であったとしても、大隊本部を形成するかぎり、中隊長としての指揮権を持つ神田大尉の上部機関であることに変りはなかった。神田大尉としてはまことにやりにくいことであった。山田少佐が参加するならば、むしろ山田少佐が指揮官としての責任を取るような編成にしろ、となぜ言わないのだろうか。

疑点はその他にもあったが、神田大尉はそれについて質問はしなかった。言っても駄目なことは言わないほうがいいのだ。十日ほど前に小隊編成による雪中行軍実施計画書を出したとき、山田少佐は不機嫌な顔をした。彼は、第三十一聯隊が小隊編成でやるから、こっちもそれで行こうというのは、あまりにも五聯隊としての個性がなさすぎるではないかと言って、その案を却下した。そのとき既に、山田少佐の頭の中には、中隊編成の部隊に大隊本部を随行させるという構想があったのに違いない。

（これはまずい。指揮系統にいささかでも無理があるような編成はいざというとき混乱を起すおそれがある）

「なにか言いたいことがあるのか」

　山田少佐が言った。

「なにもございません。早速、その編成に取りかかります」

「明後日二十日の朝までに作って貰いたい。二十日の朝というと三十一聯隊が出発する日だ。愚図愚図してはおれぬ」

　山田少佐は、三十一聯隊の徳島小隊の行動をひどく気にしているようであった。

　神田大尉は、重い足を引き摺《ず》って営門を出た。その日の暖かさで表面が解けた雪は日が翳《かげ》るとすぐ凍った。神田大尉は凍った雪にしばしば足を滑らせた。その日の小峠までの行軍の疲労はさほどのことはなかった。それよりも山田少佐の命令が心の底に重くつかえた。営門から、彼の官舎まで雪の道はずっと続いていた。

　神田大尉が帰宅すると、風呂《ふろ》焚《だ》きに来ていた従卒の長谷部《はせべ》善次郎一等卒が、神田大尉の前に直立不動の姿勢を取って一通の封書をさし出した。なにか早口で言ったが、よく分らなかった。

それは、第三十一聯隊の長期伍長《ごちょう》斎藤吉之助から長谷部善次郎に宛《あ》てた手紙であった。いよいよ一月二十日に雪中行軍にでかけることになった。一月十八日には外出許可を貰えるから青森の伯母のところへ行く。今度の雪中行軍は下手をすると生きては帰れないような雪地獄の中に入りこむのだから、出発前にお前に是非会って、一言別れを言いたい、という内容のものであった。

「この斎藤吉之助とお前とはどういう関係にあるのだ」

「自分の兄であります。自分は小さいとき養子に行って長谷部善次郎となったのであります」

神田大尉は長谷部善次郎に外出の許可を与えた。

長谷部善次郎が伯母の家へ行くと兄の斎藤吉之助は既に午後の汽車で帰ったあとであった。

「善次郎に是非会いたいと言っていたが……」

と言って伯母は涙ぐんだ。そして吉之助の言葉として、おれは雪中行軍に志願して行くことになった。五聯隊でも雪中行軍をやるそうだが、その際、もし希望者をつのるようなことがあっても、善次郎は志願をしてはならない。中隊長の従卒としてついて行くというならば止《や》むを得ないが、できることなら行かないですませるように考えたほうがいい——これが伯母に残して置いた伝言の大要であった。

「兄さんが行くなと言ったところで、中隊長が行くのにその中隊長の従卒が厭《いや》だというわけにも行かないでしょう」

善次郎は伯母に、彼が雪中行軍にでかけるのは既定の事実であることを話した。

「どうしてもその怖《おそ》ろしいところへ行かねばならないのかね、それならそういうことを、吉之助のところにひとことでいいから手紙で知らせてやったらいいのに」

「兄さんは二十日に出発する。今から手紙を出したって間に合うものか」

そして善次郎は、心配そうな顔をしている伯母に、

「なに雪中行軍と言ってもたいしたことはないさ、噂では途中三十一聯隊と擦れ違うことになるということだから、そのとき兄さんに会えるだろう」

幼くして宮城県の築館《つきだて》町に養子にやられた善次郎は兄の吉之助ほど雪に対しての知識はなく、その怖ろしさを知らなかった。このことは長谷部善次郎だけではなく五聯隊の下士卒全体について言えることであった。三十一聯隊が深雪地の青森県出身の下士卒によって構成されているのに対して、五聯隊は、青森県よりはるかに雪が少ない、宮城県と岩手県出身の下士卒によって構成されていた。

翌十九日の夕刻神田大尉は長谷部善次郎を自宅で見かけたとき、兄に会えたかどうかを聞いた。

「会えませんでしたが、伯母に頼んであった伝言を聞いて来ました」

長谷部善次郎は正直に答えた。

「どんな伝言をしてあったのだ」

そう言われると長谷部善次郎は言葉につまった。まさか、兄の斎藤吉之助が弟の善次郎に雪中行軍に参加するなと言ったなどと、中隊長の前で言えるものではなかった。

「兄は心配性なものですから、雪中行軍について、いろいろと自分に注意しようとしたのです」

「いろいろ、ってなんだか言って見ろ」

神田大尉に言われると善次郎は言葉につまった。うまく言い逃れができるような器用な男でなかった。善次郎は、ついには赤い顔をしてうつ向いてしまった。大尉は善次郎が言えないでいることがなんであるかほぼ見当をつけた。

「お前の兄は雪中行軍には行かないようにと言い置いたのだろう。どうだ」

善次郎は顔色を変えて身を震わせた。しかし神田大尉はそのことについて追求する

ことも なく、

「怖いと思ったら止めてもいいのだぞ、おれにはお前をどうしても連れて行かねばならない理由はない」

神田大尉は、その夜、家に持って帰った雪中行軍実施計画書にもう一度手を加えてから、翌二十日、大隊長の山田少佐のところに提出した。

山田少佐はその計画書を聯隊長の津村中佐のところに持って行った。

「小隊編成でやるのではないのか」

津村中佐は意外な表情をした。そうは言ったが、中隊編成を小隊編成に改めろとは言わなかった。津村中佐は計画書を一読した。聯隊全部から人を集めて中隊を編成してその指揮を神田大尉が取ることには異存はなかったが、編成外の形で大隊本部が随行することに、聯隊長としていささか難色を示した。

「中隊の指揮は神田大尉が取るのだな」

津村中佐は山田少佐に念をおした。中隊編成で行軍するのだから、中隊長が最高指揮官である。その中隊長を指揮するために更に大隊長が行く必要はなかった。大隊長が行くのは、中隊の指揮をするためではなく、聯隊始まって以来の大がかりな雪中行軍に際して、大隊長としての見識を広めるとともに、雪中行軍自体を研究問題として取り上げるためであると解釈したから、指揮権について念を押したのである。

「中隊の指揮はいっさい神田大尉にまかせて置きます。大隊本部の主たる任務は教育、研究指導にあります」

山田少佐は津村中佐の前で言い切った。津村中佐は、それでも尚しばらくは計画書に捺印《なついん》することをためらっていた。津村中佐は、計画書を見つめたまましばらくじっとしていた。

「三十一聯隊は今朝未明に弘前の屯営を出発しました」

山田少佐が言った。そのことは当然津村中佐も知っていることであった。山田少佐がそう言ったのは、ここまで来ては案を練り直している時間はありませんぞといいたいためであった。

津村中佐は、ううむと一言口の中で低い唸《うな》り声を出してから、

「三十一聯隊は出発したのだな」

そう言って、雪中行軍実施計画伺い書に捺印した。津村中佐は捺印すると、すぐ電話で、第一大隊長と第三大隊長を呼び、全中隊長を連れて来るように命じた。

一時間後には、営内の隅々にまで、雪中行軍の予定が発表された。参加すべき将校、下士卒はそれぞれの大隊、中隊、小隊で選抜することになっていた。

第五聯隊は一種熱っぽい空気に包まれた。誰一人として、雪中行軍を死の行軍のように考えている者はなかった。田代温泉に一泊という予定表を見て、

「雪の中の山の温泉で一ぱいやるのもいいものだぞ」

と一人の伍長がいうと、数人の下士官が相槌《あいづち》を打った。

その日神田大尉のところに徳島大尉から手紙が届いた。

「二十日の出発を控えて諸事に忙殺され、貴官に面接し、打合せなどなすべき時間も無之《これなく》候《そうろう》間、寸簡をもって御挨拶《ごあいさつ》申上候。既にわが小隊の行程表は御手元に達し居《お》ることと存じ候が、わが小隊より遅れて出発せらるる貴隊とどのあたりにて行き会うやは、貴隊の予定が決定しない今日においては予測能《あた》わざる次第に御座候えどもおおむね、わが小隊が八甲田山にかかりしころ、貴隊もまたこの方面へ進出せらるることと推察申居り候。今回の雪中行軍中最も困難なる区間は増沢、田代、田茂木野間と存じ候。もしわが小隊がこのあたりにて困窮に陥るようなことあれば、武士の情けにより御援助被下度《くだされたく》、この段お願い申上候、まずは御無事で御帰営あらんことを祈り上げ申し候」

神田大尉は一読して、今度の雪中行軍については、すべてにおいて、徳島大尉に遅れを取ったと思った。

第一章 雪地獄

1

弘前歩兵第三十一聯隊《れんたい》徳島小隊が屯営を出発したのは午前五時半であった。漆黒の夜に雪が降っていた。小隊は道案内人の兵を先頭にして新里、川合、寒川、原田、吹上、柏木《かしわぎ》等の部落を経由して大光寺村に向った。新里から大光寺まで三キロ足らずで行けるのにその道を通らず、暗夜の村落をたどるように迂回《うかい》して十キロの道を歩こうとしたのは、その雪中行軍が飽くまでも研究的なものであるということを全員に知らしめようとする徳島大尉《たいい》の配慮によるものであった。

徳島大尉は徳島小隊を編成するに当って、将校三名、軍医（見習医官）二名、見習士官七名、下士官二十一名、兵卒四名に対して、それぞれ研究問題を与えてあった。

『気象の研究』、『雪中行進法の研究』、『雪中路上測図の研究』、『寒冷に対する疲労度の研究』、『凍傷の予防法と処置法の研究』、『装具の研究』、『携帯食の研究』、『宿営の研究』等のテーマが各人に与えられ、重要問題には何人かが協同して当ることになっていた。出発と同時に与えられた研究は平坦部積雪地行軍における行軍速度と疲労度の研究であった。隊員は、屢々《しばしば》走らせられたり、戦闘隊形を取らせられたりした。編成は小隊であったが、その中に分隊はなく、従って分隊長はいなかった。分隊に類するものがあるとすれば、同一の研究問題を与えられたグループの存在であった。兵卒はただの四名で、うち二名は、行軍経路中の嚮導員《きょうどういん》（案内人）として参加させたものであり、他の二名のうち一名は徳島大尉の従卒であり、一名は喇叭手《らっぱ》であった。喇叭手加賀竹治郎に対しても『寒冷地に於《お》ける喇叭吹奏の研究』というテーマが与えられていた。

徳島大尉は出発に先だって、参加隊員たちに行軍の目的を繰り返して説明してあったから、小隊が屯営の門を出たときから、各自はそれぞれに与えられた問題を胸に抱いて行進していた。

見習士官船山重雄は休憩の度に寒暖計を取り出して気温を測定した。出発したときは零下三度であった。

七時半に大光寺村についた。村人たちは、早朝隊伍《たいご》を組んで現われた軍人たちに眼を見張った。将校と見習士官は黒の羅紗《ラシャ》服に、黒の羅紗外套《がいとう》を着ていた。下士官は紺の羅紗服に、カーキ色の羅紗外套を着ていた。兵卒も下士官と同じ服装をしていた。背嚢《はいのう》に二足ずつ雪沓《ゆきぐつ》をぶらさげていたが、大光寺村に着いたとき彼等はまだ軍靴《ぐんか》（短靴）を履き、甲掛脚絆《こうかけきゃはん》をつけていた。軍人たちは厚さが十センチもある揃《そろ》いの軍帽をかぶっていた。黄色い帯が二本、帽子の周囲を取りまき、その黄色のバンドの中間に黒色の帯があった。軍帽の庇《ひさし》の上に陸軍の金の星が光っていた。

外套には頭巾《ずきん》がついていたが、誰も頭巾を被《かぶ》っている者はいなかった。耳が千切れるほど寒かったけれど、耳覆《みみおお》いをしている者もいなかった。軍人たちが、歩調を合わせて歩くと、白い手套《てとう》（手袋）が、綺麗《きれい》に揃って動いた。子供が、喜んで、そのまわりを走り廻《まわ》った。

下士官と兵卒が担《かつ》いでいる銃は、彼等が何《いず》れも立派な体格をしているので、少しも重そうには見えなかったが、ただ村民たちの目には、将校とも下士官ともつかない、見習士官が多いのがいささか異様に映った。

大光寺村の家々の屋根は重々しく雪を戴《いただ》いており、どの家の軒下にも垂氷《つらら》が下っていた。村人たちは徳島隊の来ることを予《あらかじ》め知っていたから、各戸が手分けして、隊員を家に入れて湯茶を接待した。食べ物を出すところもあり、酒を出すところもあった。

「行軍中は休憩中といえども絶対に酒を口にしてはならない」

各戸に隊長の命令が伝えられた。酒は彼等の水筒に一合ずつ入れてあった。その日の雪中行軍に当って聯隊長から贈られた酒を各人に分配したものであった。徳島隊は装備をできるかぎり軽くした。炊爨《すいさん》道具や食糧、物資などを一まとめにして持って歩くようなことはしなかった。彼等は昼食及び非常食を各自が携行するだけで、必要物資は行く先々の村落で買い求め、食事も宿舎も村民に依存する方針であった。小隊全員が平均した重量を担《にな》い、特に重い物を持たねばならないような者はいなかった。聯隊長から貰《もら》った酒を各自の水筒に分けたのも、各自の負担を均等にするためだった。徳島大尉はこの日の行軍においては、水は容易に得られるものと見て、水筒は酒の容器として使用せしめたのであった。水筒の酒はその日の宿営地に着くまでは手をつけてはならないと厳重に申し渡されていた。

休憩中一時止《や》んでいた雪は、東に向って行軍を起すとまた降り出した。小隊は四キロメートルほど歩いたところの唐竹《からだけ》で休憩した。途中まで村長の相馬《そうま》徳之助《とくのすけ》が馬に乗って出迎えた。

一行は、各戸に分散して昼食の接待を受けた。各自弁当を持っていたが、村民のさし出す暖かい物を食べた。酒も出されたが、固辞した。充分に食べると眠くなって、炉端や炬燵《こたつ》で仮眠する者もいた。

小隊が唐竹村を出発してその日の目的地小国《おぐに》に向って出発したのは午後二時であった。唐竹における二時間半という長い休憩の間に隊員たちは、ほとんど疲労を恢復《かいふく》していた。弘前屯営から唐竹までの二十四キロは平らな道であり道もはっきりしていたが、唐竹を出て小国までは山道十キロの深雪地帯であった。その日の行程中、最も困難を予想されるコースであった。それにもかかわらず、悠々としている徳島大尉の態度に田辺三十郎中尉ははらはらしていた。冬の日は短い。冬の行軍は午後の三時までには目的地に着く予定で歩かねばならないと、日頃口癖のように言っている徳島大尉が初日になぜこのような変則的な行進をするのか田辺中尉には分らなかった。田辺中尉はその疑問を高畑慶治少尉に話して見たが、高畑少尉にも理解できないことであった。ただ、田辺中尉と高畑少尉の共通した見方は、徳島大尉が屯営を出たときから、いつもの徳島大尉ではなくなっているということであった。徳島大尉の表情は凍ったように冷たく、彼の持前の豪傑笑いも、民間人に対して示す、春の日のような微笑もなかった。徳島大尉に指揮官以外の表情を求めることは難かしかった。

午後の二時に、村長が徳島大尉のところに来てそろそろ出発しましょうと言った。

外に腰まで届く熊《くま》の皮を着た猟師が待っていた。

村長もみのぼっち（蓑《みの》帽子のこと、藁《わら》の芯《みご》で作った雨具）を着ていた。みのぼっちの帽子の頂は尖《とが》っているので、村長の背を高く見せていた。

「私とこの弥兵衛《やへえ》が御案内申し上げます。夜になっても、吹雪になったとしても御案じなさることはございません」

村長の相馬徳之助は弥兵衛をふりかえって言った。弥兵衛はかぶり物を取って徳島大尉に向って腰をかがめたが、にこりともしなかった。唐竹は弘前平野を脱して、山の間に頭を突込んでいた。その唐竹から小国まではずっと山続きの雪の道であった。唐竹を出て直《す》ぐ吹雪になった。朝から降り続いていた雪とは性質の違った、重量感をもった雪であった。踏み跡はたちまち消えて、森の中の切り通しを歩いているような感じであった。案内人の弥兵衛と相馬村長が先頭に立っているからいいものの、地図だけでは、唐竹を出て一時間もすると行きづまってしまいそうな道であった。雪の深さは進行するに従って増した。

小隊は全員軍靴の上に藁靴を履いていた。唐竹を出るとき徳島大尉の命令によってそのようにしたのである。大尉自身も皮革の長靴の上に藁靴を履いていた。将校も下士卒も外套の頭巾は随時かぶってよろしいという命令が出た。

「寒くはないか、手足に凍痛を感じた者は、ただちに申し出ろ」

と見習医官の長尾健次が隊員たちに訊《き》いて廻ったが、寒さや凍痛を訴えるものはなかった。気象研究を担任している船山見習士官は、彼の研究班に属している下士官たちと共に積雪量を記録したり、気温を測定していた。風速、風向は目測であった。

斎藤吉之助伍長は歩測を命ぜられていた。斎藤吉之助が歩数を数える声を離れたところで聞いていると念仏を唱えているようであった。吹雪になるとあたりは夜のように暗くなった。隊員たちは前途に不安を覚えた。

徳島大尉は、相馬村長の直ぐ後を歩いていたが、後に続く隊員等の心の動きが分るかのように、

「これから軍歌を歌う、但《ただ》し、研究に従事している者は歌わないでもよろしい」

と命令を発した。「雪の進軍氷を履《ふ》んで」の第一声が徳島大尉の口から発せられると一同はこれにならった。その間も斎藤吉之助は声を出して歩数を数えていた。

徳島大尉は五十分歩いて十分休養するというような、軍隊の行軍形式は取らなかった。歩調はすべて案内人にまかせていた。弥兵衛の足は速くはなかった。隊員等に取ってはむしろ遅すぎる感があったが、弥兵衛は休もうとはしなかった。休まないかわりに、ゆっくり歩きつづけるというのが、弥兵衛流の歩き方のようであった。

相馬徳之助は唐竹から小国まで五時間はかかりますと言った。隊員たちは休まずに五時間歩き続けるのかと思っていた。しかし、休むより、ゆっくりではあるが歩いていたほうがいいということが隊員たちには次第に分って来た。

徳島大尉から、

「装具研究班、各人の装具点検」

とか、

「気象班、この付近積雪調査」

というような命令が出るたびに、小隊が停止することがあった。停止すると寒さが身にしみた。

午後四時を過ぎると暗くなった。

小型提灯《ていとう》の用意はあったが、灯をつけるまでには至らなかった。案内人がしっかりしていたからである。

雪の坂道は延々と続いていた。いったいこのまま歩き続けていてほんとうに小国へ行きつけるだろうか、猟師弥兵衛と相馬徳之助はほんとうに小国への道を知っているであろうか――そういう不安が隊員たちを覆った。

弥兵衛が初めて立止った。相馬徳之助が徳島大尉にここで少し休ませていただきますと言った。坂の途中だったが、窪《くぼ》みになっていて風当りが少ないところであった。唐竹を出発して三時間半は経《た》っていた。

徳島大尉が休めの号令を掛けると下士卒は叉銃《さじゅう》して雪の上に坐《すわ》りこんだ。さすがに疲労は覆いかくせないようであった。

徳島大尉は喇叭卒の加賀竹治郎に喇叭を吹くように命じた。これも研究の一つであった。これ以後加賀竹治郎は大休止ごとに喇叭を吹いた。喇叭の音は吹雪を突き破るように鳴った。

休憩になると、将校と見習士官等は徳島大尉の周囲を包囲する形を取った。徳島大尉をいくらかでも寒気から守るためだった。休憩となるとかえって研究問題に取り組むためにいそがしく立働く隊員もあった。

食糧班は徳島大尉の命令によって、各自の携行して来た、食糧の凍結度を調査した。背嚢に入れてあった握り飯はほとんど凍っていたが、雑嚢に入れて、外套の下に背負っていた握り飯は凍ってはいなかった。肌に抱いていた餅《もち》はまだ暖かかった。隊員たちはその暖かい餅を食べた。

出発の命令が出た。道はけわしくなり、雪は深くなり吹雪はいよいよ激しくなった。隊員たちは腰まで没する雪の中を喘《あえ》ぎながら登った。

「大丈夫かな」

「道を迷ったのではないだろうか」

と私語する者があった。吹雪で、その声が隊長に聞える筈《はず》はないが、そういう私語が背後から起ると、きまって、徳島大尉から、隊列の交替の命令が出た。深雪だから、先頭に近いほど雪踏みに苦労しなければならなかった。無駄話などする余裕はなかった。


雪の中にはまりこんで倒れる者があった。疲労度の調査研究班員は、その者に近よって疲れたかどうかを確かめ、装備の研究班は、雪沓に異常があったかどうかを調査した。一人だけ、足指先に凍痛を訴えるものがあったので、医務班の指導によって、足指を揉《も》み、乾いた靴下に履きかえさせた。だが歩行が困難になり雪の中にはまりこむ者が増え、足指の凍痛を訴える者が増えて来ると、いちいち医務班が世話をしてやるわけには行かなかった。

「大丈夫だろうか、われわれは道を誤っているのではなかろうか」

私語はやがて隊員全体の気持となって現われた。その不安は長期伍長《ごちょう》たちから、曹長に伝達され、曹長は見習士官へ、そして見習士官から少尉、中尉の順に上って行った。田辺中尉が、徳島大尉の耳元で隊員たちの不安について語ると、徳島大尉は、

「もう一息で峠の頂上に達する。そこから小国までは下り道であると全員に伝えろ」と怒鳴った。疲労と共に水を要求する者があったが、彼等の水筒には酒はあっても水は入っていなかった。

見習医官たちは、

「絶対に雪を食べてはならない。雪を食べると腹痛を起すこともあるし、体温を奪われて凍傷にかかりやすくなる。水筒の酒を飲むと一時的には元気になるが、すぐ以前に倍する、疲労と寒気に襲われて動けなくなるものだ」

と注意して廻った。

全員は喘いだ。もう一息だ、もう一息だと思いながら雪の中を泳ぐようにして登った。

峠に達すると吹雪の合間に火が見えた。小国の村人たちが徳島小隊を迎える篝火《かがりび》であった。

徳島大尉は全員の点呼を取った。服装、疲労度等全体について調査した上、下士卒の水筒の酒が減っているかどうかを、伊藤曹長に命じて調べさせた。将校と見習士官の水筒は田辺中尉に命じて調べさせた。

「異常はありません」

と田辺中尉と伊藤曹長は揃って隊長に報告した。実際に水筒の酒に口をつけた者があっても、この場合部下をかばうのは当然のことであった。

「ようし、もし、命令に違反して酒を飲んだ者があれば、弘前の屯営へ追い返すつもりであったが、そのような不心得者はなくて幸いであった。小隊は今日から十一日間このような行軍を続けねばならない。命令は絶対に守るように。一人の命令違反者がいたことによって、小隊全員が雪の鬼と化すことも考えねばならぬ」

徳島大尉は一応の訓示をしたあとで、案内人の弥兵衛と相馬徳之助を最後尾に廻し、徳島大尉が先頭となって、軍歌を歌いながら小国部落へ降りて行った。

徳島小隊は午後七時に小国部落に到着して、それぞれ手配してあったように、各家に分宿した。熱い飯と味噌汁《みそしる》が彼等を待っていた。濡《ぬ》れた軍装は一夜のうちに完全に乾かして置くように命令が出た。疲労度、凍傷の有無、靴ずれ等が調査された。

徳島大尉はその夜、寝につくとき田辺中尉に言った。

「第一日目の夜間雪中行軍の研究結果は上々だったな」

田辺中尉はその言葉を聞いて、唐竹までわざとゆっくり行軍したのは、夜間雪中行軍をする目的があったからだということに気がついた。それにしても、徳島大尉が案内人二人に絶対的な信用を置いていることには一抹《いちまつ》の不安を感じていたので、

「案内人に過当な期待をかけていいものでしょうか」

と言った。半ば独白であった。

「将校たる者は、その人間が信用できるかどうか見極めるだけの能力がなければならない。弥兵衛も相馬村長も信用置ける人間だと思ったからまかせたのだ。他人《ひと》を信ずることのできない者は自分自身をも見失ってしまうものだ」

徳島大尉は布団《ふとん》をかぶった。間もなく雷のような鼾《いびき》が聞えた。

田辺中尉はさきほど斎藤吉之助伍長から受けた歩測の報告を思い出した。第一日目は約三十四キロを歩いた。第二日目の小国から切明《きりあけ》温泉までの距離はおよそ六キロである。距離こそ第一日目の五分の一ではあるが、その途中には琵琶《びわ》ノ平《たい》という広漠とした原野があった。吹雪になると土地の者でも道を迷うところであった。田辺中尉は、この行軍を実施するに当って調査した報告書の中にあった、三年ほど前に小国から切明に向っていた村人五人のうち二人が琵琶ノ平で吹雪に会って凍死したという事件を思い出した。田辺中尉は雪中行軍のその後にあるものをその夜の寒さと共に痛感した。

吹雪の音は夜中続いていた。

東奥日報記者西海勇次郎は最後尾より数えて二人目を歩いていた。第一日目は最後尾について歩いていたが、一月二十一日の朝、徳島小隊が小国を出発して山道に掛ると、高畑少尉《しょうい》が隊長の命令によって最後尾についた。その日の旅程の困難さが、隊長の配慮の上に現われていた。雪の中の行進に於《お》いては先頭よりも後尾のしめくくりが大事であることを、示したもののようでもあった。西海勇次郎にとって背後に誰かがいるということは心強いことであった。

2

その日も出発に当って徳島大尉から訓示がなされた。軍隊特有の誇張した表現や観念的な訓示ではなく、行軍中無駄口を叩《たた》いてはならないこと、疲労、凍傷等を感じたら、直ちに見習医官もしくはその補助員に申告すること、研究問題は昨日と同じように続けること、そして新しい研究として、下士官四名に対して軍靴《ぐんか》の上に藁靴《わらぐつ》を履くのを止《や》めて、直接軍足（靴下）二枚を重ねて穿《は》いた上に雪沓《ゆきぐつ》を履いて歩くように命令した。光線よけの着色眼鏡の使用は各人の自由にまかせられた。

西海勇次郎にとっては従軍記者は初めての経験であるばかりでなく、軍隊の中に入って行動したこともまた初めてであったから、なにもかも奇異に見えた。そして、彼が軍隊に対して抱いていた概念とは甚《はなは》だしく違ったものをそこに感じた。軍隊というところはやたらに上官が威張って階級が下になるほどつらいものだと聞いていたが、この特別小隊にはたった四人の兵卒しかいないし、分隊もないので、兵卒が下士官にいじめられ、下士官が将校に油をしぼられるようなことは、なにひとつとして見られなかった。研究問題がやたらに多く、各研究班が与えられた研究の成果を争っているように見えるのも軍隊らしくなく思われた。

西海勇次郎は立派な体軀《たいく》の持主であった。東奥日報が特に彼を選んだのは彼が軍人に負けない体力を持った若者という条件に当てはまっていたからであった。

彼は外套《がいとう》の上に袋を背負っていた。山家の人達が使う背負い袋を真似《まね》て作ったものであった。外套には、頭巾《ずきん》をつけて、首に襟巻《えりまき》を巻いていた。靴の上に雪沓を履いたところは軍人たちと同じであった。

小国を離れると、すぐ頭巾をかぶるように命令が出た。彼等の出発を待っていたように、一時小降りになっていた雪が激しく降り出した。雪ばかりではなく、琵琶ノ平にかかると猛烈な向い風になった。降雪による吹雪と、地吹雪とが交り合って、すべてが白一色に覆《おお》われ、前を行く人について行くだけが精一杯であった。風は連続的に吹きつづけるので、身を切られるような寒さであった。

二列縦隊で歩いている前の方から伝言が、つぎつぎにやって来た。

「風が強いと、陰部に凍傷を受けることがあるから、軍袴《ぐんこ》（ズボン）のボタンが外れていないかどうか確かめろ、停止中は足ぶみをすること、手が凍傷にならないように、時々両手を揉《も》みながら歩け」

などという命令が前から送られて来るのを、西海はそのまま高畑少尉に伝えた。高畑少尉は、怒ったような顔で、一言、了解、というだけであった。

強風はそう長くは続かなかった。風が止んで、おだやかな雪の降り方になったと思うとまた突然吹き出すというような天気が繰り返されていた。飛雪の壁で先が見えなくなると、一行は立止って足踏みをした。案内人が居なければ一歩も前進できないような道であった。

雪は腰まで没するところがあるかと思うと、表面が固くなっていて、その上を滑るように歩けるところもあった。概して、雪が深く、はまりこむとなかなか抜けなかった。強いて引き抜こうとすると、藁靴を雪の中に残して、軍靴を履いた足だけが、抜け出て来ることがあった。そうなると、今度は、雪に奪われたその雪沓を掘り出すのにたいへんだった。誰かが、そのような小事故を起すと、小隊は立止って待った。

その日も大休止はなく、風に向って歩きつづけていたが、西海勇次郎は前途に不安を感ずるようなことはなかった。彼は弥兵衛と相馬徳之助の案内に信頼しきっていた。下り坂になったところで、先頭を歩いていた相馬徳之助と弥兵衛が最後尾につき、それまで最後尾にいた高畑少尉が前に出て行った。

「この坂を下ったところが切明だ」

と弥兵衛は西海に教えた。

「だから、案内人は最後尾につけか」

西海は笑った。風がおだやかになり薄日がさしていた。前を歩いている隊員たちがいっせいに空を見上げて口々になにか言った。もう何日も見たことのない太陽を見るような気持だった。その太陽はものの五分も経《た》たないうちにまた厚い雲に覆われて雪が降り出した。

「ひどい天気でしたね、さっきの吹雪がもう少し続いたらどういうことになったか分りませんね、こんな悪い日ってそうはないでしょう」

と西海は弥兵衛に言った。

「なあに、今日なんかは冬としてはいいほうだ。もっともっとひどい日もあるが、まあ、だいたい冬はこんな天気だと思っていたら間違いないな」

「そのひどい日っていうのが来たら外には出られませんか」

「出られないどころかそんな日に山へ入ったら生きては帰れねえな、西の空が真暗になって、こまかい雪を伴った西風が大地を這《は》うように吹きつけて来ると、この熊《くま》の皮を着ていても腰から下が、じいんと寒くなって来る。そういうときにはなにを置いても走って帰らないとたいへんなことになる。そういう日が一冬に二、三度はあるな」

弥兵衛が言った。一冬に二、三度あるとすれば、もしかすると今度の行軍中にその日に出会すかもしれないと西海は思った。

軍歌が一斉に起った。切明の部落から立ち昇る湯気が風の中に揺れていた。

徳島大尉は部落に入る前に全員を整列させて点呼を取ったあとで、

「行軍中、無駄口をきいてはならないと言って置いた筈《はず》だが、本日の行軍中にはかなり多くの無駄口をたたく者があった。無駄口を叩いた覚えのある者は一歩前に出ろ」

と言った。十九名の下士卒が一歩前に出た。

徳島大尉は田辺中尉に向って、

「命令に違反して無駄口を叩いた者の名を記録して置け」

徳島大尉は無表情な顔で言ったあとで、

「昨日から本日にかけて行なった研究問題は今夕六時までに各班とも取りまとめて田

辺中尉のところに提出せよ、明日、相馬徳之助殿に依託して聯隊《れんたい》長殿宛《あて》に送るつもりである」

小隊は解散して、各宿舎に数名ずつ分れて入って行った。十二時を過ぎたばかりであった。

西海は、伊藤曹長ほか三人の伍長《ごちょう》と同宿することになった。

「無駄話をしたものの名前を帳面につけるなどということは、なにか子供っぽいことのように思われますが、ああいうことは、軍隊ではしょっちゅうあることですか」

西海は伊藤曹長に訊《き》いた。

「普通その場で叱《しか》られる程度ですね、子供っぽいと言えば子供っぽいと言えるでしょうが、隊長にはなにか考えることがあってやったのでしょう」

「考えること？」

西海は眉間《みけん》に皺《しわ》を寄せて訊いた。

「隊長は十一日間の雪中行軍を意識し過ぎていると思います。つまり堅くなり過ぎているってことです。あの堅さは最後まで続けられるものではなし、あの調子でやっていたら、隊長がまずやられてしまうでしょう」

「やられるっていうと」

「雪にですよ、敵は雪です。八甲田山の雪と戦うがためにわれわれは来たのでしょう。隊長がやられるということは、小隊が全滅するってことです。雪と戦う場合は全員が勝つか全員が死ぬか二つにひとつしかないというのが隊長の考えですし、私達もそう考えています。隊長は雪に勝つためには軍の規律を厳重にし、命令を徹底させることだと考えているのです。微少な私事でも許して置くと、それが大事につながると考えているのです」

伊藤曹長はそういうと、『雪中行軍における下士兵卒の指導について』という研究問題をまとめるために、二日間にわたって彼の助手を勤めた三名の同宿の伍長に向って、二日間の資料を揃《そろ》えるように言った。

西海には彼の仕事があった。二日間の雪中行軍の模様を東奥日報本社に送る仕事であった。彼は炉端に坐《すわ》り、膳《ぜん》を膝《ひざ》の上に置いて机がわりとして、従軍記を書き出した。炉の火はよく燃えていたが、鉛筆を持つ手がよく動かなかった。寒さは部屋の中にまで浸透していた。

「明治三十五年一月二十日未明、弘前歩兵第三十一聯隊徳島小隊は屯営を出発した。雪がしんしんと降っていた。……」

そこまで書くと、手の動きは気にならなくなった。彼は次々と頁《ページ》を繰った。

西海に取って、第二夜はよき夜であった。風呂《ふろ》に入って暖まって、すぐ寝たからであろうか、六時に起床喇叭《らっぱ》が鳴るまで、ぐっすり眠っていた。

二十二日は吹雪で明けた。各宿舎に見習士官が現われて準備についての隊長の命令を伝えた。

一、雪中行軍中の携帯食の研究によると、握り飯は布で覆い、さらに油紙で包んで、雑嚢《ざつのう》に入れ、その上に外套を着れば、凍るようなことがない。
二、本日の雪中行軍は非常に困難を覚悟しなければならない。場合によっては落ちついて食事をしている時間がないかもしれないから、各自に与えられてある重焼パン（乾麵麭《かんめんぽう》の前身）を随時、取り出して口に入れられるようにして置くこと。
三、水筒の水は凍る虞《おそ》れがあるから、七分目ぐらい入れて置き、歩行する際、水筒中の水を動揺させて凍らないように注意すること。
四、昨日の研究によると、軍靴の上に雪沓を履くよりも、軍足を三枚重ねて穿いた上に、直接雪沓を履いたほうが、歩行に便である上、暖かいことが分った。軍靴は各人が保管携行するほか、予備として一足の雪沓を携行すること。

五、寒地行進法の研究によると、爪先《つまさき》に弾力性を持たせて歩くと疲労度が少なく、かつ足指先が凍傷にかかる心配がないこと。
六、凍傷の研究によると、軍足の上を油紙にて覆うと凍傷防止の効果があること。

西海勇次郎は、二日間の研究結果を、三日目の行軍に直ちに役立てようとする徳島大尉の指導力に敬意を払った。この指揮官はただの指揮官ではないなと思った。この指揮官ならば、部下は心配せずに従《つ》いて行けるだろうと思った。西海は隊長から命令されたとおりに、握り飯を布に包み、更に油紙で包み、雑嚢がないから、風呂敷に包んで腰に巻きつけ、その上に外套を着た。

小隊は部落の中央に整列して、二日間にわたって案内に当った相馬徳之助と弥兵衛を見送った。

徳島大尉が大きな五十銭銀貨二個を弥兵衛に与えると、弥兵衛はかぶり物を取って何回となく徳島大尉に礼を言った。西海はそのとき初めて、銀貨を受取る弥兵衛と、銀貨を与える徳島大尉の二人の顔に共通な感情が流れているのを見た。西海は大尉の心を覗《のぞ》き見したような気持になって、そこから眼を空にやった。空は暗く、雪雲の厚さを思わせた。

二人の案内人が去ると、五人の新しい案内人が隊員に紹介された。五人のうち三人は猟師であった。五人は何れ《いず》も雪焼けした、たくましい男たちばかりであった。五人のうち三人の猟師は揃って熊の毛皮の上衣《うわぎ》を着ていた。三人とも銃を背負っていた。西海は、案内人の弥兵衛もやはり鉄砲を背負っていたことを思い出した。彼等は案内人として頼まれたのであるから、銃の必要はない筈だったが、ちゃんと銃を持っていた。それは、雪中行軍の下士卒たちが、戦闘演習の行軍ではないのに、銃を担《かつ》いで歩いているのとよく似ていた。

徳島大尉は出発の号令を掛けた。

小隊は切明の部落の人たちが全員で見送る中を、その日の目的地、十和田湖の銀山に向って出発した。

3

倉持見習士官は、徳島大尉《たいい》が猟師の弥兵衛に五十銭玉二個を与えるのを蔑如《べつじょ》の眼で眺めていた。なんと気障《きざ》なことをする隊長だろうと彼は思った。五十銭玉二個は二日間の日当として充分なものであった。弥兵衛が思わず、顔をほころばせたのも無理もないことであった。金を与えること自体は悪いことではなかった。案内人に銭をやる時と場所がよくないのだ。多数の人が見ている前で弥兵衛に銭を与えたことは、銭を与えたということを人々にわざと知らしめるために行われたように思われた。その五十銭玉二個は徳島大尉の個人的な支出であるというところを見せようとしたのならば、それこそ気障を通りこして粉飾であった。案内人の支払いは、昨夜のうちに高畑少尉に命じて終らせて置くべきであった。

倉持見習士官が、徳島大尉のやり方に批判の眼を向けるようになったのは、前日の行程が終って部落に入った際、無駄口を叩《たた》いた者は一歩前に出ろと命令したときであった。行軍中無駄口を叩いてはいけないという命令に違反した者を隊長が叱《しか》るのは当然であり、叱られるのも当然である。しかし、その名前を記録して置けと副官に命じたのが納得できなかった。見習士官は、士官に準ずる者である。すべて士官と同格に扱われていい筈《はず》である。その見習士官を下士卒同様に取扱ったのが不服であった。

雪中行軍に際して何々の研究、何々の研究とやたらにテーマを与えて、全隊員を研究のために消耗させるのもどうかと思われた。そして倉持見習士官に取って、どうしても我慢ならないのは、たった二日間の研究の結果を三日目の行軍に反映させたということであった。

軍靴《ぐんか》の上に雪沓《ゆきぐつ》を履いて行軍する方法は、去年の一月に行われた岩木山雪中行軍において試みられたものであった。岩木山の経験を充分検討した上で、今回の雪中行軍にも用いられたのであった。しかし軍足を三枚重ねて穿《は》いた上に直接雪沓を履くのは、たった一回の試験結果しかないのだ。それも数名による実験であった。猟師や地元民が、直接雪沓を履いているから、おそらく、そうやっても間違いはないだろうが、その切り替えはいささか慎重さを欠いているように思われた。巧遅よりむしろ拙速を取れというのが戦略の基礎的考えであったとしても、雪中行軍において最も重点を置くべき履き物に対しての判断は軽率に思われてならなかった。

一列縦隊に隊列が変えられた。

小隊は山と山にはさまれた谷の間を行進していた。そんなところに道があろうとも考えられないようなところを、五人の案内人は歩いていた。深雪が部隊の行手をはばんでいた。狭間《はざま》の中の行進は雪が深い上に、暗いがため、部隊全員の気が滅《め》入《い》りそうであった。切明を出発して早々、このような深雪地帯に踏みこむとは予想もしていなかった倉持見習士官は、その狭間の暗い雪の道がそのまま徳島小隊の前途を示唆《しさ》するもののように思われてならなかった。倉持見習士官は、ゆうべ宿舎で、同じ見習士官等と検討した今日の行程地図を頭に描いた。道を南東に二キロばかり歩いたところで方向を南に取り、約十キロの急傾斜の道を登りつめたところが白地山《しろじ》の頂上、千三十四メートルの地点である。そこから方向を変えて、北に四キロほど歩いて元山峠に達すれば、そこから十和田銀山までは東に向って二キロそこそこの道程《みちのり》であった。

倉持見習士官は、本日の道は総じて、吹きさらしの尾根続きの道であり、強風に苦労するだろうと考えていた。

（この暗い狭間は間もなく終って、明るい、尾根道になるであろう）

彼はそう考えていた。

風の音が強くなった。それまで比較的静かだった山が急に騒がしくなったようであった。進行するにつれて、山が鳴動し、樹木の枝に積っている雪が落ちた。狭間のいたるところで地吹雪が渦を巻いた。その幾つかの渦を通りこすと、前方で山でも崩れたような轟音《ごうおん》が聞えた。雪崩《なだれ》が起きたのである。降り積った新雪が、旧雪面上を滑り落ちて狭間を埋めた。雪崩が上げた雪煙りのためにしばらくは動くことができなかった。

雪崩は徳島小隊の前進を遮断《しゃだん》したようであった。案内人たちが寄り合って相談していたが、その結果が徳島大尉へ伝えられると、

「前進っ」

の命令が出た。雪崩についての説明はなにひとつとして為《な》されなかった。

小隊は雪の中を泳いだ。泳いでも、泳いでもその雪の堆積《たいせき》からは抜け出られなかった。

「一生懸命に泳げ、愚図愚図していると第二の雪崩が来るぞ」

田辺中尉が、雪崩に巻きこまれて落ちて来た、樅《もみ》の木の枝につかまって叫んでいた。溺《おぼ》れかかった者が流木にすがって叫んでいるようであった。

五人の案内人が、まず雪の堆積から抜け出ると、腰に巻いていた綱を投げて、次々と雪の中でもがいている隊員たちを引き摺《ず》り出した。全員雪だらけになっていて、階級も顔もさだかではなかった。

安全地帯まで来て点呼を取り、装具の検査が行われた。隊員たちは荒い息をつきながら、お互いの安否をたしかめ、雪中遊泳の苦しかったことを話し合った。

「明るくなったようだ」

倉持見習士官は前方をすかして見るようにして言った。狭間はそこで終って、明るい広場が一行を待っているようであった。風の音も明らかに変っていた。それまでの山鳴りのような音とは違って、前方から聞えて来るのはひゅうひゅうという風そのものの声であった。

そこは明るい広場ではなかった。木々が切り倒されてできた狭い範囲の雪の吹き溜《だま》りでしかなかった。そこに申しわけのような小屋があった。

「これから白地山へ向って登る。風が強いようだから各自装備について点検せよ」

という命令が出た。

「耳当をつけろ」

「軍足の上を覆《おお》っている油紙が破れていたら取換えよ」

「手套《てとう》を二枚はめろ」

「襟巻を着用」

などの命令が出た。兎《うさぎ》の毛でできた耳当や、フランネルの布地で作った襟巻などはすべて今度の雪中行軍のために準備されたものであった。

号令が次々に飛んだ。各研究班の班長が班員を集めて打ち合せを行なっている間に、風速はいよいよ増加して行った。

徳島大尉の出発の声もはっきり聞えないほどの強風の中を小隊は吹雪に挑んで行った。

ブナの林を切り開いた道であった。疎林《そりん》の中に針葉樹の大木がときどきあった。案内人たちはそれ等を目標にして歩いているようであった。

傾斜の急な道であった。吹雪とも飛雪とも区別のつかない雪煙りの中を小隊は急坂を登って行った。前を行く者の雪沓とそのあとを行く者の頭巾《ずきん》とが触れ合いそうなところもあった。高度を増すごとに、風は強くなり、道がはっきりと尾根道にかかると、雪は吹きとばされて少なくなったが、眼も開いておられないような強風にさらされた。それは暴風でも烈風でもなく狂風であった。複雑な地形を通って吹き上げて来る風が乱れに乱れていた。隊員は、前の人に盲従して行くに過ぎなかった。自分がどこをどう歩いているか意識している者はいなかった。

尾根の雪が吹き飛ばされて、笹《ささ》が出ているようなところは立っては歩けないほどの強風であったが、尾根から山の斜面の捲《ま》き道に入ると、風はやや静かになり、そのかわりまた深雪に苦しまねばならなかった。白地山の山腹を大きく迂回《うかい》した一行は、白地山の八合目付近から急に向きをかえて頂上に向って真直《まっす》ぐ登りだした。それまで追い風だったが、そこからは北西風を真正面に受けて登るという最悪の状態になった。

強風のために呼吸ができなかった。二歩進むと一歩は風で押し戻された。隊員たちは身体《からだ》を伏せるようにして、じりじりと頂上目ざして登って行った。手足の指先の感覚が次第に失われて行ったが、指先を揉《も》んでいるような余裕はなかった。地吹雪ではなく、吹雪だということは、吹きつけて来る雪が湿り気を帯びているところから判断できた。隊員たちの顔色は蒼白《そうはく》になり、唇が紫がかって行った。ものをいう者はいなかった。

倉持見習士官は隊の先頭で、案内人たちが風に吹き寄せられるように一箇所に集まって、相談し、すぐ隊長のところに行ってなにか言っているのを見た。徳島大尉が、杖《つえ》にしていた軍刀の柄を握りしめて、なにか怒鳴っていた。

案内人が引き返すことをすすめているのに対して、徳島大尉が、進めと、命令しているように思われた。

小隊は再び頂上に向って前進を始めた。叫びとも掛声ともつかない声があちこちから発せられた。雪の中に倒れた者を助け起してやったり、よろめく足元にしっかりしろと声をかけるものもあった。それらの声はすべて風に吹き飛ばされた。

突風性の風が続いた後には、二、三秒間の静穏な時間が訪れることがあった。そういうとき、倉持見習士官の直ぐ後に続いて来る斎藤吉之助伍長《ごちょう》が、数を数える声が聞えた。斎藤伍長は、その困難な状況下において尚《なお》歩測を続けていたのである。斎藤伍長は百数える毎《ごと》に左のポケットの大豆を右のポケットに移していた。

「しっかりしろっ、頂上はすぐそこだ」

倉持見習士官は吹雪に向って叫んだ。それは彼自身を叱る声であった。

白地山の頂上には雪はなかった。風に吹き飛ばされたのだ。頂上で点呼を取ろうとしたが、立ってはおられないほどの強風だから、頂上から東の方へ少し降りたところの窪《くぼ》みで点呼を取った。隊員達は頂上に着いたという満足感に浸っている心の余裕はなかった。吹雪と強風に痛めつけられた彼等は一刻も早く下山したがっていた。全員が、震えながら足踏みを続けていた。そのあたりの雪の表面は風によって磨き上げられて、光っていた。徳島大尉は喇叭《らっぱ》卒の加賀竹治郎に喇叭の吹奏を命じた。加賀二等卒が唇を喇叭に当てたが唇が喇叭の吹き口に凍りついて、吹くことは出来なかった。

大尉は下山を命じた。

案内人が先に立って、十和田湖の方へ向って降りて行った。頂上付近の雪は氷のように固くなっている上、風で磨きがかけられているから、下山に掛ると、滑った。

「十和田湖が見える」

と案内人が叫んだ。雲が切れて、日が十和田湖にさしかけたのである。十和田湖は濃青色に沈んで見えた。氷は張ってはいなかった。

十和田湖が見えると、案内人の一人が叫んだとき、隊列の中ほどで足を滑らせたものがいた。五人の案内人と三十八人の隊員は白一色の天地の中に突然湧《わ》き出した青い色というよりも、むしろ黒い湖に見入っていた。黒い湖は波立っていた。黒い湖と白い大地と接する汀線《ていせん》が白く光っていた。光は間もなく消えた。黒い湖は白い吹雪の中に隠された。下りは登りよりも楽だったが、午後になると寒気が身にしみた。連続した暴風雪の中での行軍だったので、彼等は食事を摂《と》る暇もないし場所もなかった。彼等は雪の中に立ったままで重焼パンを口に入れた。出発に当って注意されたようにして持って来た握り飯だったが、ほとんどが凍っていて食べられなかった。水筒の水は凍ってはいなかった。船山見習士官が、気温の観測をした。零下六度であった。

元山峠に達したときには風はずっと静かになっていた。銀山まではそこから二キロほどであった。そこまで来ると銀山への道に踏み跡がついていた。徳島大尉は、

「案内人は最後尾につけ」

と大きな声で号令した。

加賀竹治郎喇叭卒の吹く喇叭の音が喨々《りようりよう》と鳴った。銀山の工夫たちは全員迎えに出て、隊員たちの先に立って、雪を踏んで道を開いた。

その夜の宿舎は既に割当てであった。この日、徳島小隊がここに到着することは予め《あらかじ》連絡してあったのである。見習士官以上は、銀山の経営者の工藤祐紀の家に泊り、下士卒は鉱山の工夫の宿舎に泊ることになっていた。

徳島大尉は、銀山の建物の前まで来たとき全員を整列させて訓示した。

「本日はいままでにない困難な旅程であったが全員よくその任務をまっとうしたことを満足に思う。今夜は充分に休養して明日の行軍に備えるように。尚、この銀山の経営者工藤祐紀氏は元南部藩出の士族である、礼を欠かないように注意しろ」

倉持見習士官は、大尉の言葉の中にあった、銀山の経営者が士族であるから礼を欠くなという言い方が気に食わなかった。倉持見習士官は平民出であった。その当時平民出で士官学校に入学できたものは、ごく稀《まれ》であった。従軍した七人の見習士官中、平民出身は彼一人であった。倉持見習士官はなにかといえば、平民と士族を区別したがる、軍の風潮に反発を感じていた。その風潮は軍の将来を誤るものであると考えていた。

「質問があります」

まさに解散の号令が出ようとする寸前に倉持見習士官が徳島大尉に向って手を上げた。

「なんだ、言って見ろ」

「自分は、本日の行軍中、無駄口を叩きましたが一歩前に出ないでよろしいでしょうか」

それはまことに突飛であり、徳島大尉の意表を突く質問であった。

徳島大尉は倉持見習士官の顔を冷然と見て答えた。

「そういう質問こそ無駄口というのだ、よく覚えて置け」

そして大尉は解散を命じた。

その夜工藤家では十畳間に十名の客を迎え、接待に大童《おおわらわ》であった。各人の前に膳《ぜん》が置かれ、酒が出された。

倉持見習士官はすすめられる盃《さかずき》は受けたが、自ら進んで飲もうとはしなかった。屯営を出発以来、軍が停止するところでは、昼といわず夜といわず酒が出た。昼は酒を飲むことを禁じられていたけれど、夜は許された。隊長以下酒を飲まない者は一人もいなかった。倉持見習士官は民間人の軍に対する過分な饗応《きょうおう》について疑問を持っていた。軍隊が珍しいということもあるだろう。軍人に対する信頼や尊敬もあるだろう。しかし、民間人は現実的に軍人を泊めることによって多大の出費を余儀なくされるのだ。表面では歓迎していても心では泣いているに違いない。倉持はそう考えていた。(民家に泊るのは止《や》むを得ないことではあるが、いっさいの接待は遠慮すべきであり、必要経費はすべて軍が支払うべきである)彼はそう思った。途中が如何《いか》に危険な雪中行軍であったとしても、夜は民家に泊り、飲み食いしてぬくぬくと寝て歩くというのが雪中行軍であろうか。彼の疑問は尽きなかった。

「おい倉持どうしたのだ」

一番奥で、工藤祐紀を相手に酒を飲んでいた徳島大尉が言った。

「どうもしません。酒を飲んでいます」

「酒は愉快に飲むものだ」

「はっ、愉快に飲みます」

倉持見習士官は前の盃を一気に飲み乾《ほ》した。酒は冷え切っていた。十和田湖畔に打ちつける波の音が大砲の音のように聞えた。徳島大尉は酒を飲みながら倉持見習士官の方に時々眼を向けたが二度と声を掛けるようなことはなかった。

4

一月二十三日、午前七時、徳島隊は銀山を出て次の予定地宇樽部《うたるべ》に向った。宇樽部は十和田湖の東岸にあり、銀山は西岸にあったから、その日の行程は十和田湖を左側に見ながら湖を西から南に半周する十六キロの行軍であった。案内は嚮導員《きょうどういん》として同行した、もと銀山に働いていたことのある佐藤一等卒であった。

当時、十和田湖周辺にはほとんど人は居なかった。銀山を出て宇樽部まではブナの原生林であった。宇樽部も村落といわれるほどのものではなかった。新しく、この地に入植した開拓農家が十戸ほどあるばかりであった。そのことは充分承知した上での行軍であり、出発に当って、隊員たちにもこのことが言い渡されていた。

銀山から宇樽部に通ずる道はあった。湖岸に沿った一本道である。

十和田湖は荒れ狂っていた。湖岸に打ち上げる水しぶきが樹木にかかって、木は氷の化石のようになっていた。

徳島隊は氷の化石の森の中を進んだ。波の音が高くて命令も聞えないほどであった。波打際《なみうちぎわ》に近いところは、打ち上げた飛沫《ひまつ》が凍って、つるつるの氷になっていた。滑って歩きにくいし、波の飛沫を浴びる虞《おそ》れもあったから、そういうところは森の中に入りこまねばならなかった。雪の深さは三メートルに達していた。

北西風はその日も強く、隊員たちは、昨日と同じような目に会うことを覚悟していた。

和井内で昼食を摂《と》ったころから、吹雪が激しくなった。食べている握り飯の飯粒が見る見るうちに白く凍った。

西海勇次郎は猟師の弥兵衛が西の空に黒い雲が出て、大地をこするような風が吹き出すと、腰から下が、じいんとするほど寒くなる、そういうときにはなにがなんでも、逃げ帰らねばならないと言ったことを思い出しながら、西の空を見た。西の空も東の空も真暗だった。湖面をこするようにこまかい雪を伴った風が吹きつけて来た。腰から下どころではなく全身が凍結しそうに寒い風であった。それまでのように、吹雪と地吹雪が乱れ合って、吹いたり止《や》んだりするような天気とは違って、なにか容易ならぬ天気の変化が起ったように思われてならなかった。

それに気がついたのは西海ばかりではなかった。隊員たちの多くは、昼食をはやばやとすませると、出発の用意をした。先を急ごうとする気持と、天気急変に対する恐怖が隊員たちの顔を覆《おお》っていた。

徳島大尉《たいい》は気象班の船山見習士官を呼んで気象のことを聞いた。船山は気温が二度急降して、現在零下十度であることを告げた。

「大暴風雪が近づいて来る前兆ではないでしょうか」

寒冷前線などという言葉がない時代だった。船山が隊長の前で言った大暴風雪到来の予告は正しかった。

丁度この時刻に、青森歩兵第五聯隊《れんたい》の雪中行軍隊二百十名は小峠で昼食を摂りながらこの天気の急変に遭遇し、進退について将校たちが協議していた。

「そうか、大暴風雪が来るのか」

徳島大尉は北の空を見た。八甲田山は見えなかったが、彼は、心の中に八甲田山とそのどこかにいる筈《はず》の神田大尉のことを思っていた。徳島大尉が出発するまでには五聯隊の雪中行軍の計画はできていなかった。中隊でやるか小隊でやるかもまだ決ってはいないようだった。しかし、第三十一聯隊の徳島隊が出発した今、聯隊長同士の約束を五聯隊側が一方的に反古《ほご》にするわけにはいかないだろうと思った。彼等はきっと行動を起しているに違いない。神田大尉もおそらく、自分と同じような、この雪中行軍の指揮者という重荷に心身共にすり減らしているに違いない。

氷の化石の森伝いの行軍は寒くて淋《さび》しい行軍だった。それまで三日間の行軍も決して楽なものではなかったが、この日のように淋しい行軍ではなかった。この日徳島小隊は死の淵《ふち》に向って前進する部隊のように粛々として歩いていた。湖畔を渡って吹いて来る細かい雪を混えた強風のせいもあり、常に耳元で鳴り轟《とどろ》いている波の音に圧倒されて、軍歌すら歌うことができなくなった為《ため》もあったが、坂道もなく、雪の中を泳ぐようなところもなく、ただ歩くだけのこの行軍がなぜこのように淋しく悲しいものであるか誰一人として分るものはいなかった。彼等は一様に頭巾《ずきん》を被《かぶ》った頭を深く垂れて黙々と歩いていた。

和井内を出て一時間ほどたったころ、小隊の一部に遅滞が生じた。松尾伍長《ごちよう》が隊と共に行動ができなくなったのである。

松尾伍長は白地山の頂上付近で、黒い湖を見たとき滑って転んだ。そのとき左足を軽く捻挫《ねんざ》したのである。そのときはなんでもないような顔をして銀山に降り、その夜、見習医官の手当を受けた。銀山を出るときはさほどの苦痛を感じなかったが、和井内を出てから苦痛がはげしくなって左足を引き摺《ず》った。隣を歩いている伍長が銃を持ってやったが、やはり遅れ勝ちになった。

徳島大尉は見習医官から報告を受けると直ちに松尾伍長の介添え役として二名の伍長を指名させ、松尾及び二名の伍長の銃は見習士官に持たせ、背嚢《はいのう》その他の装備は他の伍長たちに手分けして持たせた。

雪中行軍において一人でも事故者が出ると、隊全体の行動に影響することは充分知っていたことであったが、現実の問題として松尾伍長の捻挫は大尉の心を暗くした。

宇樽部についたのは四時だったが、そのころは本格的な暴風雪になっていた。夜のように暗かった。

宇樽部の民家は、民家というほどのものではなかった。かろうじて風雪を防ぐことのできる小屋であった。彼等の多くは、犬吠峠を越えて向うの戸来《へらい》村からこの地を開拓するために移住して来た者であった。今まで人が住んだことのないところへ、誰の援助も受けずに移住して来た人たちだったから、その生活の厳しさは言語に絶するものであった。生きるだけがやっとであった。若者の多くは冬の間は出稼《でかせ》ぎに出て、ここには、老人と女と子供しかいなかった。

徳島隊の来ることは知っていたが、彼等をもてなすべきなにものもなかった。

隊員は各戸に分散すると、各自が持って来た、米六合と牛肉の罐詰《かんづめ》一個を出して、三食分の炊爨《すいさん》を依頼した。一食は翌日の昼食分だった。どの家にも余分の寝具もないし、寝る場所もなかったから、彼等は食事が終ると、土間によく枯れた薪《たきぎ》を敷並べその上に莚《むしろ》を敷き、土間の中央で焚火《たきび》をして一夜を過すことにした。薪だけは豊富だった。一日の行軍で隊員は疲労していた。眠くてしようがないのだが、寒くて眠れなかった。彼等は外套《がいとう》を着た上に藁《わら》で編んだ叺《かます》をかぶって火に当りながら夜を過した。

その夜の荒れ方は物凄《ものすご》かった。この世の終りが来たかと思われるほどの荒れ方だった。戸の隙間《すきま》から粉雪が舞いこんで、たちまち土間を白くした。家は吹き倒れそうに揺れ動き、山が鳴り、湖水が咆哮《ほうこう》した。

「この嵐《あらし》の中に出たら一時間とは生きてはおられないな」

徳島大尉は田辺中尉に言った。

「一時間はおろか三十分もむずかしいでしょう」

田辺中尉はかぶっていた藁莚を引き摺り上げながら言った。

「五聯隊はどうしているだろうか」

徳島大尉が言った。

「もしかしたら……」

田辺中尉は言いかけて身慄《みぶる》いした。徳島大尉と田辺中尉は眼を見合せた。焚火の火でお互いの表情がどうやら読み取れた。徳島大尉は田辺中尉も同じことを考えているのだと思った。前後の事情から推測すると、五聯隊が出発するのは、昨日か今日になるだろう。途中でこの暴風雪に遭遇した場合、彼等はどう処置するだろうか。徳島大尉は頭の中の地図を読んだ。田茂木野から田代間、又は田代から増沢までの間で、今日の午後のような吹雪に会ったら、そして、人家に達しないうちに夜になったらどうなるだろうか。

「今回の行程中もっとも困難な八甲田山麓《さんろく》にわれわれが踏みこむのは最後の日だが、五聯隊は最初にその地に踏みこむのだ。雪になじまない者は困難するだろう」

徳島大尉が言った。

同じような会話が、斎藤吉之助伍長と西海勇次郎との間にも為《な》されていた。

「五聯隊は今日あたり出発したような気がしてならない」

斎藤吉之助は焚火を見詰めて言った。

「弟さんからそのようなことを言って来てあったのかね」

西海が薪を折って火にくべながら言うと、

「なにもありません、ただそんな気がするんです。もしかすると、弟はこの嵐の中で道を迷っているかもしれません」

そんなことがあるものかと、他の伍長たちが言ったが、斎藤伍長はなにかに憑《つ》かれたような目で炎を見詰めていた。

5

夜が明けたが暴風雪はいささかもおさまる模様を見せなかった。とても、この暴風雪の中へ出て行けそうもなかった。各戸に泊っている者は、やがて隊長から行軍中止の命令が出るのを待っていた。だが、各戸に分宿している隊員に通達されたことは本日犬吠峠を越えて、戸来村まで行軍するについての適当なる案内人を探して、隊長のところへ連れて来いということであった。隊員たちは、隊長が本気で言っているかどうかを一時は疑ったほどであった。

古老たちは、口々に、いくら兵隊さんたちでもこの吹雪では無理だ。天気が落ちついたら案内してやるから待てと言った。進んで案内に立つものはなかった。

「誰も案内する者がなければ私が案内しましょう。私は戸来村の生れだし、実家へ行くために、年に何回となく、この道は通っている。一月になってからも、二度も歩いているから、このくらいの吹雪で、道を迷うようなことはないつもりです」

と滝口伝造の嫁のさわが言った。さわの夫は銀山へ出稼ぎに行っていて留守であった。さわ女には八歳と五歳の二児があった。

伝造は嫁のさわ女を連れて徳島大尉《たいい》のところへ行って、両手をついて言った。

「大将さま、案内は嫁のさわがやりますが、途中でこの女が、これじゃあ駄目だ、峠は越せねえと言ったら、そのまま引き返して来て下さい、これだけは私からくれぐれもお願いいたします」

伝造に大将様と言われた徳島大尉は、ちょっと渋面を作ったが、伝造の申し出を納得した。案内はさわ女に一任し、強制はしないことを約束した。

もんぺ姿に藁沓《わらぐつ》を履きみのぼっちをかぶったさわ女を道案内とした徳島隊は暴風雪を冒して犬吠峠へ向った。宇樽部の住民は全員雪の中に出て慄《ふる》えながら一行を見送った。峠の入口で一行は雪の中を泳いだ。沢沿いの道だから雪の吹き溜《だま》りになっていた。

吹雪は覚悟していたが、それは吹雪ではなかった。雪の狂乱だった。目茶苦茶に吹きまくり、飛雪の幕を張って視界をさえぎり、雪の渦の中に人々を飲みこもうとした。前を行く人の姿さえ見失うような吹雪であった。徳島隊は用意して来た麻縄で、互いの身体《からだ》を結び合って前進した。足を捻挫《ねんざ》している松尾伍長《ごちょう》の存在は隊に取って、大きな負担になった。松尾伍長の介添え役は屢々《しばしば》交替し、彼の銃や装備を持つ者も時々交替した。

隊の先頭を歩いているさわ女の足は予想以上に速かった。その深雪をふわりふわりと踏み越えては前に進み、とても歩けそうもないほど強い風が来ると、ひょいと雪の中に身を潜めてしまうのであった。その前進と待避には一つのリズムがあった。嵐《あらし》と呼吸を合わせているような歩きぶりであった。隊はさわ女について行けなかった。徳島大尉は時々彼の前を行くさわ女を見失って、不覚にも声を上げて彼女を呼び求めることがあった。

峠に向って進んでいることは分っているが、どれだけ進んだのか、どのぐらい時間が経《た》ったかも分らなかった。さわ女の後を追うのがせい一杯でなにも考えなかった。峠に近づくに従って、風向きが一定して来た。風は彼等の背を叩《たた》きのめすような吹き方から、次第に一定風速の西風に変って行った。寒くて口がきけなくなった。手足の指先の感覚が無くなった。ほんの、しばらくの間、どこかに姿を隠していたさわ女が大尉の前にひょっこり姿を現わして、峠はすぐそこだと言った。すぐそこの峠につくまで一行は雪の中を匍匐《ほふく》しながら登った。風が強くて立ってはおられなかったからであった。隊員たちは、これこそ雪地獄というものだと思った。だが彼等は死の恐怖は抱かなかった。隊員たちの心を引張って行くのはさわ女の存在であった。さわ女が先頭にいるかぎり生きる望みはあった。さわ女はその暴風雪をいささかも気にしてはいない顔をしていた。風の合間に、雪の積った石の上に立って雪の中を喘《あえ》ぎながら登って来る隊員たちを見る顔はいつも笑っていたし、彼女の赤い頬は童女のように輝いていた。時折、彼女は、

「兵隊さん、しっかりしなさい」

とか、

「隊長さん、なにしてるだべ」

などということがあるかと思うと、強風が吹き去ったあとで、雪の中からもくもくと起き上って、いかにも可笑《おか》しそうにけらけら笑うことがあった。

隊員たちはさわ女に牽《ひ》かれていた。そこには大尉も中尉も少尉もなく、指揮官はさわ女であった。さわ女が先頭にいるかぎり、この雪地獄から脱出できると、信じてい

た。

隊員たちは、さわ女に引張られて犬吠峠を越えた。峠を越えると、今度は、吹きおろす風に、突きとばされて雪の中に転んだ。だが、峠を越えたという自信は隊員たちの気持を安定させた。峠を降りるに従って風は静かになり、枯沢まで来たとき、さわ女は、

「もうここまで来たら大丈夫だから弁当を食べましょう」

と言った。昼食時間はとっくに過ぎていた。

彼等は粟餅《あわもち》を焼いて油紙に包んで肌に抱いていた。塩味がつけてあった。宇樽部の住民の好意によるものであった。彼等は過度の疲労のために食慾《しょくよく》がなかったが、隊長の命令で、無理矢理、口につめこんだ。零下十六度であった。生きた顔をしている者はさわ女一人であった。

雪道を下って行くと、下から、戸来村の在郷軍人五名が軍服姿で出迎えに来た。そこからはただ歩くだけだった。下に部落が見えると、徳島大尉は、さわ女に案内料として五十銭玉一個を与えて、

「案内人は最後尾につけ」

と大きな声で怒鳴った。

「もう用はねえってわけかね」

さわ女が言った一言は、それを聞いていた隊員たちの心を打った。隊員たちは心の中で彼女にすまないと思った。

徳島隊は喇叭《らっぱ》を吹き鳴らしながら羽井内《はいない》の部落に入った。そこから彼等の宿泊予定地の中里《なかさと》までは、約八キロあった。宇樽部から戸来村中里までの二十四キロの雪中行軍はどうやら無事に終ろうとしていた。

中里では、手製の日の丸を手に手に持った村民が徳島隊を迎えた。部落の入口の両側に大きな篝火《かがりび》が燃えていた。家々の屋根から軍人たちを迎えるための夕餉《ゆうげ》の煙が上っていた。物を煮る旨《うま》そうな匂《にお》いが隊員たちの食欲を誘った。明るい灯が、暖かい炉端を思わせた。隊員たちは、各戸に迎え入れられ、風呂《ふろ》に入り、酒を馳走《ちそう》になって、今夜こそ暖かい寝床に入ってぐっすり眠れるものと思っていた。だが、中里の部落に入って点呼を取った直後に発せられた徳島大尉の命令は隊員たちを失望させた。

「われわれはこれより、夜間耐寒訓練に移る。部隊は焚火《たきび》を囲み、翌朝まで適宜休養を取るものとする」

隊員たちは疲労困憊《こんぱい》していた。宇樽部では一睡もしていなかったし、犬吠峠越えは息の根も止るほどつらかった。食べるものもろくに食べてはいなかった。

田辺中尉が捻挫した松尾伍長だけは民家に泊めた方がいいという見習医官のことばを徳島大尉に伝えた。徳島大尉はそれを許可した。中里の部落は、村始まって以来、初めて訪れた軍人を泊める用意をしていたが、予定が変更されたので、各戸から食べ物や酒が焚火の傍に届けられた。徳島大尉は訓練中だからと言って酒は辞退した。

吹雪は止《や》んだが、おそろしく寒い晩であった。夜になると寒さはいよいよ増した。食べ物や薪《たきぎ》を運んで来る村人たちがこのような寒さはめったにないことだと言った。

焚火に向っている部分は暖かいがその反対側は耐えられないように寒かった。彼等は、焚火に腹を向けたり背を向けたりして夜を過していた。焚火にあたっていても、足踏みをしていないと耐えられない寒さであった。

焚火にあたっていながら、ついうとうととして焚火の中に倒れこもうとする者が出て来た。睡魔に勝てずに雪の上に坐《すわ》りこんでしまう者がいた。

「小隊はこれより雪壕《せつごう》を掘る。小隊は三分隊を編成とし、各分隊はそれぞれ雪壕掘りに当るものとする。焚火は、各分隊より二名ずつ交互に派遣して消えないよう保守せよ。分隊の編成は田辺中尉が行い、雪壕の位置と構造は高畑少尉が指導する」

その命令が出たのは夜半を過ぎてからであった。風が出て来て寒気が増したことと、隊員が睡魔に襲われだしたのを見ての隊長の処置であった。

中里は山と山に挟《はさ》まれた部落であった。村の北側に鎮守の森があった。その付近の山の北斜面は雪が深かった。雪壕掘りはそこでなされた。塹壕《ざんごう》式の雪壕であった。二メートル半ほど掘り下げると土が出た。それだけ深く掘ると、風が防げた。頭上より忍びよる寒気は如何《いかん》ともしがたいことであったが、折から吹き出した強風を防ぐことができるから、外に立っているのと比較するとはるかに暖かであった。

6

倉持見習士官は、彼のすぐうしろを歩いて来る斎藤吉之助伍長《ごちょう》がいままでと違うことに気付いていた。

倉持見習士官は雪中における路上測図の研究を担当していた。斎藤吉之助はその補助員の一人であったから、弘前屯営を出発以来、斎藤吉之助とは常に密接な連絡を取っていた。倉持見習士官が、斎藤伍長が少々おかしいと感じたのは、中里を出て直《す》ぐであった。数を数えながら歩いている斎藤伍長の口から、歩数を数える声が聞かれなかったからであった。明け方に一時強かった風は止《や》んで、その日は比較的穏やかな天気に恵まれそうであった。隊員は、頭巾《ずきん》をはね上げて歩いていたから、音はよく聞えた。だが、斎藤伍長の声は聞えない。いままで、どんな吹雪の中でも、歩測をやめたことのない斎藤伍長のことだから、歩測の数を口に出すことをやめて、頭の中で数えるようにしているのに違いない。それならば顔を見れば分ることであった。

倉持見習士官はふり返った。斎藤伍長は、倉持見習士官と眼が会うと、はっとしたように歩数を数え出した。

（眠いのだ。無理もない。小隊全員が眠いのだ。こういう状況の中で、彼に歩測を続けろということは無理なことだ）

倉持見習士官はそう思った。そしてすぐ彼は、斎藤伍長の顔は眠い顔ではなく、考えている顔だったことに気がついた。なにか一生懸命に考えこんでいる顔だった。

（やはり眠いのだ。眠いと、考えこむような顔になることもあるのだ。だいたい、隊員を二晩も眠らせないような、行軍ってあるだろうか、いくら研究のための雪中行軍だと言ってもひどすぎる）

倉持見習士官は先頭を行く徳島大尉《たいい》を見た。今日もまた先頭に案内人がいた。村から村をたどって三本木までは特に案内を必要とするような道ではなかったが、案内人がいた。そして最後尾には、松尾伍長が乗った盥《たらい》を、中里から頼んで来た四人の人夫が綱をつけて曳《ひ》いていた。

倉持見習士官は徳島大尉の人格がよく分らなかった。里道を歩くのに案内人を付けるほど慎重な彼がなぜ、きのうのような猛吹雪の中を敢《あ》えて、犬吠峠を越えたのであろうか。明日はいよいよ最難関の八甲田山系へ向って踏みこまねばならない。休養を取るべきなのになぜ、徹夜の露営をしなければならないのだろうか。

斎藤伍長が歩数を数える声が聞えて来た。特別な抑揚をつけたその声は或《ある》いは高まり、突然、消えるように細った。そして数が百になったときは、ぴたっと声が跡切《とぎ》れて、その次には二、三、四と数え出すのである。百を数えると、左のポケットから大豆を一個右に移し変える。その間に一歩だけ前進するから、大豆の移動が終った次は二から数を起すのであった。

倉持見習士官は、その百から二に移り変る間隔について疑問を持った。いつもと違うのである、そこに一歩だけの間隔がなく、百からいきなり二に移ったような感じの数の数え方であった。倉持見習士官は、その疑問をいつまでも持ち続けることができなかった。倉持見習士官は、斎藤伍長の数え声が、百に達したときまた振り返った。斎藤伍長の手は左のポケットに入ってはいなかった。彼は大豆を移すことを忘れていた。そのとき倉持見習士官は、斎藤伍長はぼんやりして歩いているのではなく、なにか真剣になって考えているのだと思った。心配している顔だった。陰鬱《いんうつ》な憂《うれ》いに満ちた顔だった。いつも正しい姿勢で歩く斎藤伍長が、足元を見詰めながら歩いているのも解せないことであった。おいと呼びかけたら、そのまま前に倒れてしまいそうなほどに、悲痛な想《おも》いに耽《ふけ》った顔だった。だが倉持見習士官は斎藤伍長をそのままにして置くわけにもいかなかった。

倉持見習士官はわざと立止った。彼が立止れば、すぐ後から来る斎藤は立止らざるを得なかった。そして彼は気がつくだろうと思った。

倉持が立止った直後、彼は斎藤伍長の軽い叫び声を聞いた。あっというようにも、おっというようにも聞えた。

斎藤伍長は蒼白《そうはく》な顔をして立っていた。彼の足下に紐《ひも》の切れた雑嚢《ざつのう》が落ちていた。

「善次郎は死んだ」

と斎藤伍長が言った。

「なにっ、誰が死んだ？」

「弟の善次郎が唯今《ただいま》死にました」

斎藤伍長は紐の切れた雑嚢を拾い上げようともせずに言った。

「善次郎というのはどこにいるのだ」

「五聯隊《れんたい》の神田大尉の従卒であります」

倉持見習士官は、五聯隊の雪中行軍の指揮官が神田大尉になるだろうということを聞いていた。その神田大尉の従卒が死んだということは重大な意味があった。

「きさまの思い過しだぞ。なんだ。雑嚢の紐が切れたことぐらいでへんに気を廻《まわ》すな。こんなことはよくあることだ」

斎藤伍長と並んで歩いていた、泉館伍長がその雑嚢を斎藤伍長の足下から拾い上げながら言った。泉館伍長は雑嚢の紐が切れることぐらいよくあることだと言ったが、そんなことはよくあることではなかった。珍しいことであった。

「見ろ、ここにこがした跡がある。ゆうべの焚火《たきび》でこがしたところが切れたのだ。気にするな」

泉館伍長は、切れた雑嚢の紐を手早く結んで斎藤伍長に渡した。

「なにをしておるか」

前方から徳島大尉の声が掛った。

「はいっ、雑嚢の紐が切れたので修理しております」

倉持見習士官はそう答えた。一行はなにごともなかったように歩き出した。斎藤伍長の歩数を数える声は間もなく始まったが、乱れ勝ちだった。倉持は歩測の仕事を泉館伍長に交替させた。

斎藤伍長は、一昨夜から弟の善次郎のことをずっと考え続けていた。理由はないが、斎藤伍長には弟の善次郎が吹雪の中でさまよっているように思えてならなかった。風の合間に、弟の呼び声を何度か聞いた。そしてさっき、斎藤伍長は、善次郎が叫ぶ声を又聞いたのだ。

(兄さん、おれの棺桶《かんおけ》に氷の花が咲いているぜ)

斎藤伍長が、その弟の声を心の中で聞いた瞬間、ぷっつりと雑嚢の紐が切れたのであった。

米田《まいだ》で昼食のための大休止になったとき、倉持見習士官は斎藤伍長に、弟が死んだと言った言葉の内容について訊《き》きただしたあとで言った。

「疲労だ。疲労が重なると、そのような被害妄想《もうそう》が生れるのだ」

倉持見習士官は、高畑少尉にこの件を報告した。傍で、田辺中尉と徳島大尉が聞いていた。

「要するに、隊員は強度の疲労状態にあるのだと思いますから、今晩は充分なる休養を取る必要があると思います」

倉持見習士官がいうと、

「お前たちは確か雪中における路上測図の研究を担当していたのではないのか、そういうことは、疲労度の研究をやっている班にまかせろ、他人の研究に口を出すな」

高畑少尉に言われたが倉持見習士官は、簡単には引っこもうとしなかった。

「斎藤伍長は倉持の研究の補助員であります。補助員の健康について班長が口をさし挟んでいけませんか」

ちょっと待て、と徳島大尉が倉持に向って言った。

「斎藤伍長の弟は五聯隊の神田大尉の従卒だと言ったな。斎藤伍長は五聯隊が出発したという根拠になるものを、なにか持っているのか」

「全然持っておりません。しかし斎藤伍長は、五聯隊は二十三日に青森の屯営を出発したのに違いないと思いこんでいるのです。すべて幻想です。妄想です。疲労による精神作用です」

「よし、今夜は三本木で充分な休養を取らせる。疲労しているのは、斎藤伍長だけではない。みんな疲労しておる」

徳島大尉は倉持見習士官を帰らせてから、考えこんだ。斎藤伍長の妄想が妄想ではなく真実だとしたら。そう考えると、寒さとは違ったものが背筋を走った。斎藤伍長は五聯隊にいる弟のことを心配しているのではなく、この隊の前途を予想しているのではなかろうか。

徳島大尉は出発に当って、神田大尉あてに書いて送った手紙のことを思い出した。吹雪の八甲田山を無事に越えるのは、神田隊か、それとも徳島隊か何《いず》れであろうか。或いは両者とも八甲田山の雪の下に骨を埋めることになるのではなかろうか。徳島大尉は、前途の不安を空に投げた。朝のうちは晴れていた空がまた曇った。雪が降り出しそうであった。

中里から三本木（現在の十和田市三本木）までの二十二キロの雪の道は、安易な道であった。

三本木の宿舎に着くと、徳島大尉は三本木から増沢までの嚮導員《きようどういん》として連れて来た小山福松二等卒を呼んで、彼の生家で一泊して、明朝嚮導に当ることを命じた。

小山福松には思いもよらぬことであった。彼はそこから二キロほど離れている彼の生家へ走るように帰って行った。

三本木の宿舎に着いたが、彼等には仕事が残っていた。いよいよ最難関の八甲田山に取りつくための準備であった。雪沓《ゆきぐつ》や油紙や、凍傷防止のために雪沓の中に入れる唐辛子《とうがらし》や、若干の非常食料の購入であった。また装備に不備の点がある者は一夜のうちに補修しなければならなかった。将校や見習士官たちは、切明以降の研究問題について大略、聯隊あて報告する用務があった。報告書はひとまとめにして、明日、三本木から馬車で、沼崎駅（現在の上北町駅）まで行き、そこから、弘前まで汽車で帰る松尾伍長に依託することになっていた。

徳島大尉は弘前の第三十一聯隊門間少佐あて、三本木に無事到着したことと、松尾伍長のことを打電した。松尾伍長を沼崎まで送る手配は、宿の主人の鈴木貞雄に依頼した。

鈴木貞雄はこころよくそれを引受けたあとで、お話ししたいことがあるからと、徳島大尉を奥の部屋に案内した。鈴木はそこで、半紙に書き留めたメモを大尉に渡した。弘前の第三十一聯隊の門間少佐から、五聯隊が二十三日に出発したことを知らせた電話の内容を書き取ったものであった。

（青森歩兵第五聯隊雪中行軍中隊は、一月二十三日六時、青森屯営を出発せり、指揮官神田大尉、編成外として山田大隊長外大隊本部八名が随行。田代、増沢を経由して二十五日三本木に到着の予定）

と書いてあった。

「どうもありがとう」

一読して徳島大尉は鈴木に礼を言った。これだけのことにわざわざ、自室まで連れて来ないでもいいのにと思った。鈴木は、膝《ひざ》の上に手を置いて、まだなにか言いたそうであった。

「実は、その第五聯隊のことを心配しているのです。二十三日に田代、二十四日に増沢、二十五日に三本木とすると、もう此処《ここ》に着いていなければならないわけです。さっき増沢から来た者に聞きましたが、今日の午後二時までには増沢に着いてはいないということです」

「今日は一月二十五日だな」

徳島大尉は念を押した。

「一日、二日の遅れはあるだろう、なにからなにまで予定どおりというわけには行かない、しかも二十三日、二十四日は非常に天気が悪かった」

徳島大尉は犬吠峠の風を思い出しながら言った。

「さよう。だから尚更《なおさら》のこと心配しているのでございます」

鈴木はそれ以上のことは言わなかった。それ以上は軍のことに立ち入ることであった。

徳島大尉は、鈴木から聞いたことは黙っていた。余計なことを言って隊員たちに不安を与えることはないと思った。

7

翌日は六時に三本木を出発した。

宿営目的地は田代であった。小山福松二等卒が増沢までの道案内人に立った。奥入《おいら》瀬《せ》川の支流の熊《くま》ノ沢川に沿っての雪道であった。熊ノ沢、長沢、蓬畑《よもぎはた》、中村、石渡、府金、増沢と小さい部落が連なっていた。天気は比較的良く、出身地を、先頭を切って歩いている小山福松の顔はいかにも得意そうであった。

増沢では予定通りやって来た徳島隊を小学校に迎えた。その小学校の入口に貼紙《はりがみ》がしてあった。

青森歩兵第五聯《れんたい》隊様
弘前歩兵第三十一聯隊様
御休憩所

氏家村長と小学校の校長が児童たちと共に一行を待っていた。湯茶が出された。村の主婦たちが大勢つめかけていた。物を煮るにおいがした。どうやら酒の用意でもしているようであった。

「今日中に田代まで行かねばならないから、御気持だけを受けて、接待は御遠慮申す。そのかわり、至急案内人を探してくださらぬか」

徳島大尉《たいい》は氏家村長に言った。

「これから田代までですって、冗談ではございません。これから先は雪が深くて、朝早く出ても田代につくのがやっとのところです。これから行ったら夜道になります。とても歩けたものではありません。それに案内人は、そう簡単には見つかりません。雪の日は午後になったら歩くものではございません。どうぞこの村にお泊りになって、明日早く出発なさいませ。それまでに案内人は必ず探して置きます」

氏家村長は村の主だった者たちと顔を見合せて言った。言い方に誠意が感じられた。

「軍では予定が一日延びることはたいへんなことなのだ」

徳島大尉は低い声でつぶやくように言った。

「でも、五聯隊は予定より二日も遅れていますが、まだ参りません。きっと出発を遅らせているのでしょう。二十三日と二十四日はひどい吹雪でしたから」

氏家村長はそう言ってから、さらに、

「もし無理に出発したとしたら、田代に閉じこめられているということになりますが、それにしても、二日遅れるとはへんでございます。なにかよからぬことでも起らねばよいがと一同心配しております」

と言った。

「それでは予定を変更して、本日は増沢に泊ることにしよう。何分、宿舎と案内人のほうはよろしく願います」

徳島大尉は氏家村長の前に頭を下げた。

宿舎が決ると徳島大尉は田辺中尉、高畑少尉のほか見習士官と見習医官の全員を呼んだ。

「実は、三本木で門間少佐殿から、第五聯隊は中隊編成で二十三日朝青森屯営を出発したという電話連絡を受けた。予定は二十三日は田代、二十四日は増沢、二十五日は三本木となっている。五聯隊が二日も遅れて尚この地に着いていないことは、もしかすると万が一のことが起ったのかもしれぬ」

徳島大尉は遭難という言葉を使わず万が一といった。隊員たちの顔が引きしまった。

彼等は徳島大尉の次の言葉を待った。

「五聯隊に万が一のことがあったとしても、わが小隊は予定を変更するわけにはいかない。何等予定を変更すべき理由がないからである。わが小隊は予定どおり、明早朝此処《ここ》を出発する。五聯隊に途中で万が一のことがあれば、わが隊は、五聯隊の救助に努力しなければならなくなるかも知れない。下士卒等は、小学校の入口に掲げられている貼紙を見て、五聯隊の到着しないことを悪い方に考える者があるかもしれない。幸い、氏家村長も村人等も、五聯隊は、二十三日は天気が悪かったから出発が遅れたのだと見ているようだから、門間少佐殿からの連絡については、ここにいる見習士官以上が心に留めて置くだけで口外してはならない。出発に当って、いらざる心配をさせることはない」

隊員たちは怒ったような顔で徳島大尉の顔に見入っていた。五聯隊がやられたかもしれないという八甲田山系へ踏み込むことが、それこそ雪地獄へ立入ることだと考える者もいた。五聯隊の安否を気遣う者もいた。五聯隊が失敗したら、われこそその困難な道を踏破してやろうと思う者もいた。思いはそれぞれ違っていたが、共通するのは、これから先は、想像もつかないほどたいへんなところだということであった。

彼等は下調査によって、田茂木野の住民が、過去において、雪の八甲田山系を通って田代へ出ようとして、二回の遭難を起し、合計二十名の死者を出していることを聞いていたし、またこの付近の者が、数年前、雪の道を田代まで行こうとして、死んだことも知っていた。

田代には温泉があり、そこに越冬している人がいた。だがそこは隔絶された一軒の山の湯であり、決して人が行けるところではなかった。彼等が一様に不安に思うのは、宇樽部から犬吠峠を越すとき、磁石が使用不能になったことであった。案内人がいたからことなきを得たが、地図と磁石にたよっては厳寒の中の雪中行軍は不可能だということであった。なぜ磁石が使用不能になったか、それは気温の低下と関係があることが分っていても、具体的に、その原因を突き止めるまでにはいたっていなかった。その研究をしている余裕はないほど山は荒れていたのである。

彼等は一様に沈痛な表情をしていた。こういうところで先に口を出すことは勇気の要ることであった。

「しかし、五聯隊は、なぜこの増沢へ雪中行軍隊が到着したかどうかを問い合せないのでしょうか。警察電話を使って三本木に問合せ、三本木からここまでは、人でも馬でも走らせたら、すぐ分ることではないでしょうか」

倉持見習士官が言った。確かにそのとおりだと、誰も思った。行軍がたいへんであるだけに、聯隊本部もまたその点を配慮している筈《はず》であった。予定が一日遅れたとして放っては置けないことであった。

「そうだな、氏家村長は五聯隊から問い合せの連絡があったとは言っていなかった。

とすれば、門間少佐の電話……」

田辺中尉はそこまで言ったが、あとの言葉がでなかった。門間少佐から、三本木の宿舎あてに送られてあった電話連絡が間違っていたのではないか、或《あ》るいは、五聯隊は出発したが、暴風雪がひどいから引き返したのではないかと言おうとして、止《や》めたのである。引き返したら引き返したという連絡が門間少佐から追加して来る筈である。そこに気がついたから黙ってしまったのである。

「門間少佐の電話連絡は、内容は簡にして要を得たものであるし、それを受取って書き留めて置いてくれた鈴木氏もしっかりした人物だった。電話連絡の経路において誤りはないと思う」

徳島大尉は田辺中尉の疑問に対して答えた。

「それでは、いったいどうしたのでしょうか、五聯隊は、隠そうとしているのでしょうか」

倉持見習士官が言った。

「なにが起きたとしても、なるべくならば一般に知らせないで、軍だけで処理したほうが、いいにはいいが……」

高畑少尉は言葉につまった。このごろは、やたらに秘という印を押した書類が多くなったことを高畑少尉は思い出していた。日露間の国交が危うくなって来た関係もあるけれど、必要以上に秘密主義が横行することはよくないことだと考えていた。

「とにかく、このことは、三十一聯隊を通じて五聯隊の方へ至急知らせずばなるまい」

徳島大尉は腕を組んだ。

実は予定通り、雪中行軍隊が三本木に到着したかどうかを心配して、五聯隊から、二十六日の朝三本木の警察分署に電話を掛けた者があった。

電話をかけるように命じたのは、津村聯隊長の副官であったが、電話を掛けたのは、野口という軍曹であった。

「そちらに昨夜雪中行軍の部隊が宿泊したかどうか分ったら教えていただきたい」

というのが、電話を掛けた内容であった。野口軍曹は、第三十一聯隊の雪中行軍隊が三本木へ行く可能性があることなど知らなかった。雪中行軍の部隊と言えば、五聯隊の雪中行軍隊以外にはいないと簡単に考えていた。また軍の行動に関しては、より以上詳しく民間人にいう必要もないと考えていた。

まもなく、三本木の警察分署から、回答があった。

「確かに雪中行軍部隊は昨二十五日午後四時ごろ当地に到着して、宿泊いたしました」

三本木警察分署でも、雪中行軍部隊は宿泊したかと訊《たず》ねられたから泊ったと答えたのである。五聯隊とか三十一聯隊とかいうことは、初めから電話の中にはなかったのである。

野口軍曹は副官に、

「三本木警察分署に問い合せましたところ、昨二十五日午後四時、雪中行軍部隊は無事三本木に到着しております」

と答えた。無事はおまけであった。

津村聯隊長は副官から、雪中行軍隊が無事三本木に着いたという報告を聞くと、念のため、机上にあった、第三十一聯隊の予定表を見た。徳島隊も二十五日の夜には三本木に到着する予定になっていた。津村聯隊長は、副官に直接、三本木警察分署に連絡を取るように命じた。

「雪中行軍隊は二十五日三本木に一泊、二十六日早朝、増沢へ向け出発した」

それが三本木分署に再度問い合せた結果であった。副官は蒼白《そうはく》になって、津村聯隊長にそのことを報じた。

第五聯隊が、捜索活動に入ったのは二十六日の朝であった。

徳島大尉は、その日（二十六日）のうちに、増沢の青年小原権造を三本木に走らせて電報を打たせた。電文には事実のみを報じた。

「一月二十六日第三十一聯隊徳島小隊は増沢に到着、明朝を期して八甲田山に進発せんとす。尚《なお》、二十四日当地に到着の予定の第五聯隊雪中行軍部隊は未《いま》だにその姿を見ず」

宛名《あてな》は第三十一聯隊長児島大佐であった。徳島大尉は、小原権造に電文と電報料を渡すときに、御苦労賃として五十銭を別に与えた。

徳島大尉は、弘前屯営を出発して以来、一日の案内料として一人五十銭ずつを支出していた。小原権造には一日の案内料にふさわしい労力と見做《みな》して五十銭を与えたのである。当時の五十銭で購入できる物は米にして五升、馬肉では三十斤《きん》、アンパンは五十個（アンパンは売り出されたばかりで高価であったという）、理髪料（都会地）にすると五回ないし、七回分の料金であった。

徳島大尉の与えた五十銭は決して過少なものではなく、その行為に対して充分見合ったものであった。

夜になってから、氏家村長が来て大尉に言った。

「案内を探しましたが、普通の年と違って、今年は雪が多いし、田代へ行く途中で吹雪にでもなったら死ぬしかないと申して行こうという者はおりません、田茂木野へなどとても行けたものではないということでございます」

「天気さえよかったら、田代までは行けるだろう」

「それは大丈夫だと思います」

「何人ぐらいいるのか」

「さよう、猟師の経験ある者を合わせて、七人はおるでしょう」

「その七人に案内をたのむ。行けるところまででよいと言ってくれぬか」

「行けるところまで？」

「そうだ、行けるところまでだ」

徳島大尉はきっと口を引き結んで、氏家村長の顔を睨《にら》んでいた。怖い顔だった。嫌とは言わせない顔だった。なにか言ったら、軍の命令だと一喝されそうだった。氏家村長は黙って頭を下げた。山の音が聞えた。部落の中は、それほど風は強くないが、山は荒れていた。今ごろの八甲田山は昼も夜も休むことなく荒れているのですよと、氏家村長は徳島大尉に言おうとしたが、徳島大尉があまりに、怖い顔をしていたから、ではお休みなさいませと言って、その場を去った。

そのころ、下士卒は斎藤吉之助伍長を除いて全員眠っていた。斎藤伍長は、弟の善次郎の顔がちらついてなかなか眠れなかった。斎藤伍長の頭の中に浮ぶ善次郎の顔は蠟燭《ろうそく》のように白く凍っていた。

第二章　彷《ほう》徨《こう》

1

明治三十五年一月二十一日は一日中晴天に恵まれた。

歩兵第五聯隊《れんたい》第二大隊長山田少佐は津村聯隊長と打ち合せた結果、雪中行軍隊は、第二大隊の第五、第六、第七、第八中隊より、各一個小隊に当る人員を選出する他、この雪中行軍を第五聯隊を挙げての行軍となすべきため、第一大隊及び第三大隊からも、長期伍長《ごちょう》を参加せしめて一個小隊を編成することにした。

これ等の兵員を持って、五個小隊を持つ中隊を編成し、神田大尉《たいい》が指揮に当り、編成外として山田少佐他数名より成る大隊本部が随行することにした。

山田少佐は、神田大尉の計画した雪中行軍実施計画書を充分検討した上で、各中隊長に一月二十一日の午後次のような命令を出した。

「明後二十三日より大隊古兵を以《もつ》て田代に向い一泊行軍を行う。依《よ》って、諸事左の通り心得べし」

軍の編成、装備、集合場所等について、五項目にわたって明示したものであった。服装と携帯品については、

「略装にして、防寒外套《がいとう》を着用し、藁靴《わらぐつ》を穿《うが》ち、下士以下、飯盒《はんごう》、雑嚢《ざつのう》及び水筒を携え、一般午食及び糒《ほしいい》（炒《い》り米《ごめ》）三食分、餅《もち》六個ずつ携行すべし、其《その》他背嚢入組品は随意とす」

と示されていた。厳寒の八甲田山系へ向う雪中行軍隊の装備として特に考慮を払われたところは認められなかった。山田大隊長は、命令を発すると同時に参加将校を集めて、口頭によって、行軍中、露営をなす場合も考えられるので、充分防寒を顧慮し、できれば懐炉を携帯するのもよいであろう、と訓示した。また軍医は、凍傷の防止法と処置法について一般的なことを述べた。

二十一日に雪中行軍計画が発表され、二十三日朝の出発であるから、各中隊は参加員の人選で大童《おおわらわ》であった。

中隊長を命ぜられた神田大尉は各小隊長を呼んで、服装、装備について細かい指示

を与えた。

「下士卒には防寒外套二枚を携行させ、凍傷防止のため、靴の中に入れる唐辛子《とうがらし》や、軍足の上を覆《おお》う油紙を用意させよ」

この命令は各小隊長によって各下士卒に通達されたが、唐辛子や油紙は支給品ではなく各自の任意による携行品であったから、酒保にそれを買い求めに行く者はごく僅《わず》かしかいなかった。

雪沓《ゆきぐつ》は二十二日の午後支給された。この地方でいうつまごというもので、藁でできた靴カバーのような格好をしていた。長靴の形状をした所謂《いわゆる》雪沓とはやや形状を異にしたものであった。選ばれた隊員たちはその場で、軍靴《ぐんか》の上からつまごを履いて悦に入っていた。誰一人として、明日の困難を想像しているものはなかった。

村山伍長は酒保で、唐辛子と、油紙と、古新聞紙を買った。彼は岩手県の山の中の炭焼きの子として生れていた。雪と寒さについての身の守り方もよく知っていた。八甲田山は五聯隊の兵営からよく見えた。秋になると毎日のように見えた。八甲田山は前岳、田茂萢《たもやち》岳、井戸岳、石倉岳、赤倉岳、高田大岳、大岳、小岳の八峰によって成り立っていると聞いていたが、兵営から見える八甲田山は優しい姿をしたただ一つの高い山であった。そしてときどき、その山には風雲《かざぐも》がかかっていることがあった。風雲というのは、彼の故郷で炭焼きたちがよく使う言葉で、高い山の頂上にかかる雲であったが、笠雲《かさぐも》のように、はっきりした形を持った雲ではなく、真綿を引き延ばして、からませたような雲であった。その雲がかかると風が出て必ず山は荒れるから、風雲と言ったのである。

村山伍長は八甲田山にかかる風雲を見て故郷を懐《なつ》かしんだ。ああまたあの山に風が吹くのだなと思った。あの山はあんなに優しい姿をしているが、荒れるとひどいだろうと思った。

〈だいたい山というものは優しい姿をした山ほど怖《おそ》ろしいものだ〉

と、彼の父は口癖のように言った。岩手山がそうだし、富士山もそうだと父は彼に語ってくれた。その父は富士山は見たことがないのだが、富士山は怖ろしい山に違いないと決めていた。

村山伍長は、八甲田山の優しい姿を見ると父の教訓を思い出して八甲田山はきっと怖ろしい山に違いないと思ったのであった。

村山伍長が、酒保から出て来ると、入口で江藤伍長に会った。

「お前も油紙と唐辛子を買ったのか」

江藤伍長はそう言って、村山伍長の手に持っている古新聞紙を見ると、それをなにに使うのだと聞いた。

「風が冷たいときこれを着こむと暖かいのだ」

村山伍長の答えに江藤は頷《うなず》いて、おれも買って持って行こうとつぶやいてから、

「それにしても、みんな暢気《のんき》なことを言っているぜ、山道にかかると汗がでるから、ふだん二枚重ねて着ているシャツを一枚にしようなどと言っておる奴《やつ》がいた。軍靴はやめて、地下足袋の上に雪沓を履いて行こうという者もいる。あきれた連中だ。どうも、あいつらは奥山のほんとうの寒さを知らないらしい」

江藤伍長はそう言って、酒保へ入って行った。雪中行軍を楽観視している風潮が、雪中行軍隊に参加する下士卒の間に流れているのは、山田大隊長の命令が、『田代に向い一泊行軍を行う』という簡単なものであったこともあったし、二十一日の午後にこの計画を発表して、二十三日の早朝に出発するという、あわただしいものであったから、その間、各隊員が八甲田山についての適確な情況や、雪中行軍のきびしさなどについての情報を交換する暇がなかったこともあった。将校たちが下士卒を集めて雪中行軍が如何《いか》なるものであるかを教えている暇もなかった。更に、五聯隊にとって不幸なことは、一月十八日、神田大尉の率いる一個中隊が小峠までの往復を夏道のような手軽さでやったということであった。十八日は天気がよく、風もなかったがために、

ほとんどの兵は外套を脱ぎ、橇隊《そりたい》はシャツ一枚で綱を引張ったという状況が、聯隊内に伝えられ、雪中行軍は安易なものであるというような空気が瀰漫《びまん》していたのである。

第五聯隊雪中行軍隊の編成が完全に終ったのは二十二日の午後であった。将校十名(うち一名は軍医)、特務曹長四名、見習士官二名、下士卒百六十名、長期下士三十四名、総員数二百十名であった。中隊長は神田大尉、第一小隊長伊東中尉、第二小隊長は中橋中尉、第三小隊長小野中尉、第四小隊長は鈴森少尉、特別小隊長は中村中尉であった。編成外として随行した大隊本部には、大隊長山田少佐、沖津大尉、倉田大尉、永野軍医、今西特務曹長、谷川特務曹長、進藤特務曹長、田中見習士官、今泉見習士官の九名がいた。

めまぐるしいほどのあわただしさで編成を終ったこの雪中行軍隊は、できたのがやっとで、雪中行軍についての、本格的準備をする暇はほとんどなかった。

神田大尉は山田大隊長に、編成が終ったところで、全隊員を営庭に集めて、明朝を期しての出発に際しての諸注意を与えていただきたいと願った。

「隊員の中には、今度の雪中行軍を安易に考えておる者もあるようです。八甲田山への雪中行軍は、青森平野を歩き廻《まわ》るのと違って、吹雪という敵がひかえており、突風という伏兵が現われ、寒気という賊が忍びこんで来て、身体《からだ》の熱を奪うものであることを、周知せしめていただきたいのです」

神田大尉は、実は、そのことを彼が言いたかったのである。まず順序として山田大隊長に発言させ、続いて中隊長としてそのことを言おうとしたのである。軍足、手套《てとう》はできるかぎり予備を持っていって濡《ぬ》れたら取りかえねばならない。シャツも普段着の二枚の他に少なくとも一枚は予備として持って行かねばならないこと、懐炉も持って行ったほうがいい。足の凍傷防止のために軍足の上にかぶせる油紙や、靴の中に入れる唐辛子は絶対に忘れてはならないなどということであった。彼は田茂木野の作右衛門から聞いた、酒の凍るような寒さとはどんなものかということや、田茂木野の者が八甲田山の吹雪に襲われて過去二回にわたって二十名が死んでいることも言ってやらねばならないと思った。そういうことがあったと言えば下士卒は、身の護《まも》りを厳重にするだろうと思った。神田大尉は、山田少佐の顔を見た。

「出発は明朝だ。今日は、それぞれ準備にいそがしいから、集合させないほうがいいだろう。どうしても言わねばならぬことがあれば、小隊長を集めて話して置け」

山田少佐は冷たい一言を残して立上った。

神田大尉は取りつく島がなかった。明日のことが心配だった。中隊長であり、中隊の指揮官でありながら、いちいち大隊本部の山田少佐に許可を得なければできないとなると、まことに困ったことになりそうであった。

神田大尉はその夕刻帰宅したとき、従卒の長谷部善次郎に、明日の行軍の準備ができたかどうかを聞いた。

「はい準備は終りました。明日は田代温泉泊りですから、石鹸《せっけん》も、ちゃんと用意して置きました」

と答えた。神田大尉は、長谷部自身の準備ができたかどうかを聞いたのであるが、彼は田代温泉で使う隊長用の石鹸の用意ができたと答えたのであった。

「明日は早いから、早く帰れ、軍足、手袋、シャツ等は充分な予備を持って行くのだぞ」

神田大尉は長谷部善次郎を屯営に帰してから、指揮官と兵卒との間に、雪中行軍についての考え方があまりにもかけはなれ過ぎていることについて考えこんでいた。

（いったいこれでいいだろうか）

彼は機関の一部に大きな疵《きず》を発見しながら、その部品を取り替える余裕もなく走り出さねばならない機関士の気持で立っていた。その疵ははっきりしていた。全員が雪中行軍を甘く考えていることだった。

（もう、二、三日出発を遅らせたら）

とふと思ったが、すぐ彼は、雪の中を小隊を組んで堂々と行進している第三十一聯隊の徳島隊のことを思い浮べた。

第五聯隊としてこれ以上の遅延は如何なることがあってもできないのだ。それは第五聯隊の名誉にかけても、彼の軍人としての名誉にかけてもできないことなのだ。

「どうかなさいましたか？　あなた、お顔の色が」

妻のはつ子が言った。

「顔の色がどうしたというのだ」

「心配そうですわ」

「いままでにない大事に臨む前夜だ」

はつ子には大事という字が直《す》ぐには浮んで来なかったらしいが、やがてそれに気がつくと、

「なにか、特別に用意しなければならないものはございませんでしょうか、大事の前ですから、私も一生懸命に準備をさせていただきます」

はつ子は、大事の前ですからなどと、わざと夫の気持をはぐらかすように言ったのだが、神田大尉の表情は崩れなかった。

「懐炉を用意しておけ、桐灰《きりばい》も、五日か六日分な」

「五日か六日分？」

はつ子は眼を見張った。雪中行軍は、三日の予定だった。三日目は里道に出るのだから、ほんとうに苦労するのは二日間だとたしか夫は言った筈《はず》だった。それなのに、懐炉灰を五日か六日分用意しろというのがなんとしても腑《ふ》に落ちなかった。

「雪の八甲田山だ、なにが起るか分らない……」

神田大尉は、はつ子の顔を見て言った。その眼は、いつもの自信に満ちたあの眼ではなかった。おれは平民の子であり、士官学校も出ていない。しかし、おれは、やがて少佐になって見せるぞ。それだけの才能をおれは持っているのだと、妻の前で、言い切れる、いつもの、夫の眼ではなかった。

はつ子は、夫の眼の中に、いままで曽《かつ》て見たことのない、暗い翳《かげ》を見た。日清戦争に出征するときも、台湾へ出征するときも、ついぞ、一度も見せたことのない眼の色だった。

「怖い――」

はつ子は、そう叫んで、畳の上に坐《すわ》りこんだ。夫の眼が怖いのではなかった。夫の眼の中に動いている暗い翳が怖いのだった。

2

明治三十五年一月二十三日、青森歩兵第五聯隊《れんたい》の屯営の庭は暗かったが活気が横溢《おういつ》していた。寒気の壁を突き破るような号令が飛び、兵たちが雪を踏んで走る音がした。雪中行軍隊は整列を終った。予定通り六時であった。

兵卒は紺色の小倉の軍服を着装し、カーキ色の一般普通羅紗外套《ラシャがいとう》を着こみ、同じくカーキ色の防寒羅紗外套は背嚢《はいのう》にくくりつけていた。

下士官は紺の軍服が羅紗である以外は兵卒と同じであった。

将校は黒地の羅紗の軍服に黒地の羅紗外套を一枚着用していた。

兵卒と下士官は軍靴《ぐんか》（短靴）に甲掛脚絆《こうかけきゃはん》をつけ、その上に雪沓《ゆきぐつ》を履いていたが、将校たちは革の長靴の上に雪沓を履いている者もあったし、当時、都会地で流行し出しているゴム長靴の上に雪沓を履いている者もいた。将兵とも一様に白い手袋をはめていた。各小隊長、分隊長が携《さ》げている小型提灯《ていとう》の光が手袋に当ってそこだけが妙に白く見えた。

下士卒百九十四名、特務曹長四名、見習士官二名、将校九名、軍医一名、計二百十

名は、雪がちらつく営庭で出発の合図を待っていた。
中隊長の神田大尉《たいい》が各小隊長を集めて命令を下達した。

命令

一、中隊は本日予定の如《ごと》く、田代に向って行軍を行う。
二、行軍序列は、伊東、鈴森、中橋、小野の各小隊とし、中村特別小隊之《これ》に次ぎ、行李《こうり》は最後尾に続行すべし。
三、先頭小隊はカンジキを穿《うが》ち、通路を踏開し、行李の行進を容易ならしむべし。五十分毎《ごと》に小休止を行う。此《こ》の時期に於《おい》て先頭小隊は順次交代すべし。但《ただ》し幸《こう》畑迄《はたまで》はカンジキを用いるに及ばず。
四、行軍中は軍紀を守るは勿論《もちろん》、前日示せし雪中衛生法の実行を怠るべからず。
五、予はカンジキ隊と共に行進す。

前日示せし雪中衛生法というのは、軍医が、雪中行軍隊員に通達したもので、雪中行軍中の休止時間は一回約三分時を超えてはならないこと、休止中は手指を摩擦すること、軍袴《ぐんこ》の釦《ボタン》を掛けて置くこと、残飯は棄《す》てないこと、酒を多量に飲まないこと、雪中露営となった場合は、なるべく睡眠しないようにすること、凍傷を受けた際は、まず雪片、次に布片にて摩擦して、その部分が赤くならなければ、火気に暖めてはならないこと、湿潤したものを身につけるとそこに凍傷を起すから、手袋靴下等は濡《ぬ》らさないよう注意すること等の常識的なものであった。

夜は白々と明けていった。

午前六時五十五分、雪中行軍隊は営門を出た。喇叭《らっぱ》の音が零下六度の寒気を引き裂いて鳴った。小雪がちらついていた。

各小隊が二列側面縦隊で続き、最後に行李輸送隊の橇《そり》が続いた。橇は十四台、一台に四名ずつの兵が従った。

青森屯営から幸畑村までは平坦な道三キロであった。七時四十分に幸畑についた隊はここで十五分間休憩して服装を整えた。先頭の四十名はカンジキを履いた。

幸畑は青森平野の南辺に位置する村であった。ここから南にかけてはずっと山続きであった。道もここから登り坂になり、雪も深くなり、幸畑から三キロ登って田茂木野に近づくと、積雪は一メートル半に達した。だが、先頭に立ったカンジキ隊四十名によって踏みかためられた道を行進する後続部隊は、ほとんど雪に悩まされることはなかった。しかし、四人で一台の橇を牽《ひ》く行李隊は、田茂木野に近くなると遅れ勝ちになった。

田茂木野に着いた隊は行李隊を待つために小休止した。村中の者が外に出て雪中行軍隊を見守った。この前、来たときよりは今度の方が大掛りだなと言いたいような顔であった。

田茂木野村の作右衛門と源兵衛が連れ立って大隊本部が休んでいる栗《くり》の木の下にやって来た。

「この前来た大尉様はいませんか」

作右衛門が頬かぶりしていた手拭《てぬぐい》を取りながら言った。

「神田大尉殿は向うにおられるがなんの用だ」

将校の一人が前方を指して言った。

「この前来たときに、田代までの案内人のことを訊《き》いておられたから、もし案内人がいるならなんとかしようと思いましてね」

「神田大尉が案内人を頼むと言ったのか」

山田少佐が作右衛門に大きな声で訊いた。作右衛門は、山田少佐を見上げてすぐ五日前に来た神田大尉より上官であることを知った。

「案内できる者はいるかどうかと訊いただけで、案内を頼むとは言いませんでした」

「そうだろう、案内など頼むわけがない」

山田少佐はこともなげに言った。

「しかし、案内なしで田代まで行こうというのは、なんとしても無理ではないでしょうかね、道を知っているこの村の者でさえ、いままでに道に迷って二十人も死んでいるところだ。それに明日は、山の神の日だ。山は荒れることに決っている」

作右衛門はそういうと、一度取った手拭でまた頬かぶりをした。寒くなったからだった。

「案内人なしでは田代までは行けないというのか」

「まず無理でしょうね。今ごろになると、山は毎日吹雪だ。田代までは広い雪の原っぱで目標になるものはなんにもない」

「この村に案内人は何人いるのか」

「五人ぐらいはなんとかなるな」

作右衛門は源兵衛を振りかえって言った。

「そうだ。五人はたしかだな」

源兵衛はそういうと、

「ああ、この間の、大尉様が来た」

と叫んだ。隊の先頭にいた神田大尉が、こっちへ向って歩いて来るのを見掛けたのである。源兵衛の声で山田少佐はそっちを見た。急いでこっちへやって来る神田大尉と眼が会った。

神田大尉は、作右衛門と源兵衛が直接大隊本部へ行ってしまったのを見て、しまったと思った。神田大尉は、田茂木野へ着いたらすぐ、作右衛門と源兵衛を呼びにやり、二人を通じて案内人を手配し、その処置が終ったあとで山田少佐に報告に行こうと思っていた。神田大尉は、雪中行軍隊の指揮官であるから、その措置に対して山田少佐が反対する理由はない筈《はず》であった。だが、作右衛門と源兵衛は直接、大隊本部の山田少佐のところへ行ったのである。

「お前たちは案内料を欲しいからそのようなことをいうのだろう」

山田少佐の怒鳴る声が神田大尉の耳に入った。神田大尉はぎくりとした。思わず足が遅くなった。

「雪の中を行く軍と書いて雪中行軍と読むのだ。いくさ《いくさ》をするのにいちいち案内人を頼んでおられるか、軍自らの力で困難を解決して行くところに雪中行軍の意味があるのだ。お前等のように案内料を稼《かせ》ぎたがる人間どもより、ずっと役に立つ案内人を軍は持っている。見せてやろうか。ほれこれは磁石というものだ」

山田少佐はポケットから磁石を出して、作右衛門に見せた。

「磁石と地図があれば案内人は要らぬのだ」

作右衛門と源兵衛は、揃《そろ》ってぺこりと頭を下げた。これ以上なにもいうべきではないという顔をした。

神田大尉は、山田少佐が作右衛門と源兵衛に向って怒鳴った言葉は、実はそのまま、指揮官の自分に向けられたものであることを知っていた。山田少佐は、神田大尉に対して案内人を使ってはならぬと命令したのである。それは、この雪中行軍の指揮権に対する干渉であった。

「案内料が欲しいがために、案内人がなければ田代へ行くのは無理だなどと言いおるわい、ばかな奴等《やつら》だ」

山田少佐は神田大尉の顔を見て念を押すように言った。案内人は使用しないことに決めたぞ、分ったかと言わぬばかりの言葉であった。

神田大尉はもはやなにもいうことはなかった。いまさら、山田少佐に案内人が如何《いか》に必要かを説いたところで、山田少佐が、それでは案内人を雇おうではないかという筈がなかった。

神田大尉は最後尾の橇隊を見てから再び先頭に立った。雪の降り方は屯営を出た時と相違はなかったが、風が出て来たようであった。ときどき地吹雪が舞い、すぐおさまった。

神田大尉は空を見上げた。なんと白く濁った空だろうと思った。彼はその白い空の中の濁ったものを全部吸いこんで、それを一気に出発の号令に変えようとした。号令が神田大尉の口から発せられようとしたとき背後から山田少佐の号令が聞えた。

「出発用意！」

山田少佐の声が大きいのは五聯隊では有名だった。出発用意の一声は、雪中行軍隊の隅々にまで聞えた。叉銃《さじゅう》をして休んでいた兵は銃を取って隊列を整え、橇隊員は橇曳行《えいこう》用の綱を持った。彼等は、山田少佐の号令を聞いた一瞬、辻褄《つじつま》の合わないものを感じた。雪中行軍隊は中隊の編成であり指揮官は中隊長神田大尉であった。大隊本部は随行してはいるけれど、直接に大隊長から号令が発せられるとは思いもよらぬことであった。多くの下士卒は、後部から発せられた号令を聞いたとき、隊の先頭のほうへちらっと眼をやった。指揮官の神田大尉はなにをしているのだろうかと思ったのである。

「前へ進め」

の号令が山田少佐の口から発せられると、下士卒等は、なにかの理由で指揮は山田少佐が直接取ることになったのだなと思った。下士卒にして見れば、最高指揮官が誰であっても、彼等にはかかわりのないことであった。

第一小隊長の伊東中尉は、山田少佐の号令を聞いたとき、前にいる神田大尉が息を飲みこんだような顔をしたのを見た。立ちすくんでいるようにも見えた。山田少佐の号令をどう解釈していいか分らないようでもあった。神田大尉がふり返って、伊東中尉に眼で合図した。少しばかり顎《あご》を引いたように見えた。伊東中尉には、神田大尉がいいのだ、やれと言っているように思われた。

「第一小隊前へ進め」

の号令を伊東中尉は口にした。なにかおかしな気持がした。不安であった。小隊が動き出した。次々と各小隊長が号令を掛け、雪中行軍隊はなにごともなかったように雪の道を進んで行った。

3

田茂木野までは人が歩いた跡があったが、そこから先にはもう踏み跡はなかった。五日前に神田大尉《たいい》が率いる中隊が踏みならした雪道もその後の降雪できれいさっぱりなくなっていた。だが疎林《そりん》の間を小峠に向って延びている道ははっきりしていた。先頭のカンジキ隊は何度か交替した。小峠に近づくに従って積雪が急に多くなり、カンジキをつけたまま、雪の中に踏みこむことがあった。雪はかさかさとした軽い粉雪だった。

神田大尉は、僅《わず》か五日間の情況の変化に驚くとともに、そのような変化をもたらした自然の威力に恐怖を感じた。吹きだまりの深雪にかかって、先頭の雪踏み隊がつかえると、

「先頭交替！」

と山田少佐の大きな声が背後から飛んで来たし、橇隊《そりたい》が遅れ勝ちと見るや、

「伊東小隊は橇隊の応援につけ」

と怒鳴ったりした。こうなると山田少佐は大隊本部としての随行ではなく、明らかに総指揮官であり、雪中行軍隊の隊長であった。雪中行軍隊は中隊編成だったが、中隊長が指揮する中隊ではなく、大隊長が指揮する中隊となっていた。

大隊本部が、指揮所に変化すると、大隊長に随行していた、将校二名、特務曹長三名、見習士官二名と軍医の集団もまた、雪中行軍を研究するための随行ではなくして、大隊長山田少佐を補佐すべき雪中行軍隊本部員としての性格を帯びて来なければなら

なくなった。

山田少佐は、特務曹長を先行させて、雪踏み隊の交替を敏速にするように命じたり、見習士官を橇隊へやって、遅れる原因を調べさせたりした。

小峠に近づくにつれて風速が加速度的に増大した。周囲が吹雪の様相を帯びて来た。屯営を出発したときとは比較にならないような情況に変りつつあった。雪中行軍隊は十一時二十分に小峠に到着した。隊員は叉銃《さじゅう》をし、手を擦り、足踏みをしながら行李《こうり》隊《たい》の到着を待った。十分おくれて行李隊が到着した。田茂木野に到着したときの行李隊は頭から湯気を立て、ほとんどが外套《がいとう》を脱いでいたが、小峠に到着した行李隊は全員外套をつけていた。

行李隊が到着したところで、昼食になった。隊員たちはそれぞれの雑嚢《ざつのう》や背嚢から、昼食用の握り飯を出したが、それは石のように凍っていた。銃剣で割って食べる者がいた。こんなものが食べられるものかと、凍った握り飯を雪の中に投げ棄《す》てる者もいた。握り飯を棄てて、餅《もち》にかじりついても凍っていることには変りがなかった。彼等は、携行食として握り飯と餅しか持っていなかったから、それらの物を食べないとすれば、昼食を摂《と》らないと同じことであった。

永野軍医は編成上は本部付きであったが当初から雪中行軍隊付きの軍医として参加

することになっていたから、単なる随行ではなかった。彼は責任上、下士卒たちのその行為を黙って見過すわけにはゆかなかった。永野軍医は、神田大尉のところに行って、下士卒たちが食べ物を放棄することを禁ずるように進言した。凍ったものを食べるのはつらいだろうが、我慢して、食べて置かないとあとで動けなくなることや、雪中行軍においては食糧が大事であることを下士卒たちに伝達するように言った。

神田大尉は立ったままでパンを食べていた。妻のはつ子が、山は寒いでしょうから、御飯よりパンの方がいいでしょうと言って持たせてくれたものであった。おかずのゆで卵はかちかちに凍っていた。神田大尉は、永野軍医の進言を聞くと、食事を中止して、各小隊長を大声で呼んで、永野軍医の言葉を伝えた。

「握り飯を捨てた者は、拾って置いて、焚火《たきび》をしたとき焼いて食え」

と伊東小隊長は怒鳴ったが、捨てた握り飯は雪の下に沈んでしまって再び拾い上げることはできなかった。

村山伍長《ごちよう》と江藤伍長は凍らない握り飯を旨《うま》そうに食べていた。二人は握り飯を油紙に包み、風呂敷《ふろしき》に包んで軍服の下に抱いていたから、握り飯は凍ってはいなかった。村山伍長や江藤伍長のようにしていた者もあったし、腰に吊《つる》して、上から外套を着ていた者もあった。そのようにして握り飯を凍らないようにしたのは上部からの命令ではなく、それぞれの知恵でやったことである。そのようにしたのは、多くは山間部出身者で、厳冬期の山仕事にたずさわったことのある者であった。握り飯が芯《しん》まで凍って食べられない兵は、凍らない握り飯を持っている兵から分けて貰《もら》って食べた。空腹よりも、寒さのほうがこたえた。じっと立っていることが耐えがたいような寒さであった。特に兵卒は小倉の服を着ていたから寒さは一段とこたえた。兵たちは、二枚の外套を着こんで震えていた。多くの者は先途に不安を感じていた。今夜は田代温泉で一ぱいやるのだ、とお互いに言い合って出て来たものの、その田代温泉はどこにあるのやらわからないし、小峠から先は、飛雪の幕が張られていて、なにも見えないことも彼等の不安を大きくした。大隊長が、田茂木野で案内人を断わったことも休憩中の雑談で兵たちに伝えられていた。

「雪中行軍は中止して、ひとまず帰営すべきだと思います」

永野軍医が神田大尉に進言した。

「帰営か、なるほどね、たしかに天候は悪化しつつある」

神田大尉は永野軍医に同意した。神田大尉自身も、進路を遮断《しゃだん》している地吹雪を見て、案内人なしでは無理だと思っていたところであった。

「だが帰営の理由は」

神田大尉は永野軍医に訊《き》いた。あの頑固一点ばりの山田少佐を納得させるには、よほどはっきりした理由がなければならないと思った。

「天候の急変です。大暴風雪の到来です。それに隊員の服装は厳冬期のこの深雪を行軍するには不充分です。特に兵卒は小倉の軍服を着ています。これは羅紗《ラシャ》の軍服にしなければなりません。携行食は凍らないものにしなければなりません、彼等のうち三分の一は昼食を摂っていません。このまま前進することは危険です」

永野軍医は一気に言った。

「理由はそれで完璧《かんぺき》だ。あとは、なんとか大隊長殿を口説《くど》くことだ」

神田大尉と永野軍医は肩を並べて山田大隊長のところへ行って、行軍中止、即時帰営を進言した。山田少佐は、天気の変化に対して、やはり心配していたが、永野軍医と神田大尉の進言を率直に受け入れようとはしなかった。山田少佐は各小隊長を呼んだ。

吹雪の中で立ったまま、進退を決するべき作戦会議が開かれた。もともと、この会議が開かれたこと自体が異例であった。神田大尉が指揮官であるから、指揮官が永野医官の進言を受け入れた時点で、退却は決ったも同然であった。大隊本部の山田少佐には、こう決りましたと報告すればそれでいいのだ。もし山田少佐が、神田大尉の処置が不適当と見たら、その場で、神田大尉の考えを正してやるべきであり、また、山田少佐自身が指揮官だと思っていたとしたら、そこで指揮官としての意見を言い、どちらかに決すべきであった。全将校をそこに集めて、吹雪の中で議論を始めたことは、指揮系統の不統一を下士卒の前に公開したと同じことであった。

永野医官は天候が確実に変化した理由について、説明した。

「昨二十二日の夜、青森測候所を訪れて、測候所長に天気のことを聞いたところ、優勢な低気圧が太平洋岸を北上しつつあるので、もしその低気圧が東北地方の沿岸に近づけば、山は大暴風雪になるだろうということでした。低気圧が来るか来ないかは、明日の昼ごろ、つまり、現在のことですが、にならないと分らないが、もし小峠あたりまで登って、北西の風が強いようでしたら、低気圧が近づきつつあるものと見て引き返した方がいいだろうということでした。そして天候は、青森測候所長の指示したとおりになりました。風速は急激に増加し、気温も急降しています。即刻引き返すべきだと思います。それに加えて、兵卒は小倉の軍服であること、携行食が凍ったがために、食事をしなかったものが三分の一ほどあることも重大な問題です」

永野医官はかなりはげしい調子で言った。これに対して、将校の多くは永野医官の説を支持した。彼等は永野医官の発言は正当だと思っていた。特に天気急変の説明には同感を示した。指揮官の神田大尉の腹が退却に決ったらそれでいいではないかと思っていた。山田少佐がなぜ将校全部を集めたのか、その真意を疑う者もいた。

「永野医官殿は、風速が増し、気温が降下したのは低気圧のせいのように言っておられますが、いま時分この付近の高い山ならば、このぐらいの風が吹くのは当り前ではないでしょうか。兵卒は確かに小倉の軍服を着ています。しかし、彼等は二枚の羅紗の外套を着ています。寒さにおいてはわれわれとそうたいして違うとは思われません」

進藤特務曹長が発言した。その吹雪の中の作戦会議は大隊本部の場所で行われた。進藤特務曹長は本部員であった。下士官と将校との中間に位する特務曹長という階級からいっても、この会議で口を出すのはさほどおかしいことではなかった。

進藤特務曹長の発言に対して永野医官は冷然と答えた。

「雪中行軍隊員の健康については永野が責任を持っている。自分は科学的に判断して、これ以上進軍するのは不可能だと言っているのだ。抽象論を言っているのではないし、議論のための議論を言っているときでもない。現実に、こうしている間でも、天気は益々《ますます》悪くなっているではないか」

確かに永野医官のいうとおりであった。風速は漸次《ぜんじ》増加し、雪中行軍隊は吹雪の中に閉じこめられたような状態になっていた。

「お話し中でありますが……」

将校の作戦会議の輪を更に取巻くようにできていた下士官の輪の中から長身の下士官が進み出て、山田少佐に向って挙手の礼をすると、

「ただいま永野医官殿は進軍は不可能だと言われましたが、不可能を可能とするのが日本の軍隊ではないでしょうか、われわれ下士官は予定どおり田代へ向って進軍することを望んでおります」

その発言と同時に下士官の輪がざわめいた。そうだ、そのとおりだという声がした。更に、二、三名の下士官が進み出る気配を示した。

山田少佐は、容易ならぬ状態と見て取ると、突然軍刀を抜き、吹雪に向って、

「前進!」

と怒鳴った。

それはまことに異様な風景であった。作戦会議を開きながら、会議を途中で投げ出して、独断で前進を宣言したようなものであった。紛糾をおそれて先手を取ったといえばそのようにも見えるけれども、なにか、一部の下士官に突き上げられて、指揮官としての責任を見失ってしまったような光景であった。前進という号令もおかしいし、

軍刀を抜いたあたりもこけおどかしに見えた。神田大尉は顔色を変えた。永野軍医は、はっきりと怒りを顔に現わした。だがすべては終った。結論が出たのである。前進の命令が発せられたのであった。

将校たちは各持場に帰り、下士官たちも隊列に帰った。がたがた震えながら成り行きを見ていた兵卒は叉銃してあった銃を取った。分隊長が点呼を取り、小隊長が分隊長の報告を受け、各小隊長から中隊長に報告が終って、青森歩兵第五聯隊《れんたい》雪中行軍隊二百十名は吹雪の中へ、死の行進を始めた。

時に明治三十五年一月二十三日十二時十五分であった。

このときの情況を歩兵第五聯隊編集、明治三十五年七月二十三日発行の『遭難始末』より原文どおり抜粋すると、

十一時三十分小峠丘上ニ達シ叉銃休憩シ行李ノ到着ヲ待テ午食ス此時《このとき》風雪漸《ようや》ク強ク寒気従テ加ハリ携帯ノ米飯ハ半バ凍結シテ純白色ヲ呈シ兵卒ハ三々五々集団シテ或ハ踞坐《きょざ》シ或ハ立チ多クハ手套着用ノ儘《まま》喫食セリ約二十分休止ノ後再ビ行軍ヲ開始セシガ積雪益深ク加フルニ登降ノ傾斜急峻《きゅうしゅん》ナルヲ以《もっ》テ行李ノ行進愈々《いよいよ》困難ヲ極メ其《その》速度一時間ニ二吉羅《キロ》米突《メートル》乃至《ないし》三吉羅《キロ》米突《メートル》ニ過ギザリキ

4

山の深雪の中を一時間に二吉羅《キロ》米突《メートル》乃至三吉羅米突という速度はそう遅い速度ではなかった。小峠から田代までは七キロあるから、もし一時間に二キロの速度で歩いていたら三時間半の後には田代温泉につき、下士卒たちが温泉でいっぱいと望んでいたとおりになった筈《はず》である。実際はそう旨《うま》くは行かなかった。雪中行軍隊が小峠を出発すると同時に橇隊《そりたい》は橇ごと深雪に埋没して動きが取れなくなっていた。十四の橇には食糧や燃料などが積んであり平均搭載《とうさい》重量は百キログラムであった。小峠からは傾斜が急になり、しかも雪が深くなり、その雪も、ふわふわとした軽い雪だからカンジキ隊を先頭にして雪を踏み固めて道を開いて進むというわけにはゆかなかった。カンジキが雪の中にもぐりこんでかえって邪魔になる場合もあった。カンジキ隊によって道を開くことは不可能になっていた。

神田大尉《たいい》は常に雪中行軍隊の先頭に立っていた。地図と磁石だけで行軍することは心細いことであったが、やろうと思えばできないことはなかった。磁石で進路の方向を決め、その方向上に適当なる目標を取って行進し、歩いた距離と方向を図上に記入して行けば、やがては目的地に着くことができる筈であった。だがこれは天気が良くて、遠くの目標を自由に選択でき、しかも、行進経路上にはっきりした地形地物があり、随時その地形と図上の地形とを照合させることのできる場合であった。

この日は雪原は地吹雪で閉ざされ、遠くは見えなかったし、風が強くて、いちいち地図を出したり、磁石で方向を決めたり、進行経路を図上に書きこむなどというこまかいことをするにはきわめて困難な情況であった。だが神田大尉はそれをしなければならなかった。そうしなければ、目的地の田代につくことはできないのである。

神田大尉は不足を補うために人を使った。

神田大尉は、進路を決定するために、数人の下士官を補助に使った。歩測を専門に行う者、進路の方向に先行させて、目標となる者、また斥候も使って地形を偵察させた。地吹雪が激しくて遠くは見えなかったが、時折風が一呼吸《ひといき》ついたときに比較的遠くが見えることがあった。神田大尉はそれらの地形や地物を地図上に求めて、現地点を見失わないように努力した。

大峠を越えると、その先は広漠とした雪の高原であった。樹木はほとんど見えなかった。雪原のところどころに榛《はん》の木（ミヤマハンノキ）の枝が突き出ていた。榛の木の枝についたまま枯れた黒い実が、強風に揺れ動いていた。

神田大尉は磁石を頼りに歩いた。祈りたいような気持であった。もしその磁石が使えなくなったらどうしようかと思った。三十一聯隊《れんたい》の徳島大尉に聞いたところによると寒気が厳しくなると磁石が利《き》かなくなるということだった。神田大尉はそうなることをおそれて、磁石を懐炉の近くに入れて置いて、必要に応じて出して使うことにしていた。橇隊の遅れが目立って来た。各小隊から応援を出したが、橇隊はなかなか本隊に追いつくことはできなかった。

賽《さい》ノ河原まで来たとき、神田大尉は山田少佐のところに来て、

「橇を放棄し、橇に積んである荷物は各小隊に割当て、人の背によって運搬するようにしたいと思います」

と言った。そうしなければ橇隊はいよいよ遅れて、橇隊のために中隊全部が動きが取れなくなることを虞《おそ》れて、そのように進言したのであった。既に指揮官の権限が山田少佐にある以上相談せざるを得なかったのである。

「そう簡単に橇を捨てることはあるまい。いま橇隊が難渋しているけれど、そのうち、楽に動けるようになるかもしれない。計画をやたらに変更するのはよくない。いよいよ駄目だというときになって捨てても遅くはない」

山田少佐は神田大尉の申し出を却下した。

風速は増しては来たが吹き降りの吹雪ではなく、地吹雪であった。雪原は雪煙りで覆《おお》われているけれどそれは空から降って来た雪ではなく、大地から吹き上げられたものであった。だから、時々風が止《や》むと、びっくりするほど遠くが見えることがあった。

雪中行軍隊に従っている下士卒たちの多くは眼も開けられぬような吹雪の中を前に向って真直《まっす》ぐに歩いている気持だったが、神田大尉は、常に周囲に眼を配っていたから、どんなこまかい情況の変化も見落さなかった。

風が一呼吸ついて、飛雪の向うに、八甲田山の前岳の山容の一部を認めたとき、神田大尉は思わず声を上げようとしたほどであった。進行方向の右前方に見える大きな山体は八甲田山系前岳以外のなにものでもない。とすれば彼等の進行方向は間違ってはいない。当然なことながら、それを確認できたことは彼を勇気づけた。

彼はその喜びを彼の傍にいた江藤伍長《ごちよう》に告げた。

「見ろ、あれは八甲田山の前岳だ」

江藤伍長は大尉の指さす方を見て、雪煙りの向うに見える山の大きさにびっくりしたように眼を見張って言った。

「はっ、前岳とはでっかい山であります」

その言葉が終らぬうちに、再び視界は閉鎖された。

時間の経過と共に下士卒の疲労は眼に見えて加わり、風雪にたたかれた彼等の顔は一様に暗紅色に変っていった。彼等は寒さから逃れるために歩いた。寒いから腰まで埋没する雪の中を歩き、時には胸まで没するような雪の中を泳いだ。

行軍中、先頭小隊の交替を命ずる山田少佐の号令が聞えた。神田大尉はその号令を聞くたびに神経質に唇を震わせた。

彼は、今まで、大隊長山田少佐を信頼していた。尊敬もしていた。軍人らしい軍人だと思っていたが、今度の雪中行軍における山田少佐の態度は了解に苦しむほど奇怪であった。山田少佐は神田大尉を一嚮導《きようどう》将校としか見做《みな》してはいなかった。

(山田少佐が指揮官として自ら号令を掛ける以上、自分は指揮官としての権限を返上して一嚮導将校として甘んじておればよいのだ)

神田大尉は強いてそう思いこもうとした。

雪中行軍隊は地吹雪の中を声もなく進軍した。とき折、声があるとすればそれは、

「田代はすぐそこだぞ」

という声であった。下士卒が互いにはげまし合う声であって、将校たちの発したものではなかった。彼等は一刻もはやく、この雪地獄から逃れたかった。

(田代へつけば温泉がある。酒は一人当り二合ないし三合ずつ配給になる筈だ)

兵たちは自分自身にそのような暗示を掛けて歩いていたのである。

隊は、大滝平《たい》、賽ノ河原、桜《やす》ノ木《き》森（東北地方には何々の森と呼ばれる山が多い。山と森とを同意義に用いているのである。森と呼ばれる山は一般的に低い山である）、中ノ森と雪原を進んで、先頭が馬立場《うまたてば》（標高七三二メートル）に達したのは午後四時十分であった。

馬立場のことを地元の者は氷山と呼んでいた。冬期中は全山が氷の鎧《よろい》を着るからであった。馬立場は起伏の続く雪原の中に一段と高く聳《そび》えている小丘であった。その地形は夏でも冬でもはっきりしていた。特に氷山と化したこの丘は雪原の中の奇観の一つであった。

神田大尉は氷山を肉眼で認め、それが地図上の馬立場であることに間違いなしと確認したとき、田代温泉までは僅《わず》かに二キロのところまで来たことを自認した。

（小峠から五キロの道を迷うことなく踏破したのだ）

という満足感もあった。

神田大尉は、隊員たちを、馬立場を越えたところの凹地《くぼち》に導いて休息させた。どうやら強風は避けられたが、時々起る突風に悩まされた。

斥候を出して後部の橇隊の情況を調べさせると、最後尾はまだ二キロも後方に居ることが分った。

中隊長として神田大尉が至急に手を打たねばならないことは、橇隊を暗くならないうちに本隊へ収容することと、暗くならないうちに田代への道をつけることであった。夜はすぐそこまで来ていた。

神田大尉は鈴森小隊、中橋小隊を軽装させて、行李《こうり》応援のために派遣した。もうすぐ田代へつき温泉へ入れると思っていた下士卒たちは、銃と背嚢《はいのう》をそこに置いて、再び行李隊応援に戻らねばならなかった。

神田大尉は夏道を田代温泉へ行った経験があるという藤村曹長以下十五名を設営隊として田代へ向わせた。喇叭《らっぱ》卒を一名同行させて、田代温泉に着いたら、喇叭で知らせるように命じた。

藤村曹長等が地吹雪の中に姿を消して間もなく、それまで悪いながらも小康状態を続けていた天気が悪化した。それは、眼の前に突然雪崩《なだれ》が起ったかのような変り様であった。

山々は一斉に鳴り出し、飛雪は眼を開けてはおられないほどの強さで吹きまくった。八甲田山系の真中に入ったがために風の方向は乱れて、突風性の風が吹きまくり、至るところで渦を巻いた。

その暴風雪の中を行李隊は本隊に追いつこうとし、本隊は、その強風に打たれながら、二時間余を待たねばならなかった。

夜になってから行李隊は本隊に追いついたが、藤村曹長等の設営隊からの連絡はなかった。田代温泉についたとしても連絡のしようがないし、喇叭を吹いても、その音が聞える可能性はなかった。山田少佐は、

「神田大尉は中隊より先行して、田代への進路の偵察に当れ」

という命令を出した。

雪中行軍中隊の指揮官神田大尉は、将校斥候の座に落ちた。

暴風雪の暗夜であった。隊は本隊、藤村隊、神田隊の三隊に分れた。そして、本隊は、山田少佐が指揮して暗夜の暴風雪の中を鳴沢《なるさわ》へ向って下って行った。地図によると、馬立場の南方に下ったところに鳴沢があり、鳴沢より更に南に田代があった。南へ進めば田代へ達するものと単純に考えたのであった。だが鳴沢の峡谷は一度入りこんだら出られないほどの深さを持っていた。隊は鳴沢の峡谷を回避するように前進した。

藤村曹長の指揮する設営隊が、本隊が鳴沢に足を入れたとき、後部に追いついた。藤村隊は暗夜に方向を失い雪原を迷い歩いていて偶然に本隊に追いついたのであった。

月齢は十四日であった。もし雲がなければ明るい夜であったが、暴風雪が激しくな

ると、前を行く者を認めることも困難であった。

山田少佐は、橇を放棄し、橇に積んだ荷物を各輸送隊員が背負うように命じた。その命令が出ても出なくても橇隊はもはや一寸も動けなくなっていた。

鳴沢に入ると雪は胸のあたりまであった。声を掛け合いながらの前進であった。

山田少佐は小野中尉等に田代方面の偵察を命じた。第二の将校斥候であった。

小野中尉は間もなく戻って来て山田少佐に報告した。

「進路に断崖《だんがい》が横切り、あまつさえ、積雪が深く、これ以上前進は困難と思われます。しかるべきところで露営し、夜明けを待って進路を探すべきだと思います」

山田少佐は小野中尉の報告によって、行軍を停止する決心をしたが小野中尉がいうところのしかるべきところはそのあたりにはなかった。平坦で風が無いところが露営にふさわしいところであった。

先行していた神田大尉の一行がその場所を探し出していた。鳴沢の東方二百メートル、平沢森というところであったが、そこがなんという場所やら、図上のどこに当るかを検討できるような状態ではなくなっていた。

山田少佐は命令を発した。

命令

一、中隊は此《こ》の南側に於《おい》て露営せんとす。

二、本部及び炊事の位置は彼処《かしこ》（現地を示す）とす。

三、各小隊は現在の行進序列を以《もっ》て其《そ》の設備に就くべし。

四、中橋小隊は直ちに兵卒十五名を派遣し輸送隊に助力し、且《か》つ此の地点に誘導すべし。

この命令は小隊長を集めての山田少佐の口頭伝達であった。小型提灯《ていとう》を先頭に立てて、中橋小隊が輸送隊をその地点に誘導して来たのは午後の九時であった。

露営地と決められた地点にはブナの大木がところどころにあったが、風を防ぐほどのものではなかった。

各小隊は、円匙《えんぴ》（スコップ）を使って、幅二メートル、長さ五メートル、深さ二・五メートルの雪壕《せつごう》を掘った。積雪は五メートルほどもあって、大地まで掘り下げることはできなかった。その雪壕が小隊長以下全員が夢を結ぶべき寝床であった。温泉に入っていっぱいやるべき筈のところが、雪壕に変ったのだが、もはや、そのことに対して文句をいう元気もなくなっていた。

各小隊に木炭が一俵半、各人に対して餅《もち》三個、牛肉罐詰《かんづめ》一個が配給された。

雪壕は各小隊の雪壕の他、大隊本部と炊事班兼用の雪壕があった。大隊本部の雪壕中央に二斗炊《だ》きの銅の平釜《ひらがま》が置かれた。平釜の周囲は立廻《たちまわ》り易《やす》くするためにやや広く雪が掘り除かれた。

平釜が据えつけられ、雪の上で木炭の火を熾《おこ》しにかかったときから、雪壕の中で飯を炊くことがいかに困難であるかが知らされた。炭俵をたきつけにして木炭に火をつけ、ようやく木炭が熾り出すと、その熱で雪が解けて炭火を消した。枯枝を集めて焚《た》こうとしたが、枯木はなかった。結局濡《ぬ》れて消えた木炭の上でまた火を熾すしかしようがなかった。炭火の火力が強くなればなるほど、下敷になっている雪が溶け、水となり、雪の床がどんどん下って行った。平釜の支えが傾き何度かひっくり返りそうになった。

苦心して飯を炊こうとしている炊事班の周囲には山田少佐他八名の大隊本部員がいた。飯はなかなか煮えないけれど、炭火をたくさん使うから、濡れたものを乾かしたり、餅を焼いたりすることはできた。

他の小隊の雪壕の中でも、同じように、木炭を熾すことに苦労していた。どうやら火が熾っても、暖を取ることのできる者は火の周囲にいるごく少数の者でしかなかった。

小隊長は十人ずつ十分間交替で火にあたらせた。彼等は火のまわりに来ると、配給された餅を炭火の上に置いた。凍った握り飯を暖めるものもいた。中には、昼食を摂《と》っていないものもいたから、炭火で焼いた餅が、昼食であり夕食でもあった。十分という時間は短かった。餅も芯《しん》まで焼くわけにはいかなかった。濡れたものを乾かすこともできなかった。火にあたって、またもとの雪壕の隅に帰ると前よりも寒さが身にこたえた。

その日輪送隊に当ったものは特にみじめであった。彼等の下着は汗でびっしょり濡れていたが、着替えもないし、脱いで乾かす炭火の余裕もなかった。夜が更《ふ》けると共に暴風雪はいよいよ激しくなり、気温は著しく降下した。寒気は、二枚の外套《がいとう》を通し、軍服をつらぬき、濡れたままになっているシャツにまでしみ通って行った。その寒さは耐えがたいものであった。

「眠るな、眠ると死ぬぞ」

と怒鳴る声が、各雪壕で聞えたが、極度に疲労している兵の中には、気が遠くなるような寒さに誘われて眠りこむものがあった。

午前一時になって半熟飯が一食分ずつ各自に分配された。それで隊員たちは一時的に元気を恢復《かいふく》したが、そのすぐあとに襲いかかって来る寒気には、なんとしても耐えようがなかった。彼等は足踏みをしながら軍歌を歌ったが、その軍歌も跡切《とぎ》れ勝ちであった。

5

山田少佐は一刻も早くこの窮地を脱しないとたいへんなことが起るだろうと思った。

山田少佐は神田大尉《たいい》を呼んで、直ちに出発して帰営するよう、全小隊に伝えることを命じた。

「お言葉ではありますが直ちに出発するのはこの情況下では無理かと思います。馬立場からここまでの踏み跡はこの暴風雪のためにかき消されています。また残っていたとしてもこの暗さでは発見することができません。現在地点もはっきり分っていないのですから動くことは非常に危険だと思います。朝まで待って、斥候を出して、地形を調べ、帰路をたしかめてから出発すべきだと思います。兵たちは寒がっていますが、雪壕《せつごう》の中ですから、風だけはどうにか防ぐことができます。しかし、一度雪壕を捨てて外へ出たら、この暴風雪に打たれてたちまち凍傷者が出るものと考えられます。夜明けまで出発を待って下さい」

　しかし山田少佐は神田大尉の言に耳を傾けようとはしなかった。

「このまま時間を空費することは兵を死地へ追い込むようなものだ。今すぐ出発すれば数時間前に歩いた道を引返すことができるが、朝までじっとしていると全員が凍傷にかかって動けなくなる虞《おそ》れがある。すぐ出発しろ」

　神田大尉は山田少佐の命令に逆らうことはできなかった。神田大尉は、各小隊長を集めて、午前二時に露営地を出発して帰営の途につくから準備するように命じた。行《こう》李《り》隊《たい》は各小隊の間に入れて進むように指示した。

「午前二時出発でありますか」

　と各小隊長が反問するほど、その出発は誰が考えても非常識に思われた。雪壕を掘り、激しくなった暴風雪から身を守り、ようやく半熟ながら一食の暖かい飯を食べたのだから、このまま朝まで雪壕の中で過し、いくらかでも天候の恢復を待って出発するのが当り前だと考えられた。だいいちこの鼻をつままれても分らないような暗夜にどうして行進できるであろうか。小隊長の中には神田大尉に向ってその点を激しく追及する者もいた。

「大隊長殿の命令が出たのだ」

神田大尉はそれ以上のことは言わなかった。山田少佐に夜明けまで待ってくれと頼んだことなど小隊長たちに言ったところでいまさらどうにもならないことであった。午前二時各小隊は雪壕を出て整列した。兵たちは雪壕を出て吹き曝《さら》しの風に当ると思わず身震いをした。寒さを口に出す者もいた。

集合が終り、点呼を取って、いざ出発の号令が掛った直後に、獣物《けもの》のような声を上げながら、隊列を離れて雪藪《ゆきやぶ》の中に駈けこんだ兵がいた。その声は絶叫に似ていた。狂った者の声であったが、叫びつづけている言葉の意味は分らなかった。狂った兵は銃を棄《す》て、背嚢《はいのう》を投げ捨て、次々と身につけているものを剝《は》ぎ取りながら、雪の中を想像もできないような力で押し通って行った。周囲の兵たちが引き止めようとしてもどうにもできなかった。気の狂った兵は死力を出して同僚を突き飛ばした。その兵は軍服を脱ぎ、シャツも脱いで捨てた。絶叫はそこで止《や》み、兵の姿は雪の中に沈んだ。

「なにが起ったのだ、どうしたのだ」

神田大尉はその方向に向って怒鳴った。中橋中尉が発狂者が出たことを報告した。

「すぐ手当してやれ、軍医に見て貰《もら》え」

だがその時には兵はもう死んだも同然の状態にいた。はだかのままで雪の中から引き摺《ず》り出された兵に投げ捨てた衣類を着せ終ったときには、兵はもう動かなくなっていた。

出発に先立ってのその事件は雪中行軍隊の気を滅入《めい》らせた。神田大尉は、この兵の死を山田少佐に報告した。

「雪壕を出て、厳しい寒気に身を曝したがために発狂したものと思われます」

神田大尉は発狂者が出たことが、或《ある》いは山田少佐の気持を変えるかもしれないと思った。神田大尉はその兵が死に至った経過の概略を述べた。その兵は前日輸送隊員として行李の輸送に全力を出して働いた。彼が着ていた一枚のシャツは汗でびっしょり濡《ぬ》れていた。その汗が小倉の軍服にしみ通り、軍服がかちかちに凍っていた。彼は、雪壕の中で与えられた半熟の飯を口に入れることもできないほど疲れ切っていた。雪壕の中にいたとき既に、彼は疲労凍死の症状を現わしていたのであった。

「それでどうしたのだ。一名の発狂者が出たがために命令を変更せよというのではないだろうな」

山田少佐は神田大尉の機先を制した。もはや、出発する以外に取るべき道はなかった。

神田大尉は江藤伍長《ごちょう》に持たせた小型提灯《ていとう》の明りで地図と磁石を見て帰路の方向を決めた。数時間前に、彼等が歩いて来た道は完全に消えていた。

胸までつかる雪の中を隊はのろのろと前進した。神田大尉は帰路を北西に取っていた。このまま進むと鳴沢の峡谷に行き当り、そこを迂回《うかい》して、急斜面を登れば、馬立場であった。そう判断していた。

雪の中を泳ぐような行進であった。進行速度はきわめて遅く、隊列は乱れ、弱い者はあとに取り残されようとした。

二時間後に、隊は峡谷に行き当った。

神田大尉は予期したとおりだと思った。峡谷に行き当ったら、その峡谷には降りずに、三百メートルほど引き返したところを西に進めば、馬立場へ向う斜面が眼前に現われる筈《はず》であった。図上で判断した結果によると、このあたりの地形はそうなっていた。神田大尉はしばらく立止ったあとで、方向を百八十度変えた。

神田大尉の判断は正しく、暗夜にもかかわらず、そこまで部隊を率いて来たことは、彼の沈着さと、適確なる判断力によるものであった。しかし、神田大尉の後に続いている隊員たちは先頭がまたこっちに引返して来るのを見て、嚮導《きょうどう》将校が道を間違えたのだと判断した。それぞれが疲労していたから、わけも知らずに嚮導将校に非難の眼を向けた。

「神田大尉はなにをしているのだ」

最後尾にいた山田少佐が言った。その山田少佐の声に答えるように、彼の直《す》ぐ後を歩いていた進藤特務曹長が言った。

「どうやら道を間違えたようであります」

二人の会話はしばらく跡絶《とだ》えた。小型提灯を下げた神田大尉がこちらへ向って来るのが見えた。雪の上を歩いているのではなく、雪の中を這《は》いずっているような有様だった。

「大隊長殿、自分は以前にこの道を田代温泉へ行ったことがあります」

進藤特務曹長が突然言い出した。

「何時《いつ》行ったのだ」

「去年の夏のことであります。このブナの疎林《そりん》にも覚えがあります。ここを右手に廻《まわ》りこんだところが確かに田代温泉だと思います」

暗夜でなにも見えなかった。提灯に映し出されるブナの木の一本や二本で、田代温泉へ行く道が分る筈がなかった。進藤特務曹長は地図を持っていて言っているのではなかった。彼は頭の中に去年の夏の思い出を描いていた。去年の夏歩いた道に雪が積り、道の両側のブナの疎林にも雪が積っていた。ここを右の方に歩いて行けば田代温泉に行きつくことができるように、なんとなく想像しただけのことであった。進藤特務曹長も激烈な寒さと寝不足のために頭が朦朧《もうろう》としたのである。

「なに、お前は田代へ行く道を知っていたのか、なぜはやくそれを言わなかったのだ」

「自信がありませんでした」

「今なら自信があるというのか」

「はい、たしか、そこにあるブナの大木は田代温泉へ行く道の右側にあったものだと覚えています」

進藤特務曹長はブナの方に小型提灯を向けたがブナは吹雪にかくれて見えなかった。

「行って確かめて来い。もしそのブナが田代温泉へ行く道の途中にあったものならば、田代までお前が案内しろ」

進藤特務曹長は深雪の中をブナの木のところまで戻って、木に小型提灯の光を当てた。積雪は数メートルあるから、ブナの大木の幹は雪に埋まっていたが、枝が何本か雪の中から出ていた。直径二十センチほどの枝が鋸《のこぎり》で切り落してあった。

「確かに田代温泉へ行く道であります。ブナの木の枝が鋸で切り落してあります」

「ブナの枝に人工が加えられているというのか」

山田少佐は、自らそのブナの木の方へ深雪を分けて寄って行った。小型提灯に映し出されたブナの大木の枝は確かに鋸で切られていた。この辺では別に珍しいことではなかった。炭焼きが、炭に焼くに適当な太さの枝を切りおろしただけのことであったが、山田少佐は鋸の切り口を見たときに、付近に人家を想像し、進藤特務曹長の妄想《もうそう》を信じたのであった。

「ようし、予定を変更して田代へ向うぞ、お前が先に立って案内しろ」

山田少佐は大声で言った。

雪まみれになった神田大尉が引き返して来た。神田大尉は大隊本部員が、ブナの木の下でひとかたまりになって、小型提灯の光をブナの木に当てているのを見て足を止めた。なにか悪いことが起ったのではないかと思った。

「神田大尉、田代へ行く道が分ったぞ、進藤特務曹長が知っていたのだ。これより、進藤特務曹長を嚮導員として田代温泉へ向う。そのように各小隊へ伝えろ」

神田大尉は唖然《あぜん》とした。帰営の方針で夜明けを待たずに出発し、その夜がまだ明けないうちに前の命令を取り消そうというのだ。

「大隊長殿、嚮導は自分にお任せ下さい。ちょっと戻るだけで馬立場への帰路は発見できます。そうすれば今日中には帰営することができます」

神田大尉は必死になって言った。

「兵は疲れておる。さっき狂死した兵を見ても分るだろう。一刻も早く兵を安全なところへ導かねばならないのだ。田代温泉への道が判明した以上そっちへ行くのは当然のことではないか」

「でも大隊長殿、田代ならばこっちではなく逆の方向だと思います。進藤特務曹長はなにか勘違いしているのではないでしょうか」

そして神田大尉が進藤特務曹長に向って、田代への道はこっちではないことを地図で説明しようとすると、山田少佐は進藤特務曹長の携《さ》げている小型提灯を奪い取るようにして、それをブナの枝の切り口に向けて言った。

「見えるだろう。ブナの木に鋸の切り跡がある。これが田代温泉への目印だ。進藤特務曹長はこれを証拠にして言っているのだ。早く各小隊長に田代への道を発見したことを告げるのだ。兵は元気を出して歩くだろう」

神田大尉はなにごとも言うことはできなかった。彼は絶望感の中に佇立《ちょりつ》していた。

この時の情況については正式遭難報告書ともいうべき『遭難始末』には、

佐藤特務曹長ハ方向ヲ知ルト称シ自ラ進デ嚮導トナリ更ニ路《みち》ヲ東北ニ転ジ急峻《きゅうしゅん》ナル懸崖《けんがい》ヲ下ルヤ不幸駒込《こまごめ》川ノ本流ニ遭遇シ遂《つい》ニ一歩モ進ム可《べ》カラザルニ至レリ此《この》

時巳《ときすで》ニ八時半頃ナリシナラン

と書いてあるが、昭和四十年に自衛隊第九師団が発行した『陸奥《むつ》の吹雪』には『第五聯隊《れんたい》雪中行軍の遭難によせる教訓』として、次のように記述してある。

山口大隊長以下九名は編成外として参加し、山口大隊長は教育主座となって指導的立場にあったが、神成大尉は主任中隊長を命ぜられ、細部計画の作成と実施研究を担任し、いわゆる雪中行軍隊の指揮官であった訳である。しかるに生存者の言を総合すると部隊行動の指揮について両者の指揮について反省されるべき問題もあったと推測される。

行軍中山口大隊長が直接大声を発して行軍序列の交替を命じていたという。又伊藤中尉は後日次のように述懐している。

「二十四日山口大隊長は佐藤特務曹長が田代の道を知っていると話したのを軽率に信用し、この雪中行軍の指揮官たる神成大尉に相談せず『然《しか》らば案内せよ』と命じて暗夜田代へ向け行軍したが、進路を誤り、駒込川本流に迷いこみ一歩も進むことができなくなった。雪中行軍のあの悲惨事は実に山口大隊長が軽率にも、行軍計画者であり、指揮官である神成大尉に相談せず命令を発したのがそもそもの原因である」

指揮官たる者が肝に銘ずべきことである。

この引用文の中の姓は実在した人物の姓である。

6

進藤特務曹長が嚮導《きょうどう》する雪中行軍隊はブナの疎林《そりん》の中で二十四日の朝を迎えた。朝を迎えたが、暴風雪のためにあたりは暗く時間が経過しても少しも明るくならなかった。夜が明けたのに、月夜のような明るさがいつまでも続いた。だが、隊員は進藤特務曹長の後を黙って従《つ》いて行った。そのうち雪の中に田代温泉の明るい灯が現われるものと信じこんでいた。

手足の凍傷にかかる者が多くなった。銃を背嚢《はいのう》にくくりつけるように命令が出された。両手を外套《がいとう》のポケットに入れたり、体温で暖めたり、もみ合せたりしたが感覚が戻らない者が出て来た。足指の感覚が失《な》くなったことを訴える者が多くなった。疲労と寒さで落伍《らくご》者《しゃ》が増えた。その落伍者を助けながら進むから、隊列は次第に延びて行った。

炊事用の平釜《ひらがま》を背負っていた二等卒が、突然雪の中に倒れた。引き起したが唇をはげしく痙攣《けいれん》させていて物が言えなかった。平釜は他の二等卒が交替して背負ったが、その兵も百メートルも行かない間に倒れた。平釜は放棄せざるを得ない状態になった。それまで台地状の地形を歩いていたが、漸次《ぜんじ》下り坂になり、そして急な坂を滑り下りると、そこに川が流れていた。駒込川の本流であった。その駒込川のほとりを進むうちに前に川、左は絶壁という暗い谷間に入りこみ、行きづまって動きが取れなくなった。八時半であった。その期《ご》になって、山田少佐は進藤特務曹長の嚮導に疑問を持ったが、もはやどうにもならぬところへ追い込まれていた。

山田少佐を中心として作戦会議が開かれた。小峠の会議に続く二度目の会議であったが、山田少佐は進藤特務曹長の言を信じたがために生じたこの結果について責任を感じているようであった。その様子が地図を開いて覗《のぞ》きこむ態度にもはっきり現われていた。地図は四隅を手で押えていなければ風に吹き飛ばされそうであった。地図の上に雪が積るので、絶えず払い落さねばならなかった。山田少佐がポケットから出した磁石は動かなかった。神田大尉が内懐《うちぶとこ》ろから出した磁石でようやく方位が分ったが、三分も経《た》たない間にその磁石の針も固定した。恐るべき寒さであった。

「おそらくわが隊はこのあたりに居るのだと思います。ここを脱出するには駒込川の支流に沿って西に移動し、途中で方向を変えて馬立場に向うより方法はないと思います」

神田大尉が言った。神田大尉の地図にはきのう歩いていた経路が鉛筆で記されていた。ところどころに書き込みもあった。神田大尉の努力の跡が地図のよごれとなってにじみ出ていた。

作戦会議は直《す》ぐ終った。将校たちは神田大尉の発言に逆らう者はいなかった。小峠以来、山田少佐が神田大尉の指揮権に干渉して来たことが、部隊を窮地に追いこんだ主なる原因であることを多くの将校は認めていた。

「神田大尉のいうとおりに、駒込川の支流に沿って西進し、途中から馬立場へ行く道を探すのがよいでしょう」

と倉田大尉が言った。倉田大尉は雪中行軍隊が出発する前日になって山田少佐に参加を薦められて、本部員に加わったのであるから、雪中行軍計画については熟知してはいなかった。従って彼はそれまで雪中行軍について一言も発言していなかった。その倉田大尉の発言であったので、この場合は他の将校たちの注目を引いた。倉田大尉は山田少佐に次ぐ先任将校であった。

倉田大尉が神田大尉の意見を支持したことによって部隊の方向は決った。そしてこの時から、それまで部隊の後尾にいた、山田少佐と倉田大尉は神田大尉と共に先頭に立った。首脳将校が力を合わせなければ、どうにも動きがとれないところに来ていたのであった。

このころから隊列は乱れ出した。小隊長が自分の指揮する小隊を把握《はあく》するのが困難になっていた。落伍する兵が次々と出た。誰かが落伍すると、その兵の銃や背嚢を同じ分隊の者が持ってやらねばならなかった。自分の持物だけで精一杯のところを他人の物まで持たされるので、今度はその荷物を持った兵が落伍しなければならなくなった。

吹雪と寒気は時間の経過と共にいよいよ激しくなった。十メートル先は見えなかった。前を歩いて行った足跡は見る見るうちにかき消された。

駒込川の支流に沿っての行進はやがてその終点に到着した。部隊が歩いていた河床が急にせばまり終《つい》になくなった。そのまま進もうとすれば川に入らねばならなかった。この場合、足を濡《ぬ》らすことが如何《いか》に危険であるか誰もよく知っていた。

「やむを得ない。この懸崖《けんがい》を登ろう」

山田少佐が言った。懸崖と一言で形容したように、そこは切り立ったような崖《がけ》であった。その急斜面に雪がついているのは樹木があるからだった。

二歩登っては一歩滑り落ちるような登攀《とうはん》が二時間も続いた。彼等は午前一時に半熟飯を食べたきりであった。空腹の上に、手が凍えていた。木につかまろうとしても手が利《き》かずに滑り落ちる兵もいた。

ようやく台地に出ると、そこには息もつまるほどの強風が彼等を待ち受けていた。駒込川支流の峡谷を歩いていたときにも、強い風が吹いていたのであるから、高いところに出れば風が強くなるのは当然であった。永野医官が持って来た寒暖計は零下二十度を示していた。

向い風のために進行速度が押えられ、舞い狂う雪のために前方になにがあるやら分らなかった。彼等は、駒込川支流の窪地《くぼち》に入りこみ、また雪の斜面を這《は》い登らねばならなかった。ようやくそこを脱したところで朝食とも昼食ともつかない食事をした。彼等は出発に当って配給された糒食《びしょく》（炒《い》り米《ごめ》）を口に入れた。水筒の水は完全に凍っていた。彼等は雪を口に含んだ。

また進軍が始まった。なんとかして帰路を発見しようと先頭将校団はあせっていたが、見通しが全く利かない上にその付近の地形が複雑だから、彷徨《ほうこう》状態におちいることがしばしばであった。しかし部隊は風に逆らって少しずつ西進して鳴沢に入って行った。その進路は正しかった。

下士卒の眉毛《まゆげ》には氷がついていた。手に凍傷を受けた者はもっとも悲惨であった。尿をしたくともズボンの釦《ボタン》をはずすことができないし、またそのあとで釦をかけることができなかった。尿意を催すと、手の利く者を頼んで釦の着脱をして貰《もら》わねばならなかった。下士卒の多くは手足に凍傷を負っていた。

尿意に負けて、釦をひき千切るようにして用を果したあとで、その部分から寒気が入りこんで死を急ぐ原因を作った者もいた。

釦をはずすことができずに、そのまま尿を洩《も》らした者もいた。尿はたちまち凍り、下腹部を冷やし、行進不能になった。

下士卒の多くは夢遊病者のように歩いていた。無意識に前の者に従って行き、前の者が立止るとその者も立止った。疲労と睡眠不足と寒気とが彼等を睡魔の俘虜《とりこ》にしたのであった。彼等は歩きながら眠っていて、突然枯木のように雪の中に倒れた。二度と起き上れなかった。落伍者ではなく、疲労凍死であった。前を歩いて行く兵がばったり倒れると、その次を歩いている兵がそれに誘われたように倒れた。

突然奇声を発して、雪の中をあばれ廻《まわ》った末に雪の中に頭を突込んで、そのまま永遠の眠りに入る者もいた。

雪の中に坐《すわ》りこんで、げらげら笑い出す者もいた。なんともわけのわからぬ奇声を発しながら、軍服を脱いで裸になる者もいた。

部隊は悲惨な情況に陥ったがそれ等の兵を救うことはできなかった。なんとかして風の少ない窪地に行ってこの急場を逃れるしか術《すべ》はなかった。

第三小隊長の小野中尉が突然倒れた。小野中尉の従卒が介抱したが、二度と起き上ることはできなかった。

「小隊長殿、小隊長殿」

と叫ぶ従卒の声が、吹雪の合間に聞えた。あたりは夜のように暗くなっていた。

「小隊長殿しっかりして下さい、小隊長殿」

その声は半ば泣いていた。

長谷部善次郎はその声を聞いたとき、先を歩いている神田大尉に眼をやった。従卒として神田大尉の傍に従いているべきだと思った。遅れてはならないと思った。おそらく小野中尉の従卒は小野中尉が息を引き取るまであのようにしているだろうと思った。そしておそらく、彼は小野中尉と共に雪の中に眠るだろうと思った。そうなることが当り前のような気がした。善次郎はばたばた倒れて行く兵を見ても、死の恐怖は不思議に湧《わ》いて来なかった。

善次郎は神田大尉のすぐ後についた。中隊の編成はばらばらになっていた。各小隊が混り合って歩いていた。

行李《こうり》隊員はこの行軍中終始みじめな立場にあった。彼等のうち或《あ》る者は米を背負いある者は炭俵を背負い、ある者は炊事用具を背負っていた。その辛苦は並たいていではなかった。彼等の多くはその荷物を背負ったまま雪の中に倒れて息を引き取った。

薄暗くなってから部隊は鳴沢の窪地に着いて、そこを露営の場所と決め、落伍者の収容に務めたが、多くは雪に覆《おお》われて発見することはできなかった。

点呼を取ると四十名が姿を消し、他のほとんどは凍傷に罹《かか》っていた。

7

雪壕《せつごう》を掘ろうとしても円匙《えんぴ》がなかった。円匙を背負っていた行李隊員が途中で倒れたからであった。木炭の俵を背負わされた兵は、それを背負ったまま、雪の中で早々と眠りについていた。

その夜の露営は生き残りの者が将校団を中心にひとかたまりになって足踏みをしな

がら夜を明かすことであった。雪の上に腰かけても寒いし、立っていても寒かった。眠ることもできないし、声を出すと、歯に寒さがしみた。前夜の雪壕が恋しかった。

下士卒等は炒り米《いごめ》を食べようとしたが多くの者は手の凍傷のためにそれを口に入れることはできず、まだ手を使える者の手によって口の中に入れて貰《もら》った。吹雪は夜になってもおさまらなかった。寒気はいよいよ厳しくなり、眠ったまま死んでゆく兵の数が次第に増えて行った。

「眠ったら死ぬぞ、軍歌を歌え、互いに身体《からだ》をぶっつけ合って暖を取れ」

という命令が出たが、軍歌を歌う元気も、身体をぶっつけ合う力も無くなっていた。

闇《やみ》の中で吹雪が音を立てていた。

「小便がしたい、誰か釦《ボタン》をはずしてくれ」

と悲痛な声で叫ぶ者がいた。返事をする者はなかった。寒さと睡《ねむ》さで頭が朦朧《もうろう》としていて他人の世話をする気も起らないのであった。尿意を催して、叫ぶ者はいい方であった。声も発せずそのまま用便をたれ流す者が出て来た。異常な寒さのために急性の下痢を起すものがあった。ズボンをおろしたくても、手が凍えてそうすることができなかった。悲惨を通りこして地獄図を見るようであった。自らの身を汚した者の下腹部は、その直後に凍結を始めた。彼等は材木が倒れるように雪の中に死んで行った。

長谷部善次郎は神田大尉《たいい》の傍にいた。従卒として、なにか大尉にしてやろうと思うのだが、なにもしてやれなかった。善次郎の肉体は、しきりに休養を要求していた。彼は立ったまま眼をつぶった。

「長谷部、どうしたのだ。しっかりせい、眠ると死ぬぞ」

神田大尉にはげまされて眼を覚ますけれどもまた、前よりもはげしい眠りへの誘いに引きずりこまれて行った。

兄の斎藤吉之助が歩いて来る。斎藤吉之助は紺羅紗《ラシャ》の軍服を着ていた。真鍮《しんちゅう》の胸の釦と赤地に三十一と入った肩章をつけ、襟章《えりしょう》は真紅であった。軍服の袖《そで》には軍曹の階級を示す二本の黄色い線が光っていた。

「兄さんはいつ軍曹に昇進したのです」

「今度雪中行軍隊に参加したから軍曹になったのだ」

「特別進級ですか」

「そうだ、手柄を立てたからな」

「手柄だって？」

「そうだ、わが弘前歩兵第三十一聯隊《れんたい》は、八甲田山の雪中行軍の際に、青森歩兵第五聯隊の遭難に出会って、これを救助したのだ。おれは、お前の上官の神田大尉殿を助けた功によって軍曹に昇進したのだ」

「そうですか、兄さんが神田大尉殿を助けたのですか」

「徳島大尉殿の判断がよかったのだ。このあたりにきっと五聯隊がいるだろうというので探したところ、果してそこにいたのだ」

「それで、自分はどうなったのです。この善次郎は誰に助けられたのです」

「善次郎よ、気の毒だがお前は死んでいたよ」

「死んだ。死ぬ筈《はず》はない、善次郎はまだ生きています。長谷部善次郎は立派に生きています」

善次郎は大きな声を上げて眼を覚ました。

「そうだ。長谷部善次郎は立派に生きているぞ」

暗闇の中で神田大尉の声がした。

「長谷部どうした。居眠りをして夢でも見たのか」

「はい、兄の夢を見ました」

「兄というと三十一聯隊にいる兄のことか」

「そうであります。兄が徳島大尉殿の率いる雪中行軍隊に加わって、われわれを助けに来た夢を見ました」

「無事助けられたのか」

「はっ、大尉殿は無事助けられましたが、自分は死んでいたと兄が言うのです」

「他人を頼ろうと思うからそんな夢を見るのだ。こんなところで他人が頼りになるか。自分の身体を自分で始末できないでどうする」

神田大尉の怒声で長谷部善次郎は完全に正気に返った。寒気が一度に彼を襲って来た。骨の髄まで凍って行くような寒さであった。足の感覚はとうになくなっていた。両手の指先の感覚も失《な》くなっていた。

善次郎は、兄が予言したように自分は間もなく死ぬかもしれないと思った。兄が助けに来るまで待てずに死んだとしたら、兄はなんというだろうか。睡魔が再び襲って来た。

「長谷部、元気を出せ、明日は帰路を発見して帰営するのだ。ここで死んだら、お前の兄に笑われるぞ」

神田大尉は長谷部善次郎の肩を叩《たた》いて言った。

「兄は自分の死体を見て笑うでしょうか」

「笑う。きっと笑う。犬死にだと言って笑うぞ」

「中隊長殿、兄は自分の死に顔を見てほんとうに笑うでしょうか」

善次郎は同じことを繰り返した。神田大尉には、その長谷部善次郎の表情が見えるようだった。善次郎は引きつったような顔をしているだろう。思いつめたような顔をしているだろう。

「いや笑わないだろう。きっと泣く、兄を泣かせてはいけないからしっかりするのだ」

善次郎は闇の奥を見詰めていた。闇の奥から近づいて来る死の足音を聞こうとしていた。頭が痛いほど冴《さ》えていた。兄が自分の死に行き会ったら、きっと泣くだろうと思った。その兄の泣き顔を想像したが兄の怒ったような顔しか思い浮ばなかった。

「おい長谷部、眠ってはならない。朝まで頑張るのだ」

しかし善次郎はその声を聞いてはいなかった。善次郎は崩れるようにそこにうずくまった。

「長谷部、こら立たんか長谷部」

神田大尉は善次郎を無理矢理引き摺《ず》り起した。そして頰を平手で打った。長谷部善次郎はようやくわれにかえった。神田大尉は危険を感じた。叫び声を上げて死につくものもあるし、黙って死ぬ者もあった。苦痛を訴えながら死んで行く者もあった。このままにしたら一夜にして全員が死に絶えるかもしれない。神田大尉は、人の輪の中心にいる山田少佐に向って叫んだ。

「大隊長殿、このまま時間を経過することはかえって多くの隊員を失うことになります。歩いていたほうがむしろ損害を僅少《きんしょう》に食いとどめることができると思います。朝まで待たずに、いま直《す》ぐ出発させて下さい。この場所は鳴沢の凹地《くぼち》であり、この北方に馬立場があることは確実です。北に進路を取れば、部隊は必ず帰路を発見できます」

神田大尉の声は哀願に近かった。だが山田少佐はそれを拒否した。

「なにをいうのだ。この暗い吹雪の中でどうして帰路を発見するのだ。朝まで待て。明るくなってから出発しろ。きのうのことを思え、暗夜雪壕を出たがために窮地に陥ったのだぞ。同じ過失は二度とおかすべきではない」

「大隊長殿、きのうの夜の情況下においては夜明けまで待つべきでした。だが今の情況下では、敢《あ》えて出発すべきだと思います。大隊長殿出発させて下さい」

神田大尉は叫んだ。全身で叫んでいた。

「昂奮《こうふん》するな、お前の気持はおれにもよく分る。だが、現在の情況下では大隊長殿の意見に従ったほうがいいぞ」

倉田大尉の落着いた声がした。神田大尉はそっちを向いた。顔は見えないけれど、その落着き払った倉田大尉の声には威力が感じられた。倉田大尉の声が続いた。

「暗夜の中で帰路を発見し得る可能性はきわめて少ない。吹雪の中の彷徨《ほうこう》になる確率の方がはるかに高いぞ。そうなった場合のことを考えて見ろ。明るくなってから出発しよう。それまでにはいくらか風もおさまるだろう」

倉田大尉は神田大尉にさとすような言い方をした。倉田大尉のその声を聞いていると神田大尉は、なにか彼の意見に従わざるを得ないような気がした。

（倉田大尉のいうとおりだ。いったいおれはどうしたのだろうか、おれの頭は、寒さと疲労でどうにかなったのであろうか）

神田大尉は二度と出発を口にしなかった。彼は、暗夜に死を急ぐ人たちの残す、声や物音を聞きながら、三十一聯隊の徳島大尉の手紙のことを思い出していた。三十一聯隊が田代方面からやって来るのは明日か明後日ごろではなかろうか、もし明日だとしたら——彼は、徳島大尉が案内人を嚮導《きょうどう》としなければ雪中行軍は無理だと言った言葉を思い出した。おそらく、徳島大尉は、雪道をよく知っている地元の案内人を先に立ててやって来るだろうと思った。その徳島大尉がこの敗残部隊を見たらなんというだろうか。なんと言われようと徳島大尉の率いる小隊に会いたかった。会えば生きる道が開かれるのだ。

明るくなって来た。風力も衰えて来たが寒気はやわらぐ気配はなかった。神田大尉は懐中時計を見た。午前三時であった。明るくなったのは、雪明りのせいであった。空が霽《は》れたのである。

山田少佐から出発の命令が発せられた。朝は目前に迫っているし、雪明りで部隊の行進もできると判断したからであった。

神田大尉は点呼を取った。一夜のうちに三十名が死んでいた。死者の合計は七十名、部隊の三分の一は失われていた。あとの三分の二は満身創痍《そうい》の状態であった。

出発に当って、地図と磁石を見るために小型提灯《ていとう》を探したが、三個あったうち二個は失われていた。江藤伍長《ごちょう》はその最後の一つを背嚢《はいのう》にくくりつけて持っていた。神田大尉が蠟燭《ろうそく》に火をつけるように命じたが、マッチを擦ることのできる者がいなかった。マッチの軸をつまむことができないのだ。例外なく手は凍えていた。倉田大尉がマッチを擦って提灯に火をつけた。倉田大尉は毛糸で編んだ手袋をはめていた。

倉田大尉と神田大尉は図上で検討した結果、真直ぐ北に進路を取ることにした。そうすれば、馬立場への帰路に突き当ることができるものと判断した。

8

山田少佐の出発の号令には力がなかった。一夜の寒さで山田少佐の体力は急速に衰えてしまっていた。彼は指揮を倉田大尉《たいい》と神田大尉にまかせ、部下に支えられながら部隊に追従して行った。部隊が動き出すと、また一人二人と倒れる者が出て来た。助け起してやる者もなかった。部隊は声も無く前進した。

一時間ほど前進したところで部隊は峡谷に前を遮《さえぎ》られて引き返さざるを得なくなった。部隊は一旦《いったん》露営地に引き返し、今度は反対側に向って進んだ。

彼等のいるところが鳴沢であることには間違いなく、この近くには二十三日の夜通った道がある筈《はず》だった。雪は降り積っているけれど、馬立場から鳴沢付近を通過する道の一部は森林の中を通っているから、道に当る部分が切り通しになっているところが所々にあった。また峡谷を廻《まわ》りこむところは、たとえ雪が降りつもっていても、積雪が段階状になっていて、山腹を切り開いた道であることがわかる場合もあった。それからもう一つ目印になるものは第一夜の行軍のとき途中に橇《そり》を棄《す》てたり、不用と思われる物を捨てた。それも帰路を発見する糸口であった。しかし、すべては夜が明けて、見通しが利《き》くようになってからのことであって、雪明りの中でそれ等を発見することは無理であった。

部隊は前途を山に遮られた。部隊は再び前夜の露営地に引き返さざるを得なかった。

神田大尉は雪を踏みしめながら怒鳴った。

「天はわれ等を見放した。こうなったらゆうべの露営地に引き返して先に死んだ連中と共に全員枕《まくら》を並べて死のうではないか」

神田大尉が絶望と共に放った声は、折から吹雪がおさまって静かになった疎林《そりん》の中で、隊員全部の胸を打った。

長谷部善次郎もその言葉を聞いた。善次郎は神田大尉を尊敬していた。士族出でもないし、士官学校も出ていないのに大尉まで昇進した神田大尉は、善次郎にとっては神様の次に位置する人であった。このようになったのも、もとはといえば神田大尉の指揮権を山田少佐が剝奪《はくだつ》したことによって起ったのだと善次郎は思っていた。だがしかし、神田大尉に従《つ》いてさえおれば他の者は全部死んでも自分は生きられると思いこんでいた。幾度か睡魔に襲われて倒れかかるのを、神田大尉によって助けられて朝を迎えた善次郎は眼の前で、大尉が死の宣言をしたことはたいへんな衝撃であった。その一言で善次郎の生きる希望は潰《つい》えた。

善次郎の眼が霞《かす》んでいった。雪原が消えて兄の斎藤吉之助の姿が浮んだ。吉之助は泣いていた。狂うように泣いていた。やはり兄は自分が死ぬと泣くのだなと思った。おれは死ぬことはなんとも思っていないのに、なぜ兄は泣くのだ。

長谷部善次郎は雪の中に倒れこんだ。善次郎が倒れた瞬間、彼が背嚢《はいのう》に背負っていた銃がはずれて雪の上に投げ出された。

「おい、しっかりしろ」

傍にいた下士官が雪沓《ゆきぐつ》で善次郎の肩のあたりを蹴《け》とばしたが、善次郎は微動だにしなかった。その下士官は善次郎の銃を拾った。無意識に拾ったのである。命より大事にしろと日頃教えられているから、自然に手が出たのだ。しかし、すぐ下士官はその銃の重さに気がついた。一梃《ちよう》の銃さえ持て余しているのに他人の銃まで持てる筈がなかった。彼はその銃を善次郎の枕元に逆さに突きさした。

善次郎が倒れると、それに引き続いて、ばたばたと兵たちが倒れた。すべて将校を信頼し、その命令に絶対服従していた下士卒たちであった。神田大尉が全員枕を並べて死のうという一言は部隊の息の根を止める結果になりそうであった。

「帰路が発見できたぞ」

と倉田大尉が叫んだ。

「露営地の近くにこの高地があることによって、露営地の位置が判明したぞ、部隊は露営地に戻り、馬立場への帰路を急げば、今日中には帰営できるぞ、見ろ、天気は次第に恢復《かいふく》して行くではないか」

倉田大尉の声はぴりぴり響いてよく通った。将校も、下士卒も、すべてが頭が混乱し、自分の存在すら分らなくなっているのに、倉田大尉の元気な存在はまるで奇蹟《きせき》を見るようであった。倉田大尉のこの言葉は死を急ぐ下士卒を一時的に立直らせた。

部隊は再び露営地に戻った。午前五時であった。午前三時に出発して午前五時に露営地へ帰るまでの二時間の彷徨《ほうこう》中に三十名の魂は昇天した。合計して雪中行軍隊の半数は死んだのである。

山田少佐はこの朝の彷徨の中で人事不省となった。先任将校の倉田大尉が死者の背嚢を集めて、それに火をつけて、山田少佐を暖めた。背嚢に入っていた餅《もち》や糒《びしよく》食は一箇所に集めて、食糧のなくなったものに分ち与えた。背嚢は死者の怨念《おんねん》をこめたように勢いよく燃え上った。隊員たちは焚火《たきび》をかこんで風を防ぎ、山田少佐の蘇生《そせい》を祈った。背嚢の焚火は山田少佐を再び口が利けるまでに恢復させたばかりでなく、その近くにいる将校たちをも甦《よみがえ》らせたが、階級の順列によって、常に焚火の外に居なければならない一等卒二等卒にはなんの恩恵も与えられなかった。

焚火で餅を暖めて食べる者がいたが、焼けた餅を出されても、手を出さない者もいた。隊員は一様に食慾《しょくよく》を失っていた。空腹であるべき筈なのに空腹を感じなかった。だが彼等はしきりに水を欲しがった。焚火で雪が解けて水たまりができると、犬のように這《は》って行ってその水を飲もうとする者がいた。

焚火はたちまち消えた。あと、燃すことができるものがあるとすれば、それは死んだ兵が着ている外套《がいとう》を剝《は》がすことであったが、それはあまりにも残酷なことであり、誰も手を出す者はなかった。

夜は明けた。吹雪はおさまり見通しが利くようになったが寒さが一段ときびしくなった。山田少佐の意識がまた昏迷《こんめい》した。神田大尉は彼が懐中に抱いていた懐炉を山田少佐に譲った。懐炉を譲ったのに、懐炉灰を譲ることに気がつかなかったほど、神田大尉の頭も思考力を欠いていた。

倉田大尉は、

「田茂木野方面を確かめるための斥候を出したい。希望者は集まれ」

と怒鳴った。十二名の下士卒が集まった。彼等は同じように手足に凍傷を受けてはいたが、倉田大尉の前に集まって気をつけの姿勢を取った。いま営門を出たばかりのようにしっかりした態度であった。

倉田大尉は、十二名を二隊に分け、渡辺伍長《ごちよう》には駒込川方面の偵察を命じ、高橋伍長には北西方の高地の偵察を命じた。

「帰路が発見できたら、一名は直ちに本隊へ報告し、他の斥候隊は引き続き田茂木野方面を偵察せよ、本隊は斥候の報告を待って出発する」

倉田大尉は動いても無駄と見て斥候を出したのであった。

明るくなるにしたがって吹雪はおさまり比較的遠方が見えるようになった。鳴沢の疎林の中から見る光景はまことに寒々としたものであった。雪原にブナの木が枝を張り、ところどころに、雪を頂いたモミの木があった。ゆるやかな起伏の先が切断されているのは、そこが断崖《だんがい》になっていることを示すものであり、北に向って折り重なるように山並みが延びているところを見ると、北方に馬立場があることは間違いなかった。

倉田大尉と神田大尉が地図に見入っていたときである。

「救助隊が来たぞ」

と叫んだ者があった。隊員はその兵の指す方向を見た。

多くの隊員達の眼には、山の斜面を二列側面縦隊になって近づいて来る一隊が見えた。

「救助隊だ！　救助隊だ！」

と叫ぶ声が続いた。

「お母《が》さんに会えるぞ」

と叫んだ兵隊がいた。一声誰かが母に会えると叫ぶと兵たちは、口々に母の名を連呼した。岩手県出身の兵たちは母のことをオガサンとかカカサマと呼び、南部地方出身の兵は母のことをアッパと呼び、宮城県出身の兵はオカヤンと呼んだりガッカアと呼んだ。アバに会えると泣きながら叫ぶ兵もいた。兵たちは、救助隊を見て、すぐ母を思った。いま彼等の心には母しかなかった。母が居たら必ず助けてくれるだろうし、生きることは母に会えることであった。

倉田大尉には救助隊は見えなかった。神田大尉にも見えなかった。二人は顔を見合せてから、兵たちが指さす方向に眼をやった。風の中に疎林の枝が揺れ動いていた。飛雪の幕が、横に動いて行くのを見ながら、ふと眼を飛雪に固定すると、今度は木が動くように見えることがあった。たまたま彼等が見ている山の斜面には、二列に木が生えていた。それがあたかも一個小隊ほどの救助隊が現われたように見えるのであった。倉田大尉は総身の血が凍ったように感じた。生き残った半数の兵が一度に発狂したと思った。士官学校時代に、極度に疲労した一個小隊が集団幻覚に襲われ、見えざる敵に向って一斉射撃をした例が外国にあるという話を聞いたことがあった。隊はいまその集団幻覚に襲われたのだと思った。

「喇叭《らっぱ》を吹け！」

倉田大尉は叫んだ。集団幻覚から逃れるために、喇叭を吹かせたのである。勇壮な喇叭の音を聞いたならば、兵たちは自分を取り返すだろうと思った。

喇叭卒は唇を喇叭に当てた。だが音は出なかった。地獄の底でうめくようななんとも薄気味の悪い低音が出ただけだった。

兵たちは絶え入るように鳴る喇叭の音を聞くと、自分が見ているものは、厳冬の風景に過ぎないことを知ったようであった。一人が絶望の溜息《ためいき》をつくと、次々と雪の上に坐《すわ》りこんで、わけのわからないことをしゃべり出した。

「中隊長殿、筏《いかだ》を作って駒込川に浮べて、それに乗って屯営まで帰るのがよいと思います。自分はこれから、筏の木を切りに行って参ります」

一人の伍長が神田大尉のところに来て言った。青森屯営の傍を駒込川が流れているからそのようなことを思いついたのである。

「ばかもの、駒込川は浅いし、途中に岩や滝があって筏流しなどできる川ではない。うろたえるな」

しかし、その伍長には、神田大尉のいうことさえ分らなかった。伍長は身を翻《ひるがえ》すと、雪藪《ゆきやぶ》の中にかけこみ、ブナの木に銃剣をふりかざして斬《き》りつけた。銃剣では枝一本落せるものではなかった。伍長は、ブナの木にはじかれるように雪の中に倒れて二度と起き上らなかった。

「斥候に行って参ります」

と言って勝手に雪の中に飛びこんで行ったり、

「食事当番集まれ」

などと号令を掛ける者があるかと思うと、周囲の兵隊にいきなり殴りかかる者がいた。手がつけられない状態になっていた。狂った兵は次々と死んで行った。

十一時半になって高橋伍長が一人で帰って来た。

「帰路を発見したので報告に戻りました。あとの五名は馬立場を越えて田茂木野方面へ前進中であります」

と報告した。

高橋伍長はしっかりしていた。言うことも正確であった。馬立場の頂上付近にごく僅《わず》かながら露出している道を発見したという報告は、倉田大尉と神田大尉を喜ばせた。

「帰路が見つかったぞ、出発用意！」

と叫ぶ倉田大尉の声で、倒れている兵も立上った。

倉田大尉は半数の兵はもはや銃を持って行進することが不可能な状態になっているのを見て、その場に叉銃《さじゅう》して置くことを命じた。深雪の中を銃を持っての行軍は非常に大きな負担を兵に与えた。銃は軍人の魂だと思いこまされている多くの兵は銃を手放すまいとして銃と共に死んで行ったのである。

倉田大尉の処置は当を得たものであった。しかし、倉田大尉は全員に銃を置いて行けと命令したのではなかった。生き残りの半数は銃を置きあとの半数は銃を背負った。

生存者全員約七十名であった。

高橋伍長の嚮導《きょうどう》によって隊は鳴沢の迷路を抜け出して、馬立場へ向う道に出た。

帰路が発見されたことによって隊員はやや落ちつきを見せた。馬立場への急斜面を登ることは非常に困難を極めたが、比較的風がおだやかだったし、視界も利いているので、

「帰路が発見されたのに死ぬのではないぞ」

と掛け声を掛け合って、ようやく頂上に着いた。

二十三日に通過した際に落した縄が一束あった。午後の三時であった。難関を突破して、帰路に立ったが、既に日は傾きかけていた。一時的に静かになっていた風も夜

が訪れると共に強くなった。山田少佐が再び倒れた。山田少佐を守って移動する一群と、道を求めようと先行する、倉田大尉と神田大尉の一群に二分されたが、隊全体としては少しずつ北に向って進んでいた。

人事不省になった山田少佐を守護することに彼等は懸命になっていた。各個人が身を動かすことが精一杯であるのに、動けなくなった山田少佐を連れて歩くことはたいへんなことであった。生き残りの兵は歩けなくなった山田少佐に肩を貸した。彼等は、そのような状態で深雪の中を百メートルも行くと山田少佐と共に雪の中に倒れた。倒れた山田少佐はすぐ雪の中から引き起されて、また別の兵の肩にすがって移動したが、倒れた兵は二度と起き上ることはなかった。一人の山田少佐を守るために次々と兵が死んで行ったが、誰もそのことに矛盾は感じなかった。山田少佐が死ぬことが青森歩兵第五聯隊《れんたい》雪中行軍隊の全滅であると誰もが考えていた。如何《いか》なる多くの犠牲を払っても山田少佐を生かさねばならないと考えていた。

隊は中ノ森を過ぎてカヤイド沢で行きづまり、そこで第三夜を迎えた。

五十名の生存者が山田少佐を取り囲んだ。火もないし、食糧もなかった。死んで行った兵の背嚢を集めて焼こうとする元気もなくなっていた。餓《かつ》えよりも渇きの方がつらかった。雪を食べてはいけないことが分っていても彼等は雪を食べた。

全員が茫然《ぼうぜん》自失していた。その夜死についた者は二十名であったが、それまでのように、暴れ廻《まわ》ったり、狂声を張り上げたりはしなかった。力尽きた者は、他の隊員たちの足下にうずくまり、眠ったままあの世へ旅立って行った。山田少佐を取り囲む人垣の周辺にいる兵から先に死んでいった。この夜も死の序列はその階級序列におおむね従っていた。眠ってはならないと声をかける者もないし、互いに身体《からだ》をぶっつけ合って寒さに耐えようとする者もいなかった。彼等はすべての体力と気力を失い、ただ死を待つだけだった。

9

一月二十六日の朝が明けた。雪が激しく降っていた。露営地を出発するときには、その地で死んだ兵たちはことごとく雪に覆《おお》われていた。風が比較的少ないだけが取り得であった。

生き残りの三十名は全身氷に覆われていた。人間の形をした氷の化け者が深雪の中を泳いでいるようであった。ほとんどは死の一歩手前の状態にあった。倉田大尉《たいい》、神田大尉等若干名が思考力を具《そな》えているに過ぎなかった。

出発の命令もないし、人員の点呼もなかった。倉田大尉と神田大尉が左右に分れて、帰路を求めて歩き出すと、生き残りの隊員は無意識にそれに従って行った。

倉田大尉は山田大隊長が人事不省になってからは、大隊長に替るべき責任者としての自覚を持って行動していた。神田大尉は最後まで、この雪中行軍の計画者であり、指揮官としての意識のもとに行動していた。

倉田大尉のグループと、神田大尉のグループは降雪の中で分れて、数時間さまよった後でまた降雪の中で行き会った。倉田大尉も神田大尉も進路について自信を持ってはいなかった。

降雪のために視界が利《き》かずに現在位置さえ定かに分らなかった。懐炉を山田少佐に譲ってからは神田大尉が内懐《うちぶとこ》ろに入れて置いた磁石も凍って使いものにはならなくなっていた。

午前九時ごろになって、降雪がなくなり、急にあたりが明るくなると雲の一角が開いて青森湾が見えた。倉田大尉と神田大尉は地図を出して地形を照合した。彼等の位置が桉《やす》ノ木《き》森の北方にあることが判明した。帰路の方向を得た彼等は、いささか喜色を示した。天気が恢復《かいふく》し、しかも帰路が分った以上このまま前進すれば田茂木野村に達することができるだろうと思った。しかし、彼等の喜びは二時間後には消えた。天空は暗黒化し、猛吹雪となった。多量の降雪を伴った吹雪であった。しかも北西の強風だから向い風であった。たちまち隊は方向を見失い雪の中に棒立ちになった。

倉田大尉と神田大尉は再び嚮導《きょうどう》に立たねばならなかった。二人の大尉が動くと、それに従って兵たちが動いた。猛吹雪となり、進路を失ったとなると、絶望感のため倒れる者が多くなった。一人が倒れると将棋の駒《こま》のようにつぎつぎと倒れて行くのがこの遭難の特色の一つであった。倒れるだけ倒れた後、生き残った者はまた歩き出した。嚮導将校として先頭を歩いて行くのが倉田大尉なのか神田大尉なのかも分らなかった。彼等はただどちらかに従《つ》いて行くだけであった。倉田大尉のグループは駒込川の峡谷の方へ降りて行った。山田少佐は数名の兵にほとんど引き摺《ず》られるようにしてその後を従いて行った。峡谷に入ると雪は深かったが風がずっと衰えた。彼等は駒込川に沿って降りて行って、やがて両岸に絶壁がそそり立つ峡谷部に入って動きが取れなくなった。

神田大尉は自信を持って進んだ。空が晴れたときに方向をチェックしていたから、このまま進めば必ず大峠に出、やがて田茂木野に達することができるに違いないと思っていた。おそらく自分が歩いているところは賽《さい》ノ河原に近いところだと思った。従う者は数名になっていた。神田大尉の直《す》ぐ後に江藤伍長《ごちょう》が寄り添うようにして歩いていた。

日が暮れて来たのに、夜が明けて行くように感じたり、夜になると、しばしば救助隊の振りかざす小型提灯《ていとう》の灯を見た。救助隊の呼ぶ声が聞えたり、笑う声がしたりした。すべて幻視と幻聴であった。歩いているか突立っているか自分でよく分らなかった。吹雪の音を海の怒濤《どとう》の音に聞いた。神田大尉は暗い海を見た。海岸の砂浜を歩いているのだと思った。砂浜を歩くのになんでこんなに足が不自由だろうと考えたりした。海岸に打ちよせられた貝殻が雪の吹き溜《だま》りのように積っていた。よく見ると白い貝殻の堆積《たいせき》の中に赤い貝も青い貝もあった。桜貝があった。それを拾おうとして手を延ばすと桜貝はどんどん大きくなり、そして、突然音を立てて燃え出した。

「火事だ。火事だ」

という声がした。

前の街路を人が走っていた。赤い煉瓦《れんが》の煙突から赤い炎が吹き出していた。赤い炎が黒い煙に変ると同時に、第四旅団長の友田少将の声が聞えた。

「雪中行軍はロシヤとの戦いを前提としてこそその重要性があるのだ」

「既にして戦火は燃え上っている。見ろ、あの火事がそうだ」

師団参謀長の中林大佐が言った。

「だが火事は消さねばならないでしょう」

と第五聯隊長《れんたいちょう》の津村中佐がいうと、第三十一聯隊長の児島大佐が、

「五聯隊にはあの火事が消せるかな」

と言った。

「火事はこの神田大尉が必ず消して御覧に入れます」

神田大尉が怒鳴った。自分の声で吾《われ》に返った。

神田大尉はしきりに首を振った。首を振ると、頭の中でことこと音がした。その音が拡大されて多勢の足音になった。眼を見張ると、徳島大尉が指揮する一個小隊が二列縦隊になって手に手に提灯《ていとう》を持って来るのである。まるで提灯《ちょうちん》行列のようであった。

「もう大丈夫だぞ」

徳島大尉が言った。

「五聯隊は全員救助されたぞ。安心するがいい」

徳島大尉は神田大尉の肩を叩《たた》いて言った。

「みんな助かったのか、御苦労を掛けたな」

神田大尉は徳島大尉に頭を下げた。そしてその頭を上げたときには、そこにはなにものもなく、暗夜の中に吹雪が咆哮《ほうこう》しているだけだった。

神田大尉は雪の中に坐《すわ》りこんでいた。立上ろうとした。立って歩かねばならないのだ。おれが、この急を告げねば、隊は全滅するのだ、大尉はそう思った。しかし大尉は二度と雪から立上ることはできなかった。

「江藤伍長、江藤伍長はどうした」

神田大尉は闇《やみ》の中で叫んだ。江藤伍長の返事が背後でした。江藤伍長はどうやら立ったまま眠っていたようであった。

「江藤伍長は斥候となり、直ちに田茂木野村へおもむき、住民を傭《やと》って引き返し、わが雪中行軍隊の救助に当るべし」

神田大尉は大きな声で命令を伝えた。突然なことなので、よく聞き取れなかったから、江藤伍長が訊《き》き返すと、

「おれはもう動けないから、お前は田茂木野村へ行って住民を連れて来い」

と言った。さっきの声に比較するとずっと小さくなっていた。

「神田大尉殿、しっかりして下さい、もう間もなく夜が明けます。夜が明ければきっと救助隊が到着します。頑張って下さい」

江藤伍長は神田大尉を助け起そうとしたが、神田大尉は立つことができなかった。

「江藤伍長、お前が斥候に行かねば雪中行軍隊は全滅するのだ。早く行け、早く田茂

木野へ行って住民を連れて来い」

神田大尉は意識が昏迷《こんめい》したのか、同じことを低い調子で何度も繰返した。声が小さくなり、聞えなくなったと思うとまた思い出したように同じことをしゃべった。

「江藤伍長は斥候となり、田茂木野へおもむき、住民を連れて参ります」

江藤伍長は復唱した。

「よし、行け」

大尉の声を聞いて、江藤伍長は、前に出た。暗くて方向は見えなかった。心だけが下山道を歩いていた。

神田大尉は江藤伍長を斥候に出したあとしばらく眠った。頭の中を怪獣が駆け廻《まわ》っていた。そして明け方の寒さで、大尉は再び眼を覚ました。吹雪の中に夜が明けかかっていた。下半身の感覚は失《う》せていた。凍ったのだ。両手にも感覚がなかった。しかし、不思議に頭がはっきりしていた。今自分がどのような情況下にあるかもはっきり分った。なぜこのような結果になったかもすべて明瞭《めいりょう》に頭の中で整理された。田茂木野で案内人を頼まなかったこと、小峠で下士官に突き上げられて前進したこと、第一夜の雪壕《せつごう》を夜中に出発したこと、進藤特務曹長が部隊を死地に導いたこと等が一つ一つ挙げられた。

「しかし、この雪中行軍計画を立てたのはこの神田であった。その計画の中には幾多の誤りがあった。自然を甘く見過ぎていた。装備も不足だった。すべて事前の研究が不足だった。責任はすべてこの神田にある」

彼はつぶやいた。つぶやいたつもりだが言葉にはなっていなかった。

「おそらく江藤伍長は無事田茂木野へ着くだろう。そして救助隊が到着するだろう。しかし、雪中行軍隊は全滅して、此処《ここ》にはおれだけしか居ないのだ」

山田少佐のことが頭に浮んだ。山田少佐が、もしいっさいを自分に任せていてくれたら、指揮権を奪うようなことをしなかったら、このようなことにはならなかったかもしれない。しかし、今となってはそれは繰り言でしかない。自分は雪中行軍の計画者なのだ。そして途中なにが起ったにしても、見掛け上は指揮官であった。生き残ったとしても責任はまぬがれないのだ。昇進の道は断たれるばかりか、おそらく軍人としての生命をも失うことになるだろう。生涯を軍人に賭《か》けて来た自分が軍人でなくなった場合、いったいなにが残るであろうか。

生きる望みを失った場合は死ぬしかなかった。手も足も利かなかった。死ぬ方法として残された唯一《ゆいいつ》の方法は舌を嚙《か》み切ることだった。

神田大尉は舌を嚙んだが、歯にも力がなく、舌を嚙み切ることさえできなかった。

血が口の中に溢《あふ》れた。

10

一月二十七日の午前六時に田茂木野村を出発した三上少尉《しょうい》が指揮する救助隊員六十余名は数名の案内人を先頭にして、田代に向った。雪中行軍隊の経路を確かめるためであった。田茂木野を出たときから救助隊は深雪に悩まされた。小峠から大峠にかかると吹雪がすさまじく、案内人も尻込《しりご》みをするような情況であった。三上少尉は案内人を叱《しか》り飛ばしたり、おだてたりしながら、午前十時ごろようやく大滝平《たい》に達した。

先頭を歩いていた案内人が突然立止って前方を指した。なにかが雪の中に立っていた。石地蔵に似ていたが石地蔵よりはるかに大きかった。だいいち、石地蔵ならば雪の中に埋まっていて見える筈《はず》がなかった。

三上少尉は、

「どうしたのだ、なにかあったのか」

と案内人に言いながら一歩前に出て、雪の中に佇立《ちょりつ》している奇怪な物を見た。それは胸から上を雪の上に出した兵士であった。

三上少尉は深雪の中を抜手を切るような格好でその兵士に近づいて行った。頭巾《ずきん》を被《かぶ》っていたが、頭巾は鉄板のように凍っていた。頭巾の中の顔も凍っていた。眼を見開いているけれど生きた人間の眼ではなかった。

村川軍医が駆けつけて、雪の中から助け出すように指示した。携行して来た毛布を天幕がわりに張って風除《かざよ》けが作られ、踏みかためた雪の上に毛布を幾枚か重ねて敷いて、その上に凍った兵士が運び込まれた。

「江藤伍長だ」

と救助隊員の下士官の一人が叫んだ。村川軍医は毛布の上に江藤伍長を寝かせながら、

「助かるかも分らないぞ」

と言った。死後の硬直が来ていないからだった。着ている物のすべては凍っているけれど、凍った上衣《うわぎ》とズボンを剝《は》ぎ取って乾いた毛布に包んでやるときに、ぬくもりを感じた。江藤伍長の身体《からだ》を幾枚かの毛布で包んだ上から、軍医と三名の看護兵が総がかりでマッサージをした。六十名の隊員は周囲に人垣を作って風を防いだ。江藤伍長の顔が次第に赤味を帯びて来た。生きている証左が次第に現われた。軍医が手当を始めてから、十数分後に、江藤伍長は、耳元で、彼の名を呼ぶ声に反応を示し、そし

て眼を動かした。江藤伍長の口が動いた。なにか言ったが、それは言葉にならなかった。三上少尉は江藤伍長の口に耳を当ててその言葉を聞き取ろうとした。

「中隊長……神田大尉……」

などの言葉が断片的に耳に入った。

「中隊長の神田大尉殿が近くにいるぞ、よく探すのだ」

三上少尉は六十名の救助隊員に向って怒鳴ってから、再び江藤伍長の耳元で叫んだ。

「大隊長の山田少佐以下雪中行軍隊は何処《どこ》にいるのだ」

「みんな死んだ」

と江藤伍長は答えた。

江藤伍長は意識を取り戻して、自分一人が救助隊に助けられたと知ったとき、他は全滅したのに違いないと思った。事実そのひとことで表現されるような状態だった。

「ほんとに全滅したのか、他には生存者はいないのか」

「若干はいるかも知れない」

それもまた正確な答えだった。江藤伍長は眼を閉じた。蘇生《そせい》はしたが彼の生命はいまだに、生死の境をさまよっていた。眼をつぶると二度と口を開かなかった。三上少尉は救助隊に付近を捜索するように命ずるとともに、弘村曹長を伝令として屯営に走らせた。

一時間後に雪に埋まって死んでいる神田大尉が付近で発見された。動かすと口から血を吐いた。まだ幾分ぬくもりがあったから、村川軍医等が応急手当をほどこしたが蘇生させることはできなかった。続いて押川伍長が発見されたが、押川伍長は棒のように凍っていて、如何《いかん》とも為《な》す術《すべ》がなかった。

三上少尉等は二時間にわたって付近を捜索したが、折からの吹雪と寒気のために、救助隊の一名が倒れ、半数が手に凍傷を負うに及んで、これ以上の捜索を続けることは無理であると判断して、重傷の江藤伍長を兵の背に負わせて田茂木野へ引き揚げることにした。

弘村曹長は重大なる命令を聯隊《れんたい》に伝えるべく深雪の中を転がるように走った。田茂木野には古河中尉が支援隊を率いて到着していた。古河中尉は弘村曹長の報告を聞くと、伝令を、花田伍長に交替させた。深雪の中を走り降りて来た弘村曹長が疲労しているからであった。花田伍長は雪の中を走りに走った。

花田伍長が青森屯営についたときは息も絶え絶えであった。

「大滝平《たい》において、仮死の状態にある江藤伍長を発見。手当の結果蘇生した江藤伍長の言によれば、雪中行軍隊は全滅の模様。救援隊は引き続き付近を捜索中であります」

それが遭難第一報であった。時に午後二時三十分。

青森歩兵第五聯隊は大騒ぎになった。三十分後に塩田大尉の指揮する百五十名が、屯営を出発して救助に向った。人数だけが繰り出したところでどうにもならないのだが、津村聯隊長としてはなにかしなければならなかったのである。続いて神田大尉の死体発見の伝令が到着した。夜になってから、三上少尉は聯隊長津村中佐の官邸に到着した。三上少尉は顔面蒼白《そうはく》であった。昼食も夕食も摂《と》ってはいなかった。指に軽度の凍傷を負っていた。聯隊長官邸には中隊長以上の将校が集まっていた。

「聯隊長殿、根本的な救助体制を取らないかぎり、ミイラ取りがミイラになる可能性があります」

三上少尉は開口一番結論を叫んだ。そしておもむろに雪原の吹雪のすさまじさを話した。

江藤伍長発見の状況や神田大尉の遺体発見の状況を述べた。救助隊員六十名のうち過半数が僅《わず》か二時間の作業のうちに手を使うことが不可能になり、雪の中に倒れる者まで出たという報告は聯隊長官邸に集合していた将校たちの顔色をこわばらせた。

そのころ、五聯隊遭難の報は第四旅団を経て第三十一聯隊に伝えられていた。三十一聯隊長児島大佐は徳島大尉の率いる小隊に、雪中行軍を中止して帰営するように電報を打ったが、その日未明徳島大尉の一行は増沢を出発して、白魔の棲《す》む八甲田山系へ踏みこんでいた。

第三章　奇蹟《きせき》の生還

1

一月二十七日未明徳島大尉《たいい》の率いる雪中行軍隊は熊ノ沢部落の七名の案内人を先に立てて増沢を出発した。七名の案内人は股引《ももひき》に筒袖《つつそで》の綿入れ半纏《はんてん》を着、その上に毛皮の胴着を羽織っていた。足には、雪沓《ゆきぐつ》を履き、脚部にはぼろ切れを巻きつけ、揃《そろ》ってみのぼっちを頭から被《かぶ》っていた。

案内人は、村長に頼まれて案内に立ったものの、増沢を出て直《す》ぐ荒れ模様になったのを見て、互いにこの分じゃあ田代まで行くのは無理だろうと囁《ささや》き合っていた。田代温泉は田代平《たい》にあった。田代平は広漠とした雪原だから、ふぶかれて視界が閉ざされると全く動きが取れなくなることを彼等はよく知っていた。案内人たちが田代までは無理だろうと囁いたのは、折を見て、引き返すことを徳島大尉に進言しようという腹があったからであった。

部隊は熊ノ沢川に沿う狭間《はざま》の雪道を北西に向って歩いて行った。泥淵を過ぎて二キロほど進んだころ夜が明けた。両側に山が迫った谷底のような道だった。雪が急に深くなった。

先頭を行く案内人はしばしば交替した。交替してもしなくても深雪の中を歩く苦労にはそれほど変りはなかった。彼等はときどき立止り、吹雪の音が愈々《いよいよ》激しくなり、夜が明けたのに再び夜が戻って来たように暗くなった空に眼をやった。首をひねる案内人もいたし、振り返って、部隊の先頭に立っている徳島大尉の顔を見る者もいた。

徳島大尉は知らんふりをしていた。ふぶこうがどうしようが、おれは進むのだという顔でいた。暗い北股沢からやっと抜け出して登り道にかかると吹雪はいよいよ激しくなり、雪は腰まで没し、ところによると胸まで没するほどになった。増沢から十キロメートル。田代との中間であった。昼食を立ったままで食べようとしたが、握り飯は石のように固く凍っていた。

案内者の中の最年長者の沢田留吉が徳島大尉に言った。

「とてもこの吹雪では田代まで行くのは無理だと思います。今日のところは引き返して、天気がよくなってから出直した方がいいと思います」

するとと徳島大尉は突然大声を張り上げて怒鳴った。

「無理か無理でないかは行って見ないことには分らないことではないか、案内人ともあろう者がこのぐらいの吹雪でびくびくしているとはなにごとだ」

徳島大尉の叱咤《しった》は案内人の度胆《どぎも》を抜いた。彼等は増沢を出るとき徳島大尉が村長とにこにこしながら話しているのを見ていた。軍人に対しては厳しいが、民間人に対してはやさしい大尉だと思っていた。その大尉が怒鳴ったので、沢田留吉は二の句が継げなかった。だが大尉殿、案内するのは私たちで、案内されるのはそっちではありませんか、案内人が駄目だと言ったら駄目に決っていますと言いたかったが言えなかった。無理か無理でないかはやって見なければわからないというのも一つの理屈だった。

（しかし、この吹雪では）

沢田留吉は空を仰いだ。

「なにを愚図ついておるか、さっさと歩け」

再び徳島大尉の声が掛った。

沢田留吉は歩き出した。弱ったことになったぞと思った。こんな連中とつき合っていたら、たいへんなことになるかも知れないと思った。彼はどうして徳島大尉に前進が無理であることを知らせようかと、一生懸命になって考えて見たが、やはり、無理かどうかがわかるところまで行かないと、どうしようもないだろうという考えに落着いた。進むにつれて、吹雪が激しくなり、見透《みとお》しが利《き》かなくなり、しばしば道を誤った。そのたびに七人が寄り集まって、あっちだこっちだと議論をした。

「先頭はお前がやれ」

徳島大尉は大原寅助《とらすけ》に向って言った。大尉は七人の案内者が道を失って議論しているのを聞いていながら、七人の中でこの辺の地理にもっとも明るいのは大原寅助だと見たのである。

「ぼんやりしていないで、よく眼を見開いて歩け、七人もの大の男が揃っていてなにをしているのだ」

と徳島大尉の怒鳴る声が続いた。

大原寅助は、大尉に向って恨めしそうな眼を向けたが、黙って先頭に立った。ひどい寒さであった。水筒の水はとうに凍っていた。七人の案内人と雪中行軍隊は雪を食べながら進んだ。

大中平に入ると吹雪はいよいよ激しくなった。

「指の凍傷に注意しろ」

　徳島大尉が叫ぶとその言葉が二列縦隊になって進む小隊に順送りに伝えられていった。下士卒等は泥淵を出て直ぐ銃を担《かつ》ぐのをやめて背負っていた。彼等は手をもみながら歩いていた。弘前を出てから今日までの経験で彼等は、どうすれば凍傷を防げるかを知っていた。手の指は痛いように冷たいが、足はそれほどでもなかった。靴下を二枚重ねて履き、その上に唐辛子《とうがらし》をふりまき、足を油紙で二重に包んでから雪沓を履くと、足指の先が凍傷を受けないこともそれまでの体験で知っていた。吹雪も、犬吠峠を越えたときのことを思えばそれほどのことはなかった。あの吹雪の中を、案内人のさわ女が雪女のように先に立ってさっさと歩いて行ったのに比較して、七人の案内人が、最初からなんとなく元気がないのは何故だろうかという隊員たちの疑念はまもなくはっきりした。七人の案内人は大中平のほぼその真中あたりで道を見失ったのである。隊員たちはここにいたって、この行軍経路が如何《いか》に困難なものであるかを思い知らされた。十メートル先は全く見えなかった。この雪の平原には樹木は少なく、時折思い出したようにブナの木が生えているだけであった。

「とてもこれ以上進めませぬ。まことに申しわけございませんがこれから先の案内はできません」

　それまで先頭に立って案内して来た大原寅助が徳島大尉に言った。

「ばか者、田茂木野村まで案内する約束で来たのに、いまさら何をいうのだ、このぐらいの吹雪がなんだ。弱気になるから先が見えなくなるのだ、どうしても案内してやるぞという気持になってやって見ろ」

徳島大尉が言った。

「私たちは発《た》つとき村長に、行けるところまで行って無理だと思ったら引き返して来いと言われました。なにがなんでも案内しろとは言われませんでした」

大原寅助は理屈をこねた。寒いので彼の言葉は震えていた。ところどころ不明のところがあった。

「弘前第三十一聯隊《れんたい》雪中行軍隊の名誉ある嚮導《きょうどう》の役を自ら放棄するというのか。きさま等がそうすることは、わが日本帝国陸軍に向って反逆行為を働くことになるのだぞ。そのことが分っていて、言っているのか」

大尉は寒さのために完全には口が利けないようだった。怒りで言葉がつまったようにも見えた。日本帝国陸軍に対する反逆行為だと脅かされると大原寅助はがたがたと震え出した。寒さと、軍隊に対する恐怖の二つが彼を打ちのめした。

「大尉様、寅助がつまらない理屈こねて申しわけありませんです。これからは私が先に立って歩きます」

沢中吉平が大尉の前に出て言った。

「そうか、お前が先頭に立ってくれるか、しっかりやってくれよ、困難に対しては退くよりも立ち向って行くほうが楽なのだ。案内人たちは、引き返すことを考えてはならない。飽くまでも、この雪中行軍隊と行動を共にするのだと覚悟を決めるのだ。吹雪を突いて、青森平野に出るのも、吹雪の下で死ぬのもここにいる者総《すべ》てが一緒だと考えろ」

徳島大尉のその言葉によって七人の案内人は、引き返すことをあきらめざるを得なかった。生きるためには日が暮れないうちに田代へ着くことであった。

だが、もう日は暮れかかっていた。吹雪でただでさえ暗いから三時を過ぎると薄暗くなった。

沢中吉平は先頭に立って、ほとんど彼の勘によって、大中平を過ぎ田代平に入った。田代平に進入したことは、その平坦な地形で分ったが、大中平より更に広い田代平の中で田代温泉への道を探し出すことはほとんど困難に近かった。七人の案内人は互いに名を呼びながら、吹雪の中で目標物を探した。夜との競争であった。道を発見するか死かどっちかだった。

「長吉岱《ちようきちだい》が見つかったぞう！」

と呼ぶ声が聞えた。

部隊はその声のするほうに進んだ。大きな台状の石があった。雪で覆《おお》われていたが、その石はこの付近の目標物として地元民に親しまれていたものであった。

「大尉様、長吉岱が分ったことは、おれたちの居どころが分ったことにはなりますが、これから暗くなるのに、田代まで行くことは十中八、九までできません。まず、この付近に雪穴を掘って、夜を明かすことを考えたほうがよいと思います。ここが長吉岱ですから、この近くに旧相馬《そうま》牧場の無人小屋がある筈《はず》です。雪穴を掘っている間に、われわれ案内人は、相馬牧場の小屋を探しに行ってまいります」

沢中吉平が徳島大尉に言った。

徳島大尉は沢中吉平の言葉を聞き入れたが、小屋を探しに行こうとする七人の案内人のうち、四人をそこに留《とど》めて、かわりに、六人の下士官を選んで言った。

「案内人一人に対して、必ず二人ずつ付いているのだぞ、寸刻たりとも眼を離すな」

徳島大尉は、さきほど案内人七人が長吉岱を発見したとき、徳島大尉等が到着するまで、徳島大尉の方を窺《うかが》うように見ながら、なにごとかを相談しているその挙動を見て、彼等に逃亡の虞《おそ》れがあると疑ったのであった。沢中吉平の言も、半ばは信じ、半ばは疑って、その処置を取ったのである。

円匙《えんぴ》によって雪穴が掘り下げられていった。戸来村《へらい》に着いた夜に雪壕《せつごう》を掘った経験が、この夜の役に立った。彼等は直径四メートル深さ三メートルの円形の雪穴を掘った。そこに入ってしゃがんでいると風だけは避けることができた。小屋を探しに行った者は空《むな》しく引き上げて来た。吹雪の中に帰路を失うことを恐れたために遠くまで行けなかったのである。

彼等は未明二時に増沢を出発して以来、なに一つとして口に入れてはいなかった。着物は濡《ぬ》れて凍っていた。身体《からだ》中がしびれるような寒さであった。

徳島大尉の命令で案内人を含めて、全員が、狭い穴の中で、わっしょわっしょと押し合いをやった。押し合いをしながらうとうとすると、たちまち集団の外にはじき出され、寒さで眼が覚めた。隊員たちはなんとかしてその集団の中に入って暖を取ろうとした。夜半を過ぎてから吹雪がおさまり、雪明りでいくらか明るくなった。徳島大尉は小型提灯《ていとう》を持たせた斥候を出して小屋を探させた。

案内人の中で、この辺の地理にくわしいという、沢中吉平と氏家久蔵他四名の下士官が斥候に出た。

午前六時になって、氏家久蔵が下士官二名と共に雪穴に帰って来た。

「小屋が見つかったぞ、焚《た》き物もある」

その一声で雪穴にいた者は救われたと思った。雪穴を出た案内人と雪中行軍隊は、氏家久蔵の後に従って降ったばかりの新雪の中を進んだ。小型提灯の光が不用になったところ、彼等は小さな小屋に着いた。屋根だけが雪の中に出ていた。

徳島大尉は、全員を二分して、交互に小屋に入って暖を取り、食事を摂《と》ることにした。小屋の中にもいくらかの薪《まき》があったが、小屋の周囲に古い柵《さく》があった。それを雪の中から掘り出して来た。案内人たちは腰に鉈《なた》を下げていた。柵が鉈で割られて薪になった。本隊が到着するまでに火は焚きつけられていた。

彼等は凍った握り飯を火に暖めて食べた。火が盛んになると燠《おき》の上に置いた握り飯は芯《しん》まで暖まった。濡れた物を乾かすこともできた。増沢から持って来た二食分の弁当は彼等の飢えを充分に満たしたし、火に当って、ほとんどが元気を恢復《かいふく》した。案内人たちが餅《もち》を焼いて腹巻の中に入れているのを見て、徳島大尉がそうする理由を訊《き》いた。

「なあに、懐炉がわりです。こうして置けば、下腹が冷えないし、餅も凍らない。吹雪の中にでかけるときにはこうするのが一番いいですよ」

大尉は隊員全部に、此処《ここ》では握り飯を暖めて食べ、餅は焼いて、油紙に二重に包んで腹巻の中に入れて行くように命令した。既に餅を食べた者は握り飯を周囲が真黒にこげるまでよく焼いてから、軍服の下に抱いて行くように命じた。

二時間ほどの休養時間だったが、彼等は暖かい物を充分食べ、水筒の水を湯にして飲んだことによって元気を恢復した。

彼等の元気さに圧倒されたように吹雪も次第におさまって行った。

2

一月二十八日、午前九時徳島大尉《たいい》は出発を命じた。

「今日中には、いかなることがあっても田茂木野まで着かねばならない。これからいよいよ八甲田山系の核心に踏みこむことになる。各人とももう一度服装をよく点検しろ」

出発に当って徳島大尉はそう命じたあとで、

「途中でなにか異常なものを見たら、直ちに報告せよ」

と追加した。なにか異常なものというのは、歩兵第五聯隊《れんたい》のことを言っていることは全員が知っていた。二十四日に増沢に到着する筈《はず》の五聯隊の雪中行軍隊が二十六日になっても到着しないということは、途中でなにかがあったに違いない。二十三日に青森を出たことは確実であった。

徳島大尉はなにかあったら報告せよと言った直《す》ぐ次に、神田大尉のやや神経質な顔を思い出した。自分は陸軍教導団出であります、士官学校出ではありませんと、自らを卑下した言い方をした神田大尉の劣等感が、なにかの禍《わざわ》いにならねばよいがと思った。私は平民ですと言った階級意識が、ほとんどの将校が士族出身者である、この軍人社会の極限点で、歪《ゆが》んだ形で現われなければいいがと思っていた。神田大尉が、彼の履歴を気にかけないとしても、彼の同僚の将校や上官が優越感の裏側の眼で神田大尉の行動を批判することになれば困ったことになるだろうと思った。

徳島大尉は、神田大尉が上官の山田少佐とうまく行っていないということを聞いていた。門間少佐からの電話連絡によると、その二人が雪中行軍隊に加わっているのだ。

彼はそのことが心配だった。門間少佐に聞いたところによると山田少佐という人は非常に自信が強い人だそうだ。山田少佐が案内人を使ってはならないと言った場合、神田大尉はどうにもならないことになる。

「そうだ案内人だ。嚮導員《きょうどういん》を決めねばならぬ。ここから鳴沢、馬立場、中ノ森、桜ノ木《き》森、大峠、小峠を経て田茂木野村までの道を一番よく知っている者は誰だ」

案内人たちの眼が、うしろの方で俯《うつむ》いて立っている福沢鉄太郎に向けられた。鉄太郎は七人の案内人のうちで一番若かった。

「鉄でございます。鉄の伯母が田茂木野の隣の幸畑に嫁いでおりますので、夏の間は、ちょいちょいこの道を歩いております」

年長者の沢田留吉が言った。

「冬、歩いたことはないか」

「汽車があるというのに、なんで冬など歩くものですか」

沢田留吉の答え方がおかしいので他の案内人たちが笑った。笑いが出るほど元気になっていた。その笑いが、徳島大尉の癇《かん》にさわったようであった。

「余計なことをいうな。訊《き》かれたことだけを答えればいいのだ」

徳島大尉は一喝を食わせてから、鉄太郎に向って言った。

「心して案内するのだぞ」

鉄太郎はその徳島大尉の眼が怖かった。

田代を出発して間もなく、天候は悪化し、きのうと同様な吹雪が一行の進行を妨げた。田代から鳴沢を通って馬立場に出る道は、鳴沢付近の複雑な地形の間をくぐり抜けて行く道であった。夏でもうっかりすると鳴沢の峡谷へ迷いこんでしまう道であった。

鉄太郎は先頭に立ったときからこれは困ったことになったと思った。夏道と冬道とは、全然違う。まして吹雪となったら見当のつけようがなかった。

風で方向を決めることもできなかった。地形の陰に廻《まわ》りこんだ風は気流が乱れているから、それを主風と考えることはできなかった。

鉄太郎は懸命に歩き廻った。方向を決めるために、他の案内人たちにもブナの木の肌を調べてくれるように頼んだ。ブナの大木になると北側つまり日陰に、よく見ると薄緑色の苔《こけ》が生えていた。吹雪のときには、それによって方向を決めるしかなかった。一本では危険だった。何本か、平均的な地形にある木を選ばねばならなかった。

地形が複雑だから、うっかり間違えて、沢に降りたら、登るのに非常に時間を要した。五聯隊を迷わせた鳴沢は三十一聯隊にも死の通行税を課そうとしているようであった。

徳島大尉は常に鉄太郎の背後にいたが、嚮導について口をさしはさむことはなかった。彼は案内者が進路を失うと、隊員を二列縦隊にしたままで待ってやるだけの寛容さを見せていた。

七人の案内者は雪の中を這《は》いずり廻った。なんとかして、この暗い鳴沢から脱出しようとした。午後二時になって吹雪が一時的に止《や》んだ。視界が利《き》いた。鉄太郎はその合間に路《みち》を発見した。雪に埋まってはいるけれど明らかに、見覚えのある切り通しの道であった。

徳島隊が疎林《そりん》の丘を一つ越えてやや平らなブナ林の雪原に入ったとき、鉄太郎は雪の中に銃が逆さに突き刺さっているのを発見した。鉄太郎が声を上げた。

「五聯隊だ。五聯隊がやられたのだ」

そういう声が隊の中に起った。隊列の中から斎藤吉之助が走り出して、雪の中をかきわけるようにして銃に近づいて行った。銃の傍に外套《がいとう》の頭巾《ずきん》がほんの少しばかり見えていた。斎藤吉之助は、犬のように両手で雪を掻《か》き分けて、雪の中に眠っている兵士を掘り出した。

「弟だ。やっぱり弟の善次郎だ」

斎藤吉之助は叫んだ。彼は、その奇蹟《きせき》のような偶然を奇蹟とは思っていないようであった。彼は弟の長谷部善次郎を雪の中から抱き起して、

「善次郎、おれが悪かった。来るのが遅かったのだ」

彼は遺体にすがりついて泣いた。善次郎の身体《からだ》はかちかちに凍っていた。善次郎は眼を開いたまま死んでいた。その眼に雪が入っていた。

東奥日報の西海勇次郎が、そこから三メートルほどのところに、雪に埋まって死ん

でいる喇叭卒《らっぱ》を発見した。その喇叭卒は銃を固く握りしめていた。

「小隊長殿、自分は弟の遺体を背負って行きます。よろしいでしょうか」

と斎藤吉之助は徳島大尉に言った。

「気持は分る。しかしそれはできないことだ。そんなことをしていたら、こんどはお前が倒れる。お前が倒れれば、そのお前を助けようとして、また誰かが倒れねばならない。きりがないのだ。気の毒だが、そのままにして置いて、後で収容するほかはないだろう」

しんとしていた。吹雪の音も一瞬止ったように静かであった。

斎藤吉之助がまた激しく泣き出した。

「それでは、弟の銃だけでも持って帰りたいと思います」

斎藤吉之助は徳島大尉の答えも待たずに、弟の捨てた銃を取り上げた。徳島大尉の口が僅《わず》かに動いた。動きかけたとき、倉持見習士官の手が横から出て斎藤吉之助の手からその銃を奪い取って言った。

「おれが預かる。おれは銃を持ってはいないが、お前は持っている。一人で二梃《ちょう》の銃を持つのは無理だから、お前の弟の銃は確かにおれが預かってやるぞ」

徳島大尉の開いた口が閉じられた。なにか言おうとして我慢している顔であった。

「私もみなさんと雪中行軍に同行して、一人前の兵隊になりました。この銃を担《かつ》いで帰ります」

西海勇次郎は喇叭卒の持っている銃を取ろうとした。硬直していて取ることができなかった。傍にいた下士官が、死んだ喇叭卒の指を折り曲げて銃を取って西海勇次郎に渡した。隊員たちは恐怖に打ちひしがれた。彼等はまわりを見廻したが、すべては雪にかくされていて、五聯隊の遺体は見当らなかった。隊員たちは足下を見た。なにか死体を踏んでいるようであった。じっとしていると雪の中から手が出て引き込まれそうであった。出発の命令が出た。徳島大尉の声が響いた。

「以後いっさいの無駄口を禁ずる」

五聯隊の遭難についてみだりに話し合ってはならないということであった。

3

鉄太郎を先頭にした雪中行軍隊は打ち沈んだ思いで鳴沢を通過した。隊員たちは前方に聳《そび》える氷に覆《おお》われた山を鉄太郎が指して馬立場であると言ったとき、ようやく明るみに出たのだと思った。鉄太郎は、馬立場のことをこの辺では氷山とも呼ぶのだと言った。氷山は風に磨かれて光っていた。進路が発見されたので一同はそこで写真を撮り、遅い昼食を食べた。腹巻におさめてあった餅《もち》はすっかりつめたくなっていたが、凍ってはいなかった。真黒くこがした握り飯は二つに割ると中の方がまだ暖かだった。水筒の水は凍っているから、彼等は雪を口に入れた。寒い食事であった。

「さあ、もう食うものはないのだぞ、なにがなんでも今日中に田茂木野まで行かねばならないのだ」

徳島大尉《たいい》が出発に当って言った。彼等はまだ非常食として、糒《びしよく》食を二食分持っていたし、別に米二食分を持っていた。食う物がないぞというのは、握り飯と餅がなくなったということだった。徳島大尉は五聯隊《れんたい》に関しては一言もふれなかった。

馬立場への急斜面の登りには意外に時間を要した。頂上に立ったときは小雪が降っていた。午後四時を過ぎていた。

馬立場から桜ノ木森の高地へ向って下りかけたときに、橇《そり》と炭俵を発見した。橇の向きが馬立場の方を向いていたから、田代へ向う行進途中に捨てたものと想像された。桜ノ木森の高地の近くまで来て夜になった。小雪が降ったり止《や》んだりしていたが比較的風は少なく、雪明りでどうやら歩けるのは上空を覆っている雲が薄いからだった。

そのころから鉄太郎の足が遅くなった。若い鉄太郎は田代から馬立場までの最難所の案内に立たされて心身共に疲労困憊《こんぱい》していた。ようやく桜ノ木森のあたりまで来たが、これから夜道を、田茂木野まで行けるかどうか自信はなかった。明るいうちならばなんとか行ける自信があったが、この暗い夜に、ゆるやかな起伏が続く広い雪原をどうして歩いて行ったらいいだろうか。その前途の不安が鉄太郎の気を滅入《めい》らせた。

鉄太郎は桜ノ木森の高地から道を北西に変えて、ゆるやかな起伏の続く高原を尾根伝いに降りて行けば大峠に出られることを知っていた。恐ろしいことはその進路を間違えて、駒込川の峡谷へ迷い込んで行くことだった。峡谷へ入りこんだら最後、絶対に出られないのだ。

どのあたりで、方向を変えたらいいのか鉄太郎にはその見当がつかなかった。雪は降ったり止んだりした。雪明りでどうやら歩けそうだと思っているうちに上空の雲が厚くなったらしく真の闇《やみ》になった。鉄太郎は行きづまった。彼の現在位置について自信が持てなくなった。夏道を歩くのと、深雪の中を泳ぐようにして歩くのとは距離の感覚が全然違っていた。

鉄太郎が止ると部隊も止った。隊員たちには鉄太郎が進路を見失っている気持がよく分った。隊員たちは、不安をごまかすために、足踏みをつづけていた。

「人魂《ひとだま》だ！」

と叫んだ者がいた。前方を火の玉がゆっくり動いていた。人魂は幾つかつながっていた。すうっと動く感じではなく、ためらいながら動く感じだった。人魂は一列になってこっちへ近づいて来るようだったが、遠近感がわからなかった。

「人魂だ、五聯隊の人魂だ」

という声が続いた。五聯隊の人魂だと思うと、眼の前に現われたように見えた。ほんとうにこっちに向って飛んで来るように見えた。

「弟だ。弟の人魂が案内に立ったのだ」

斎藤吉之助が絶叫して、その人魂に向って走ろうとした。

「人魂ではない。あれは、青森から八戸に向う汽車の灯だ。よっく見ろ距離は遠いぞ。汽車の灯だ。汽車の窓の灯が連なって見えるのだ」

徳島大尉が怒鳴った。人魂は消えた。汽車が物陰に入ったのである。

「隊員は命令あるまで、灯の見えた方向をむいたまま動くな。田辺中尉と高畑少尉は小型提灯《ていとう》に灯をつけてここに集まれ」

徳島大尉が命令した。

手が凍えているから、なかなか小型提灯の灯がつかなかったが、やがて灯が二つともると、隊員たちはやや落着いたようであった。

徳島大尉は地図を開いて、それに小型提灯の灯を当てて、田辺中尉と高畑少尉に言った。

「地形的に桜ノ木森付近からは青森湾が見える。従って海岸線を走る汽車の灯が見えるわけだ」

そして徳島大尉は、

「鉄太郎、この提灯の灯をさっきの灯が見えた方に向けろ」

徳島大尉は提灯の一つを鉄太郎に渡しながらつけ加えた。

「鉄太郎、その方向が青森の方向だ。よく覚えて置け、とすれば、その光の方向よりやや左の方へ歩いて行けば大峠へ出られることになる」

徳島大尉は更に斥候を出して付近の地形を探らせた。

斥候が帰って来たところで、斥候を含めて図上検討をした。このとき徳島大尉は懐炉と共に腹巻に入れていた磁石を出して、手早く北の方向を求めた。

「この地点が桜ノ木森の高地であることに、まず間違いはないだろう。鉄太郎、こっちの方向へ行けば、間もなく、賽《さい》ノ河原、大滝平《たい》それから大峠、小峠ということになる」

徳島大尉は鉄太郎の持っている小型提灯の方向を少しばかり修正して、その提灯の光の方向線上に隊員たちを進ませた。田辺中尉が、鉄太郎の位置から見ていた。隊列が光からそれると、注意を与えた。隊列がしばらく進んだところで停止させ、今度は鉄太郎等が前進して、隊列の後尾に追いついたところで停止した。

光の方向を誤らないよう隔時行進が行われた。その小型提灯は軍用品ではなかった。民間でカンテラと呼ぶものであった。石油を使用しているものと、蠟燭《ろうそく》を使用しているものとあった。徳島隊が持って来たのは、蠟燭を使用したものであった。

「昨夜のような吹雪だったら、どうにもしようがなかった。しかし今夜は寒いけれども風がない」

徳島大尉はすべての手配が終って、部隊が順調に行進を始めたときに田辺中尉に言った。

「心配が一つだけあります。雪が深いために、意外に時間がかかります。蠟燭の予備が充分ではありません」

「あと何時間持つのか」

「数時間しか持ちません」

「そうするとその数時間が勝負というわけだな」

鉄太郎は徳島大尉と田辺中尉の会話を聞いていた。この速度だと五時間歩いて大滝平につくかどうかむずかしいと思った。大滝平から先はどうすればいいだろうか。

進行速度は遅かった。いざって行くような速度だった。昨日は未明二時に起き、そして昨夜は一睡もしなかった隊員たちは、疲労と睡魔に襲われて、ともすれば立ったまま眠ってしまいそうだった。賽ノ河原を過ぎたころから再び吹雪になった。提灯の光をたよりの行進がむずかしくなった。

「鉄太郎、こんどこそお前の案内をたよるより仕方がない。われわれはこんなところで朝を待っているわけには行かないのだ」

徳島大尉が言った。

「ここまで来れば、すぐそこが大滝平です。私が案内いたしましょう」

鉄太郎を先頭に七人の案内人は再び隊を率いていった。暗中模索のような行進だった。鉄太郎が案内に立ってから二時間ほど経《た》ったころ、一時的に風がおさまり、あたりが静かになった。ついでに明るくなってくれればいいがと思っていたが、雲は依然として厚く、暗闇が続いた。

ぼうーと長く余韻を残した音が聞えた。

「港の連絡船の汽笛だ」

と鉄太郎が叫んだ。彼は、そのあたりでその音を聞いたことが以前にあった。

「道はこっちだ。間違いない」

鉄太郎は音のした方へ向かって歩き出した。直ぐまた吹雪になった。汽笛を聞いてから一時間後に鉄太郎は足下に固い物を踏んだような気がした。

「おい、どうもへんだぞ、踏み跡に出たようだぞ」

鉄太郎が言った。たった一本だけ残された蠟燭に火が点ぜられた。そのあたりに踏み跡が無数にあった。

「ここは大滝平あたりだが、こんなところになぜこんなに踏み跡があるのだろう」

鉄太郎がひとりごとを言った。

踏み跡が発見されたとき、徳島大尉は、その踏み跡が、五聯隊に関係あるものだと思った。踏み跡はやがてはっきりした道になった。これから先は踏み跡についておればよかった。一時間ほど歩いたところで鉄太郎が言った。

「ここが大峠です。この下の小峠を越えれば田茂木野です」

「ここは間違いなく大峠だな」

徳島大尉は鉄太郎に訊《き》いてから、測歩班の測定結果と照合して、そこがまさしく、大峠であることを確かめると、全員に集合を命じた。

「わが雪中行軍隊はついに最難関を突破した。田茂木野は眼前にある。田茂木野にはおそらく五聯隊の遭難救助隊が来ているであろうが、途中で見たことについて、みだりに発言することを固く禁じて置く。言うことがあればおれが言うから、隊員はなにもいってはならない」

徳島大尉は今度は案内人七人に対して言った。

「増沢を出発以来、ここに至るまでの並々ならぬ努力に対して心から感謝する。ここで、諸君等と袂《たもと》を分つことになるが、諸君等は途中で五聯隊の遭難に出会ったことは誰にも言ってはならない。言ったら最後、再びあの鳴沢へ引き戻されるかもしれないのだ。そればかりではない。へたなことをしゃべると一生暗いところに入れられてそこで生涯を終ることになるかもしれない。絶対に途中で見たことは口外してはならない。命が惜しければ黙っていることだ、親兄弟にも言ってはならない。わが三十一聯隊と同行したことも、言いふらさないほうがいいだろう。訊かれたらなにも知らないと言え。これから、一人に案内料として五十銭ずつ与える。田茂木野あたりでうろうろしていると、五聯隊の者につかまるかもしれないから、安方《やすかた》（現在の青森駅）に真直ぐ行って、そこから汽車に乗って帰れ」

徳島大尉はそう言って、一人に五十銭ずつの案内料を渡した。

七人の案内人たちは、命がけの案内に対して一人五十銭は寡少《かしよう》過ぎると思ったが、それを口にする者もいないし、それを言えるような情況でもなかった。へたなことをしゃべると一生暗いところへ入れられて出られないという徳島大尉の一言が、新しい恐怖となった。五聯隊の救助隊が田茂木野で待っていて、自分たちをつかまえるかもしれないというのも恐ろしいことだった。

鉄太郎は貰《もら》った五十銭を雪の中に取り落した。探そうとしたところで暗くて見えないし、またそれを拾う元気はなかった。鉄太郎は案内人としての重任から解放された瞬間に言い渡されたひとことで頭の中が混乱した。全身の力が抜けた。

鉄太郎は雪の中に坐《すわ》りこんだ。

徳島隊は案内人をそこに残して出発した。

案内人達に別れの言葉をかける隊員はいなかった。

「おい鉄、しっかりしてくれ、お前が今度はおれたちの案内人だ。お前が倒れたらおれたちはどうするのだ」

中村由松が叫んだ。

「鉄、おめえのところには二カ月前に来たばかりの嫁っこが待っているではないか、こんなところでお前が死んで見ろ、あの嫁っこはどうなるのだ」

小村勝太郎が言った。だが、鉄太郎は、彼の最愛の妻のことを聞いても立上ろうとしなかった。中村由松と小村勝太郎が左右から鉄太郎を抱えて、引き摺《ず》るようにして部隊の後を追った。再び激しく雪が降り出した。

「兵隊なんていうものは勝手なものだ。おれたちのことを虫けらぐらいにしか思っていない」

沢田留吉が闇《やみ》に消えて、もう足音も聞えない雪中行軍隊の方に向ってうらめしそうに言った。

4

雪中行軍隊が田茂木野村に着いたのは二十九日の午前二時であった。村のはずれの家から四軒目の家の入口に『死体収容所』という札が掲げられていた。徳島大尉《たいい》は、小型提灯《ていとう》の光に照らし出された今書いたばかりのような木札を見ながらしばらく佇立《ちょりつ》していた。それはあたかも自分の『死体収容所』であり、自分が霊魂となって帰って来て眺めている気持だった。雪中行軍隊の全員がまたそれを見た。五聯隊《れんたい》の雪中行軍隊がどうなったかほぼ想像できた。

どの家にも灯がついていた。家の前には一眼で軍用資材と分るものが積み上げてあった。各戸に多数の軍人が泊っている様子であった。

徳島大尉は村の中ほどの家の戸を叩《たた》いた。中から不寝番の兵が現われたがものも言わずに中へ引込んだ。不寝番は、外に立っている全身、氷に覆《おお》われた一個小隊を見てっきり、五聯隊の遭難者の亡霊が出たと思ったのである。

「出た。出たであります」

その兵士は叫び声を上げて家の中に飛びこんで、そこに寝ていた下士官を揺り起した。そのときには、徳島大尉、田辺中尉、高畑少尉の三人が中に入っていた。

「三十一聯隊の徳島大尉だ。外に三十数人が待っている。何人でもいいから、中に入れてくれ」

下士官は眼をすっかり覚ましていた。彼は挙手の礼をすると、

「何処《どこ》から来られたのでありますか」

と訊《き》いた。

「三本木から田代を経て来たのだ」

「はっ、そうでありますか」

下士官はその家の主人を起しに行った。幾人かの兵が眼を覚ました。気の利《き》いた下士官が、五聯隊の遭難救助隊長の木宮少佐のところへ報告に走った。

その家の主人が起きて来て、あっちこっちと駈け廻《まわ》って、三十一聯隊雪中行軍隊員を四軒の家に分けて泊るように手配した。その間に徳島隊の者は、五聯隊の雪中行軍隊が全滅したことを知らされた。熱い味噌《みそ》汁《しる》と粟飯《あわめし》が出されたが、五聯隊の雪中行軍隊の全滅を知らされたあとでは、なんとなく意気が上らなかった。彼等は黙々として食べた。木宮少佐が徳島大尉に木宮少佐の宿舎へ直ちに来るようにと伝令を以《もっ》て伝えた。

聯隊が違っても少佐と大尉の階級の差は厳然としていた。

木宮少佐は徳島大尉の憔悴《しょうすい》した姿を見ると、

「御苦労だった」

と慰労の言葉をかけてから、徳島隊が歩いて来た道順を聞いた。徳島大尉は、それを訊かれることを予期していたので、頭の中で整理していた日時を正確に答えた。

「そうか田代を通って来たのか、実は、わが五聯隊の雪中行軍隊二百十名は、二十三日の朝屯営を出発して田代へ向ったまま行方不明になった。二十七日になって、大滝平に於《お》いて、人事不省の江藤伍長《ごちょう》を救助して、その口からおおよそのことを知った」

木宮少佐は全滅したらしいとは言わなかったが、徳島大尉は宿舎にいた五聯隊の下士官から雪中行軍隊は全滅したという話を既に聞いていた。

「指揮官の神田大尉も行方不明ですか」

「神田大尉は二十七日、大滝平で、舌を嚙《か》んで死んでいるのを発見された。気負い過ぎた雪中行軍計画を建てた責任を負っての自殺だ」

「気負い過ぎた雪中行軍計画ですって？」

「そうだ。研究も不足だった。装備も不足だった」

「それは結果論でしょう。自分の知る限りでは、神田大尉は、非常に慎重な人でした。私のところに、岩木山雪中登山について訊きに来たくらいでした」

「神田大尉をよく知っているのか」

木宮少佐の眼が光った。

「よく知っています」

「なにか、彼と事前に連絡でもしたのか」

「いたしません」

「いや、あった筈《はず》だ。五聯隊の計画はかなり詳しく三十一聯隊に洩《も》れていた。まあ、それは、どうでもいいことだ。同じ師団の聯隊間のことだ。しかし、これだけははっきりと答えて貰《もら》わねばならぬ。途中でなにを見た」

木宮少佐は声をやや高めて言った。

「なにを見たと申しますと」

「とぼけるな、きさまは、五聯隊の遭難に出会った筈だ。同じ経路を反対方向から来て、見ないという法はないだろう」

威丈高な言い方だった。階級を意識した嵩《かさ》にかかった言い方であった。徳島大尉は、舌を嚙んで死んだ神田大尉のことを、気負い過ぎた雪中行軍計画だと誹謗《ひぼう》した木宮少佐を許すことができなかった。あの八甲田山の猛吹雪の中を踏破して来た徳島大尉には死んだ神田大尉の無念さが分り過ぎるほどよく分った。徳島隊も、もし連続二日間ふぶかれたら遭難したかもしれないのだ。そのときは自分も舌を嚙み切ったに違いない。

「なにを考えているのだ。おれはきさまになにを見たかと訊いているのだ」

「なにも見ませんでした。ものすごい暴風雪で前を歩いて行く者の足跡が、見る見るうちに雪にかくれて見えなくなるような状態でした。或《あ》いは五聯隊の遭難者の傍を通ったかもしれませんが、なにも見ることはできませんでした」

徳島大尉は、生涯たった一度の嘘《うそ》を言った。木宮少佐の傲慢《ごうまん》な態度に腹を立てたこともあったが、木宮少佐が神田大尉の死に触れたときの一言が徳島大尉をして木宮少佐にそむかせたのであった。

「そうか、なにも見なかったか、それならもう帰ってもよろしい、御苦労であった」

木宮少佐はそれ以上追及しなかった。

徳島大尉は木宮少佐の宿舎を出たとき立止った。二梃《ちょう》の三十年式歩兵銃のことを思い出したのであった。

(自分は疲れていた。だから木宮少佐の言葉遣いに腹を立てた。銃を持って来た以上、見なかったとは言えないのだ)

引き返して、さっきは嘘を言いましたと謝ろうかと思ったが、木宮少佐の傲慢な態度を思い出すとどうしても引き返す気になれなかった。明日の朝になったら話そうと思った。まずこっちの気を鎮《しず》めてからにしようと思った。

徳島大尉は宿舎に引き返した。頭ががんがん鳴った。身体《からだ》中が痛かった。彼は炉端に坐《すわ》って、湯を飲んだ。まだ夜明けまでは時間があった。それまでのしばらくの間、火に当って濡《ぬ》れたものを乾かしていた。

徳島大尉の心の中に二梃の三十年式歩兵銃が、どっしりと重く沈んだ。

5

福沢鉄太郎は引き摺《ず》られるようにして歩いていた。道は踏み固められているから、誤って雪藪《ゆきやぶ》の中に入りこむようなことはなかった。だが、彼等は小型提灯《ていとう》を持っていなかった。吹雪で鼻をつままれても分らないような暗さだった。しかし、その吹雪も本格的のものではなく、降ったり止《や》んだりした。雪が止むと、雲の間から薄明りが洩《も》れた。ぼんやりと地形を見ることができた。もし暴風雪になって、踏み跡が消されたら彼等は道を失ってしまうことは必定だった。

彼等は口々に軍隊を罵《ののし》った。ここまで来て、彼等を捨ててさっさと行ってしまった身勝手な徳島大尉《たいい》を呪《のろ》った。

「やいっ、鉄、しっかりしろ」

「鉄、きさま死んでもいいのか、こんなところで死んで見ろ、日本中の笑いものになるぞ」

彼等はてんでに鉄太郎を激励した。鉄太郎をはげましているつもりで実際は自分自身をはげましているのであった。

「鉄、すぐそこが田茂木野だ。そして、そのすぐ下には、おめえの伯母が嫁いでいる幸畑があるじゃあねえか」

彼等七人は鉄の伯母が嫁いでいる幸畑まで出れば助かるのだと思っていた。既に、手の先、足の先の感覚はなくなっていた。このままで二、三時間たったら、手足が駄目になることが分っていた。

七人はひとかたまりになって、滑ったり、転んだりしながら田茂木野へおりて行った。踏み跡はいよいよしっかりして来るし、途中に、炭俵が積んであったり、橇《そり》が置いてあったりした。七人は、五聯《れん》隊《たい》遭難捜索隊がすぐ近くまで来ていることを知った。

峠をおりてしまうと吹雪はなくなり、しいんと静まり返った森の向うで犬の吠《ほ》える声がした。

「いよいよ田茂木野だぞ」

沢田留吉が叫んだ。助かった喜びとそこに待っている新たな恐怖の対象に呼びかけたのだ。五聯隊に見つかったら、再び鳴沢へ連れて行かれるかもしれないと徳島大尉が言った言葉が、犬の声を聞いたとき思い浮んだのである。沢田留吉ばかりではなく、七人が七人とも同じ思いであった。

「五聯隊の兵隊に会って、どこから来たと訊《き》かれたら、田代から増沢へ帰るつもりだったのが、吹雪で道を迷って、こっちへ来てしまったと言うのだ。口がさけても、五聯隊の遭難を見たなんて言うんじゃあねえぞ」

沢田留吉が言った。

田代から増沢へ行くつもりが方向を百八十度間違って田茂木野へ来てしまったなど

という嘘《うそ》は、このあたりの地形を知っている者には通じないことはわかっていた。だが、沢田留吉の疲労した頭にはそれ以外の名案は浮ばなかった。

「そうだ。なにか訊かれたらそう言うことにしよう。おれは一生暗いところに入って暮すなんてことは嫌だ」

大原寅助が言った。下手なことをしゃべると、一生暗いところから出られないと、徳島大尉が言った一言が時間の経過と共に彼の頭の中で拡大されて行った。

村の灯が見えて来た。戸の隙間《すきま》から洩れて来る光が軒下につまれている軍用行李《こうり》を映し出していた。どの家にも、兵隊が泊りこんでいる様子であった。

七人の案内人には、五聯隊が怖かった。それ以上怖いのは、二時間ほど前に、彼等を捨てて行った三十一聯隊の徳島大尉であった。もし見つかったら、こんなところにまだうろうろしているのかと叱《しか》られるのは間違いなかった。叱られるだけならいいが、もっと怖《おそ》ろしいことが持ち上りそうだった。そうは分っていても、彼等七人は灯を見た以上、救いを求めたかった。このまま更に、ほぼ一里の雪道を幸畑までは行けそうもなかった。強行すれば、鉄太郎が倒れてしまうことは間違いなかった。

「よし、おれが休ませてくれる家をなんとかして探して来る」

小村勝太郎が言った。

小村勝太郎は仲間をそこに待たせて、村の中へ入って行った。兵隊が泊っていそうもない家を探すためだった。だがそれは無駄なことだった。二百人を越す捜索隊員は、各戸に分宿していてどの家もはち切れそうだった。小村勝太郎は、すぐ引返して来て一番外れの家がいいだろうと言った。彼の勘だった。

「あの家には、兵隊はいても、将校はいないような気がする」

七人は足を引き摺りながらその家の前に立った。家の中で人の動く音がした。戸締りはしてないから、小村勝太郎が開けて中を覗《のぞ》くと土間で、その家の主人らしい男が働いていた。

「お願えします」

小村勝太郎はその男に向って手を合わせてから、外に待っている仲間を指さした。その家の男は勝太郎の姿を見てびっくりした。吹雪を冒して命からがら山から降りて来たのだということは一目で分った。

男は、家の中の方をちょっと見てから、戸を閉めて外へ出て来た。

「どうしたのだ。いったいどこからやって来たのだ」

男の問いに沢田留吉が答えた。

「私達は、増沢の者です。田代を出てすぐ道に迷って、気がついたら馬立場に来てしまっていた。あそこまで来たなら、こっちへ出た方がいいと思って夜通し歩いて来たのです。この鉄太郎の伯母が幸畑に嫁に来ているので、そこで助けて貰《もら》おうと思いましてね……しかし、ここまで来たら、もう動けねえ、……おたのみ申します。この濡《ぬ》れたものを乾かすまで置いて貰えませんか」

沢田留吉は勝太郎がやったように手を合わせた。

「幸畑に親類があるのかね、その家はなんていうのだね」

幸畑と田茂木野とは隣村であった。両村には姻戚《いんせき》関係者が多かった。

「私の伯母はけさと言って、鈴木源太郎のところへ嫁に来ている」

と鉄太郎がいうと、その男の態度はがらりと変った。

「そうかえ、源太郎さんの親戚か……」

男はそういうと七人の傍に近よってから小声で言った。

「覗いて見ても分るとおり、家の者が寝るところもねえほど兵隊さんが入っているので、家の中へ入れて上げたくても入れてさし上げることができねえから、庭で焚火《たきび》をしてそれに当って行っておくれ」

家の者が次々と起きて来て、家の中から火種を持って来たり、納屋《なや》から薪《まき》を運んで来たりした。庭に火が赤く燃え上った。家の中から、味噌汁《みそしる》の鍋《なべ》が運ばれて来た。

七人は椀《わん》にいっぱいずつの熱い味噌汁を飲んだ。冷え切っていた身体《からだ》の中にぽつんと明るい灯がともった感じであった。

この家の主人は、家の中にいる兵隊たちに気を配りながら、五聯隊全滅のことを七人に知らせた。途中でそれらしいものを見なかったかと訊いた。

「知らねえな、なにしろ、ひどい吹雪で前を歩いている人のあとを追うのがせいいっぱいだった」

と氏家久蔵が言った。

外の気配で、中にいる兵隊が眼を覚ましたようだった。外にいるのは誰かと訊《たず》ねている声が聞えた。

「いろいろとありがとうございました」

と沢田留吉はその家の主人に礼をいうと、仲間に眼配せをして、焚火の前から去って、闇《やみ》の中に逃れた。十間ほども行って振り返ると、鉄道員たちが使う大型のカンテラを携《さ》げた兵隊が庭を探しているのが見えた。

七人は逃げた。鉄太郎が先に立っていた。動けないほど疲労していた鉄太郎だったが、一杯の熱い味噌汁と焚火でやや元気を取り戻していた。五聯隊の兵隊などにつかまって鳴沢へ連れ戻されてたまるものかと思った。田茂木野を離れるとまた暗黒の道だった。しかし七人は、もう間もなく夜明けが来ることを知っていた。さっきの家の主人が、兵隊たちの朝食の準備にかかっていたのを見ても、急に冷えて来た外気の感じからいっても、朝は確実にすぐそこまで来ているのだ。

彼等の濡れたものは乾いてはいなかった。外の寒気に当ると、すぐまた前のとおりに凍り始めた。

「だが、幸畑まで行けばなんとかなるさ」

彼等は口々にそう言った。

鉄太郎の足がまた遅くなった。夜が白々と明け始めていた。

「おい鉄、しっかりしてくれ、伯母さんの家へいったらもう大丈夫だ」

しかし鉄太郎は大きく首を横に振って言った。

「幸畑のすぐ下に五聯隊の屯営があるぞ。幸畑でぐずぐずしていて、つかまったらどうする」

新たな恐怖が出て来ていた。

「しかし、鉄、安方まで歩けるのか、途中で倒れたらどうする」

鉄はそのとき歯を喰いしばって言った。

「軍隊につかまって殺されるより、雪の上で死んだほうがましだ」

彼等七人は、背後からの追手を恐れていた。銃を持った兵隊が後から追いかけて来て、こら待てと言われたらもうおしまいだと思っていた。彼等は軍に対する極度の不信感と恐怖感にとらわれていた。

幸畑を通り過ぎて、青森平野に出たところに五聯隊の屯営があった。

夜は明けたが人は通っていなかった。七人は沢田留吉の思いつきで三人と四人の二つのグループに分れた。七人がぞろぞろつながって歩いていれば、あやしまれるだろうというのが沢田の意見であった。

「よそ見をするじゃあねえぞ、真直《まつす》ぐ前を見て、知らんふりをして歩いて行くのだぞ」

沢田は、歩き方まで注意した。

屯営の近くまで来ると、屯営の庭から号令が聞えた。更に近づくと、二個中隊ほどの軍隊が勢揃《せいぞろ》いして、今にも門を出ようとするところだった。

「いそげ、急いであの門の前を通り抜けるのだ」

逃げようにも、雪が深いので道以外のところは歩けなかった。彼等は、営門の前さえ無事通り抜ければ助かるものだと思った。二つのグループも一つのグループもなかった。鉄太郎を左右から抱えこんで、引き摺るようにして営門の前を駈け抜けた。衛兵たちはその異様な人物を見掛けはしたが、声を掛けなかった。

七人が通り過ぎた直後に軽装した二個中隊が営門を出て田茂木野方面へ向った。

七人の案内人は朝の町を安方の駅に向って急いだ。

「駅前へ行ったらきっと食堂がある。とにかくなにか食べないとどうにもならない」

「食べることも大事だが、汽車の時間が来ていたら、まず汽車に乗ることだ」

七人はそのどちらを先にするかを話し合った結果、汽車の方を優先して考えることにした。

安方の駅に行って時刻表を見ると、時間は充分あった。七人は店を開いたばかりの食堂に入った。ストーブが赤々と燃えていた。

「どこから来たのですか、ひどく濡れている」

食堂の主人がストーブの火を掻《か》き立てながら言った。

「道に迷ってなあ」

大原寅助がとぼけた。

6

安方で汽車に乗った七人はほっとした。

「これでどうやら五聯隊《れんたい》にはつかまらないで済んだようだ」

「いや、分らねえ、電報もあるし電話もある。軍隊から警察に手を廻《まわ》して、沼崎（現在の上北町駅）で汽車を降りたら、ちょっと来いということになるかもしれねえぞ」

七人はそんなことを言い合った。

「いったい、なぜおれたちはそんなに軍隊を怖がらなければならないのだ。おれたちは、三十一聯隊を案内してやったという功績こそあれ、悪いことなんか、なにもしていねえじゃあねえか」

拳骨《げんこつ》で涙を拭《ふ》きながら怒る者もいた。

「五聯隊の遭難に出会ったのが悪かったのだ。おれたちは家へ帰ったってなんにも言わないことにしよう。三十一聯隊とは田代で別れて、おれたちはおれたちだけで田茂木野へ出て帰って来たと言おうではないか」

彼等七人は汽車が沼崎に到着するまでの間にほぼ意見の一致を見ていた。

沼崎に降りると雪が降っていた。

彼等は二里半の雪の道を七戸町《しちのへ》に向って急いだ。乾き切っていない着物がまた濡《ぬ》れて凍った。しかし、彼等は家路を急いだ。彼等の家だけが彼等をかくまってくれるところだった。他人は信用できなかった。なによりも他人に物を尋ねられるのが怖かった。誰かがうっかりしゃべると、七人は一生、日の目を見ることのできないようなところに繋《つな》がれるのだ。

「軍隊の監獄は普通の監獄より恐ろしいところだそうだ」

誰かがそんなことをいうと、他の者は、これからみんな揃《そろ》ってその監獄へ行くかのように震えるのだった。

彼等は十二時過ぎに七戸町に着いて、蕎麦屋《そばや》に入った。彼等は田代まで三十一聯隊を案内して帰るつもりだったから、銭を持って家を出てはいなかった。彼等の所持金の合計は徳島大尉《たいい》から貰《もら》った三円であった。鉄太郎は徳島大尉から貰った五十銭銀貨をその場で雪の中に取り落していた。七人は三円の銭で、朝食を摂《と》り、汽車賃を払い、沼崎では雪沓《ゆきぐつ》を買った。七戸の蕎麦屋でそばを二杯ずつ食べるとあとにはいくらも残っていなかった。

七戸を出たときはかなりひどい吹雪になっていた。七戸から熊ノ沢までは三里あった。近道はあったが雪が深くて通れなかった。積雪は彼等の生家に近づくほど深くなり、そして吹雪ははげしくなった。歩いている人には会わなかった。

彼等の部落まで、あと数丁というところまで来たとき、沢田留吉は六人を一つところに集めて言った。

「五聯隊の遭難に出会ったことは、親にも、女房にも言うまいぞ。誰か一人が言えばおれたち七人は暗いところへ入らねばならなくなるのだ。三十一聯隊とは田代で別れたことにしよう。いいか、おれたちは、おれたちで勝手に歩いて田茂木野へ出たのだ。そうだな、おいみんなそうだな」

そうだそうだと口々に答えた。

鉄太郎の足が止った。そこまでは気力でどうやら持ちこたえたが、それからは一歩も歩けないようであった。六人はその鉄太郎を担《かつ》ぐようにして熊ノ沢へ着いた。午後四時であった。七人の身を心配していた村の者は、てんでに戸外にとび出して七人を迎えた。そして、七人のあまりにも悲惨な姿を見て涙を流す者がいた。

「五聯隊のことなんか知らねえぞ、おれたちは三十一聯隊と田代で別れて、そのまま田茂木野へ歩いて出たのだ」

彼等は村人に訊《き》かれると、絶叫するようにその言葉を繰返していた。村人たちは、彼等がなにかを隠しているなと思った。しかし彼等はそれ以上、詮索《せんさく》しようとはしなかった。

鉄太郎は家人たちに助けられて囲炉裏端に運びこまれても動かなかった。動けなかったのだ。

嫁のつるが、動かない鉄太郎に取りすがって泣いた。姑《しゅうとめ》のたつが、その嫁を大きな声で叱《しか》りつけた。

「はやく布団《ふとん》を敷かないのか。敷布団は二枚重ねて敷くのだぞ」

嫁にそう言いつけて置いて、たつは鋏《はさみ》で、鉄太郎の凍りついている着物を切り取ってやった。凍った物を全部剝《は》ぎ取って、乾いた布で全身を摩擦した。熱い味噌汁《みそしる》を飲ませようとしたが、飲む力がなかった。鉄太郎は眼を閉じたままなすがままにされていた。その鉄太郎の身体《からだ》を、そのまま、奥の座敷に運んで、嫁のつるが敷いた布団に寝かした。

「つる、さあお前もはだかになって鉄太郎と一緒に寝るのだ」

たつは眼を吊《つ》り上げて言った。

「私が……」

「そうだよ、鉄太郎は、凍えて死にかけているのだ、凍えた身体を生き返らせるには人肌で温めるのが一番いいのだ。お前の身体でじっくり温めてやらないと鉄太郎はこのまま死んでしまうかもしれない。鉄太郎に死なれるのがいやなら、一生懸命温めてやるのだ」

つるは、姑のたつのいうことが分ったようだった。つるは家人の前で真裸《まっぱだか》になると鉄太郎の布団に入って彼を抱いた。鉄太郎はつるが入って来たのも知らないようであった。

熊ノ沢の七名の案内人は助かった。七人が元気になってから、家中の者、村中の者が、いろいろと訊《たず》ねたが、七人は固く口を閉じて語らなかった。村の顔役が来て、したり顔で、おれだけに話せと言っても、三十一聯隊の徳島隊を田代まで案内して、それから別行動を取ったと言い張った。五聯隊の遭難に出会ったことなどおくびにも出さなかった。

七人は外に出たがらなかった。ものにおびえたように家に閉じこもったままだった。村へ他所者《よそもの》が来たと聞くと、その者の行動をひどく気にした。

「気の毒に、あの七人は、ひどい吹雪にやられて頭がおかしくなったらしい」

という噂《うわさ》が一時的に村に拡《ひろ》がったが、やがて五聯隊の遭難の真相が知れ渡ると、村人たちは、七人の沈黙はその遭難となにかしらの関係があるらしいと囁《ささや》きあった。しかし、その囁きも村の中のことであった。外部の者に対しては、村全体が七人に協力したようになにごとも語らなかった。

7

その日の早朝七人の案内人の後を追うように、田茂木野を出発した徳島大尉《たいい》の率いる雪中行軍隊は一路青森へ向った。青森では、塩屋、かぎ屋の二旅館に分宿することになっていた。日程が遅れてはいるけれど両旅館が雪中行軍隊を待っていることは明らかだった。

徳島大尉は出発に先だち、見習士官と下士官一名を先行させた。用務は弘前歩兵第三十一聯隊長《れんたいちょう》あてに電報を打つことと、旅館に到着を知らせるためであった。

塩屋とかぎ屋は風呂《ふろ》を立てて一行を迎えた。彼等は、そこで初めて生還の喜びに浸った。

十一時の汽車で弘前から、第三十一聯隊第一大隊長門間少佐が聯隊長の代理として部下三名をつれて一行を迎えに来た。

「おめでとう。よくやってくれた」

門間少佐は徳島大尉に言った。歩兵第五聯隊雪中行軍隊の惨憺《さんたん》たる敗北に引き替えて、三十一聯隊の雪中行軍隊の赫々《かつかく》たる凱旋《がいせん》を讃《たた》えるべき言葉を知らないと門間少佐は言った。感激で言葉がつまりそうであった。

門間少佐は、全隊員にいちいち、言葉をかけて歩いた。

五聯隊と三十一聯隊とはなにかにつけて比較された。五聯隊は日清戦争に参加した実績を持っているが三十一聯隊はまだ歴史が新しい聯隊だった。誇るべきものがなかった。この二つの聯隊をなにかにつけて比較し、競争意識を煽《あお》ろうとしている師団長の思惑は充分分っているつもりでも、近くにある二つの聯隊ということもあって、三十一聯隊と五聯隊とはとかく優劣を競い合った。

(だが、こんどこそ、三十一聯隊は完全な勝利を収めたぞ)

これは門間少佐ばかりではなく、聯隊長児島大佐以下すべてが同じ気持でいた。

門間少佐は徳島隊全員を見て廻《まわ》って、彼等が遭難一歩手前でたどりついたことを知った。門間少佐がよくやったとか、おめでとうと言っても、誇らかな答えは返って来なかった。軍装を取って、そのまま寝床に入って眠っている者が大部分であった。風呂に入って寝た者の数は少なかった。そのやつれ果てた下士卒や見習士官の顔を見ると、今度の雪中行軍がいかに苦しいものであったかが読めた。

ほとんどが足や手に軽い凍傷を受けていた。

予定によると、徳島隊は、翌日梵珠山《ぼんじゅ》を踏破して弘前に出ることになっていたが、とてもそれができる状態ではなかった。

門間少佐は弘前の児島聯隊長に電話で連絡して、予定を変更して国道を歩いて帰るよう命令を出して下さいと進言した。児島聯隊長は即座にそれを受諾したばかりでなく、

「途中浪岡《なみおか》に一泊して三十一日弘前に帰るように」

と言った。戦いは終ったのだ。三十一聯隊は完勝し、五聯隊は完敗したのだ。これ以上無理をすることはなかった。あとは悠々と行軍し、その間、勝利感を満喫すればいいのだ。

門間少佐は児島聯隊長の計らいを徳島大尉に伝えた。徳島大尉は、その変更に対して不満の顔は見せなかったし、嬉《うれ》しそうなそぶりも示《や》さなかった。青森まで行動を共にして来た東奥日報の西海勇次郎は、梵珠山越えを止めて、国道を歩いて帰るならばわざわざ同行することはないと見て、徳島大尉以下隊員に挨拶《あいさつ》して帰宅した。彼には報道の任務があった。

門間少佐は徳島大尉が偉業を為《な》し遂げた割には晴れ晴れとした顔をしていないのに

疑問を持っていた。疲れているからだろうと思った。

「疲れたろう。休んだらいい。苦労話を聞きたいが、後の楽しみに取って置こう。おれはこの汽車で帰って、歓迎の準備をしなければならないからな」

と門間少佐が言った。

「いや話は聞いて帰って下さい」

徳島大尉は話し出した。弘前から三本木までは概略を話して、三本木から増沢まで行軍して、そこで案内人を求めるために一日遅れたあたりから徳島大尉の眼が輝き出した。鳴沢で五聯隊の凍死者二体と二梃《ちょう》の小銃を発見したあたりに来ると声は沈み勝ちになり、まわりを気にするようであった。その部屋には、二人しかいなかった。

「その二梃の小銃は田茂木野で五聯隊の捜索隊に引渡すつもりでした。だが自分の気持はそこで変りました」

徳島大尉は、五聯隊の木宮少佐が徳島大尉を呼びつけて、なにを言ったかを詳しく話した。特に木宮少佐が、自決した神田大尉のことを、気負い過ぎた雪中行軍計画を建てた男だと言い、研究不足だったと誹謗《ひぼう》したことに許すべからざる怒りを感じたことを述べた。

「自分はなにも見なかったと答えました。そして拾った小銃は此処《ここ》まで持って来てしまいました」

　徳島大尉は話し終って、ほっと一息ついた。

「そうか、お前の気持はよく分る。どう考えても木宮少佐のやり方はよくない。彼は軍人として取るべき処置を誤っていた。生死の境を越えて来たわが三十一聯隊の雪中行軍隊を迎えるにはもう少し暖かい心やりがあって当然だ。だいたい、お前を呼びつけて、なにを見たかなどと言うところからおかしい。訊《き》きたいことがあるなら、自ら出向いて行って、辞を低くして訊くべきだ。それにお前に言った言葉の一つ一つが、自分が聞いても腹が立つ。もし、その場にいたのが、お前ではなく自分だったとしても多分なにも見なかったと言ったであろう」

　門間少佐はそうは言ったものの、持って来た二梃の小銃をどのように処分したらいいかについてはうまい考えが思い浮ばなかった。銃は軍人の魂だと兵たちに教えこんでいる手前、軽率なことはできなかった。二梃の銃が行方不明になったということは、二人の兵が行方不明になったことより重大事件なのだ。

「とにかく、この際考えねばならないことはその二梃の銃をいかにして弘前の聯隊へ持ち込むかということだ」

　門間少佐はしばらく考えたあとで膝《ひざ》を叩《たた》いて言った。

「そうだ。おれがつれて来た下士官二名は軽装の公用外出だから銃を持って来ていない。この二人にその銃を持たせて行こう。凍傷のひどい下士官二名の銃を先に持って帰るのだと言えば、彼等はそれで納得する。そして、きみ等が三十一日にいよいよ弘前に到着するときには全員がちゃんと銃を持っていることになるのだが、この銃の増減に気がつく者は、きょうこの銃を運んで行く二名の下士官の他ごく少数の者だ。その下士官二名には、三十一日には、なにか用を考えて公用外出させればよい」

門間少佐は頭に描いた筋書を淡々と述べた。

「あとのことはあとで考えればいい。既に師団長から、五聯隊雪中行軍隊の捜索についての待機命令があった。間も無くわが聯隊も出動することになるだろう。そのときに二梃の銃は八甲田山へお返し申し上げればいいだろう」

門間少佐は微笑した。自分の書いた筋書に惚《ほ》れこんでいるようであった。

「五聯隊の凍死者二体と小銃二梃のことは黙っているわけには行かないが、銃を持って来たことは話さないほうがいい、聯隊長に余計な心配を掛けることになる」

その日のうちに門間少佐は二梃の銃を下士官二名に持たせて弘前に帰営した。門間少佐と共に来た桑島少尉には、翌日、浪岡まで徳島隊と行動を共にすることを命じた。

徳島雪中行軍隊は青森で充分な休養を取って、翌三十日朝浪岡に向って出発した。

国道をただ歩くだけのことであったが、一日の休養中に、それまでの疲労が出て来たことと、凍傷の患部が痛むために、意外なほどの時間がかかった。

徳島大尉は、特に凍傷のひどい下士官二名の銃を見習士官に持たせた。

浪岡までつき添って来た桑島少尉はそこで別れて汽車で弘前へ帰った。

三十一日、小雪の降る中を徳島隊は出発した。浪岡を出て、増館《ますだて》まで来たとき徳島大尉は全員を集めて拾った二梃の銃について訓示した。

「おれは鳴沢で見たことを五聯隊の捜索隊長の木宮少佐殿に話し、二梃の銃を引き渡すつもりであった。だが、木宮少佐殿の暴言に腹を立てたあまり、なにも見なかったと一生に一度の嘘《うそ》を言ってしまった。今さら悔いてもどうしようもないことだ。その責任のすべてはこの徳島大尉が取るつもりだ。お前たちはこの徳島大尉を信じて、なにも見なかったことにして置いて貰《もら》いたい」

徳島大尉は悲愴《ひそう》な面持で言った。誰も一言も言わなかった。木宮少佐が徳島大尉を怒鳴りつけたという話は既に隊員の中に知れわたっていたし、徳島隊が田茂木野に到着したときの五聯隊の迎え方が、好意的ではなかったこともあって、徳島隊のすべては五聯隊の木宮少佐に対して反感を抱いていた。あのとき、徳島隊を、各戸に分散して火にあたらしてくれたのは、五聯隊ではなく、田茂木野の村民であった。五聯隊は医療班さえ派遣してはよこさなかった。味噌汁《みそしる》と粟飯《あわめし》を炊《た》いて出してくれたのも五聯隊の兵ではなく、田茂木野の村民であった。徳島隊員は、あの夜、炉の火を見つめながら、武装したままで夜の明けるのを待っていたのだ。疲れ切って到着した徳島隊に、五聯隊側が食べ物を出してねぎらい、負傷者はいないかと声を掛けてくれたならば、徳島大尉もこのような処置は取らなかったであろう。隊員は一様にそう思っていた。

徳島大尉は隊の一人一人の顔を順繰りに見て廻った。すべてがその顔に、徳島大尉の言葉を守る決意を現わしていた。

弘前歩兵第三十一聯隊は聯隊長以下全員が和徳町まで雪中行軍隊を迎えに出た。町民の一部もこれに加わった。彼等雪中行軍隊は万歳の中を行進した。足に凍傷した二名の下士官の銃は見習士官が担《かつ》いでいた。隊の三分の一は、足を引き摺《ず》っていた。それがまた、彼等の行軍の戦果の偉大さを物語っていた。屯営の営庭で聯隊長は徳島雪中行軍隊に対して、最上級の讃辞《さんじ》を与えた。それに対して徳島大尉は、短い言葉で答辞を述べ、雪中行軍隊の解散を宣した。

徳島雪中行軍隊の、旅程二百十余キロ、十一日間にわたる雪との闘いは終った。

8

三十一聯隊《れんたい》の徳島大尉《たいい》の率いる雪中行軍隊が万歳の声とともに弘前屯営に迎えられているころ、青森五聯隊にも朗報が届いていた。山田大隊長以下過半数は元気で発見されたという報であった。しかし山田少佐以下過半数が生存しているというのは希望的なデマであって、実際は駒込川の峡谷に入りこんでしまった山田少佐以下九名が発見されたのが、そのように誤って伝えられたのであった。

二十六日に、神田大尉のグループと別れて駒込川方面に向った山田少佐の一行は次々と途中で落伍《らくご》し、一行が大滝平付近まで来ていよいよ動きが取れなくなったときには十四名になっていた。

両崖《りょうがい》は絶壁であって登ることはできないし、深雪の中を引き返す力もなかった。食糧は尽きてしまっていた。ただそこは、大地の割れ目の底のようなところだったから、風はほとんどなかった。彼等はそこで死を待つよりしようがなかった。

十四名はほとんど例外なしに頭がおかしくなっていた。おかしなことを言ったり、おかしなことをした。ただその時によって、誰かが、それがおかしなことだと注意すると、はっとわれに返って止《や》めた。そして次には、おかしなことだと注意した者がおかしなことをするのであった。

彼等の傍を流れている駒込川はやがては青森屯営の近くに達することは明らかであった。その地理学的な事実が屡々《しばしば》彼等の行動を狂わせる結果を招いた。山田少佐が、筏《いかだ》を組んで駒込川をくだろうと言ったのもその一例であった。鳴沢のあたりでもそれと同じことをまことしやかに言う者があった。そのとき、ばかなことというなと神田大尉が制止しているのを見ていた山田少佐が、今度は自ら言い出したのであった。

大隊長が言い出したのだから、下士卒はすぐ行動に移ろうとした。彼等は銃剣を抜いて、雪に埋まっている木に斬《き》りつけて、はじめて、そんなことができる筈《はず》がないことに気がつくのであった。駒込川は滝がつぎつぎと続いていて筏が流せるような川ではなかった。山田少佐もすぐそのことに気がついて、止めるように言った。そのようなばかげたことでもいいからなにかしているとその事に心がまぎれて時間をすごすことができたが、なにもせずにただじっとしているとひしひしとせまる死を感じた。

二十七日の午後、今泉見習士官は下士一名を連れて、山田少佐の前に立って言った。

「今泉見習士官はこれより、駒込川を下って聯隊に報告に行って参ります」

山田少佐は僅《わず》かに頷《うなず》いたにすぎなかった。

今泉見習士官は、下士官を連れて二十歩ほど下流に向ったところで、突然、外套《がいとう》を脱ぎ捨て、上衣《うわぎ》を取り、上半身裸になった。彼に続いて下士官一名もまた同じように裸になった。

「おい、やめろ、いったいお前たちはなにをするつもりだ」

伊東中尉が近づいて行って止めようとすると、

「今泉見習士官は水泳にかけては自信があります。おまかせ下さい」

今泉見習士官はそう言って、川の中に飛びこんだ。続いて、下士官が飛びこんだ。二人は水の中から一度だけ頭を上げたがそのまま下流に流されて行った。その光景を他の者は、ぼんやりと眺めていた。ほとんどの者は、今泉見習士官はうまいことを考えついたものだと思っていた。歩いて行けなければ、泳いで行くしかないではないかと思っていた。駒込川は急流であるから凍ってはいないが、飛びこんだらものの数分とは生きていられないほどの冷たさであった。

二十八日になって天気は幾分かよくなった。倉田大尉等数名は断崖をよじ登ろうと試みたが二メートルも登ることはできなかった。疲れ切って山田大隊長のところに帰って来た彼等のうちの一人が、

「今泉見習士官殿は今ごろは聯隊長に報告を終り、宿舎に帰っていっぱいやっている

だろう」

と言った。

「そうだ、うまいことやったものだ」

とそれに合わせる者がいた。

するとそれまで黙って話を聞いていた進藤特務曹長が突然立上って怒鳴った。

「おれも聯隊へ報告に行くぞ、おれについて来たい者は来い」

そういうと、気が狂ったように、身につけている物を脱ぎ捨てて川の中に飛びこんだ。続いて下士官と兵が一名ずつ進藤特務曹長の後を追って川の中へ飛びこんだ。しかし、彼等三人が飛びこんだところは、今泉見習士官が飛びこんだところのように深くはなかった。三人は一度は水に入ったものの、直《す》ぐ起き上って、立上ろうとしたが、一人は水の中に再び倒れこみ、一人は石にもたれかかるようにして倒れ、一人は石と石の間に挟《はさ》まれて坐《すわ》ったような形になり、間もなく氷の皮膜につつまれて、氷の地蔵になった。

大原伍長は進藤特務曹長等が入水した直後に山田少佐に呼ばれた。

「水を汲《く》んで来てくれ」

山田少佐から命令を受けると、その命令を遂行しようという考えが大原伍長の混迷している頭の中を一時的にはっきりさせた。彼は飯盒《はんごう》を持って川ふちへ這《は》いながらおりて行って、水を汲んだ。水の流れを見ると、彼の頭はまたぼんやりした。今泉見習士官等はうまいことをしたものだ。進藤特務曹長等も間もなく、聯隊へつくだろうなどと考えていた。

大原伍長は既に足が利《き》かなくなっていたから、水の入った飯盒を片手に持ち、片手と両膝《りょうひざ》で這いながら山田少佐のところへ帰って来てそれを渡すと、坐り直して言った。

「大隊長殿、自分は泳ぎができます。この川を泳ぎ下って聯隊へ助けを求めに行きます」

すると、山田少佐は物憂《ものう》いような顔を上げて大原伍長に言った。

「あれを見ろ、飛びこめば、みんなあのようになってしまうぞ」

山田少佐は、氷の地蔵に変り果てた進藤特務曹長を指して言った。大原伍長は、その一言ではっとわれにかえった。そして彼は生存者の数を数えた。九名になっていた。

山田少佐は石の上に腰をおろしたままだった。下半身は石にべったりと凍りついていた。

三十一日は比較的好天気だった。それまでになく暖かだった。しかし誰も動こうとはしなかった。めったに口もきかなかった。ただ倉田大尉と伊東中尉の二人だけは時々立上ってその辺を歩き廻《まわ》ることがあった。

大原伍長は倉田大尉と伊東中尉が意外にしっかりしている謎《なぞ》は、二人が履いているゴム長靴だと思った。下士卒にはとても望めないような、ゴム長靴という高価な履き物が二人の将校の生命力を支えているのだと思った。大原伍長はそのゴム長靴をうらやましいとは思わなかった。ただ、ふと正気に戻った彼の頭の中でそう考えただけであった。遭難の最大の原因は履き物にあったのだ。まず足が寒さに負け、そして次々と死んで行ったのだ。

(あの二人は魔法の靴を履いていたから、あんなに元気なのだ)

大原伍長は、二人の将校が、雪が靴の中に入らないように長靴の上にズボンをかぶせかけるように履き、その上を紐《ひも》でしめつけたあたりを見詰めていた。

「その魔法の靴を貸して貰《もら》えたら、おれはどこへだって飛んで行くことができるぞ、この黄色い雪の中だって、兎《うさぎ》のようにぴょんぴょん飛んで行くことができるし、なあに、空だって飛ぶことができるさ」

大原伍長はひとりごとを言った。雪が黄色く見え出したのは、何時《いつ》からだったか覚えてはいないが、大原伍長には雪が黄色く見えた。なぜ雪が白くなくて黄色いのだろうと考えたこともあったが、今は黄色い雪が雪の色であって、その色があたりまえの雪の色になっていた。

「長靴は黄色い雪にも負けないのだな、あれを履いていたら、屯営まで一飛びで帰れるかも知れないぞ」

ひとりごとが出ることは珍しいことではなかった。時々誰かが、とんちんかんなひとりごとを言っていた。誰も相手にはしなかった。

しかし大原伍長が倉田大尉の靴を指して言ったそのひとりごとは、倉田大尉の耳に入ったようだった。

「なんだ、長靴がどうした」

倉田大尉が訊《き》いた。

「その長靴を履けば鳥のように飛べます。飛んで見せます。高く高く飛んで聯隊へ報告に行きます」

大原伍長は空を指した。丁度彼が指したあたりが、断崖の上になっていた。

「あれ、あそこにカラスがいます。自分は、あのカラスのところまで飛んで行きます」

「カラスだと?」

倉田大尉は、寒中の山の中にカラスがいる筈はないと思った。カラスは冬が来ると、里へ降りる習性がある。いまごろカラスがいるわけがないと思って、大原伍長の指す方向へ眼をやった。

「なるほどカラスのようだな」

と倉田大尉が言った。

「カラスだ、カラスだ。カラス来い、カラス来い」

大原伍長はカラスに向ってそう叫びながら、かぶっていた帽子を空に投げ上げた。カラスはすぐ崖《がけ》から引込んでしばらくすると、三羽になって現われた。

「変だぞカラスが手を振ったぞ」

と大原伍長が言った。彼は正気にかえっていた。カラスではなく人間かもしれないと思った。生存者は声を揃《そろ》えてカラスに呼びかけたが、距離が遠いから声は届かないようであった。てんでに帽子を投げ上げた。

三羽のカラスは消えた。

「やっぱりカラスだったのだろうか」

大原伍長が言った。

「いや、あれは救助隊だ。必ず助けに来るぞ」

倉田大尉は確信ある言葉を吐いた。

三十分後にカラスの姿は十羽になり、それからはカラスの姿は増えるばかりであった。やがて、カラスの群れの中から、一本の糸のようなものにすがって、勇敢なカラスが降りて来るのが見えた。視力が衰えてしまった彼等にも、それはカラスではなく人間であることがはっきりして来た。

人の声も聞えるようになった。

「大隊長殿救助隊が参りました」

倉田大尉が山田少佐に言った。

「そうか来たか」

山田少佐はそういうとはらはらと涙を流した。五聯隊の遭難捜索隊は、大滝平に大隊長以下の生存者ありと聞くと、総力を結集して、救出に務めた。非常にむずかしい作業であった。倉田大尉と伊東中尉は、電線にすがってどうやら自力脱出できたが、他の者は、毛布に包んで、吊《つ》り上げねばならなかった。全員の救助が終ったのは夜遅くであった。

9

山田少佐等九名を救助した捜索隊が田茂木野へ引き上げて来ると、同じ日に鳴沢付近の炭焼き小屋に於《お》いて二名の生存者を発見したという報告が入っていた。更に二月二日に大崩沢炭焼き小屋にて谷川特務曹長等四名が発見され、同日田代元湯にて村山伍長が発見された。これらの生存者は前に救助された江藤房之《ふさの》助《すけ》伍長《ごちょう》が入院している青森衛戍《えいじゅ》病院に収容された。生存者は合計十七名であったが、収容後五名は症状が悪化して死亡し、一名は自決し、事実上の生存者は十一名となった。

自決したのは山田少佐であった。

救助されたとき山田少佐はほとんど口もきけない状態であったが、津村聯隊長《れんたいちょう》に会うと、涙を流しながら、多くの士卒を殺したことを詫《わ》びた。尚《なお》多くのことを語りたい模様であったが軍医の注意によって、直ちに青森衛戍病院の個室に収容された。山田少佐は救助された日の夜から翌二月一日にかけて、ときどき苦痛を訴えたが比較的多くの睡眠時間を取ったようであった。二月一日の午後遅く眼を覚ました山田少佐は、軍医を通じて津村聯隊長に至急話したいことがあるから、聯隊まで連れて行ってくれと頼んだ。それはできぬ相談であった。軍医からその報告を受けた津村中佐は自ら衛戍病院に出向いた。

「おめおめと生き残ったのは聯隊長にすべてを報告する義務があったからです」

山田少佐は開口一番そう言った。そして彼はぼつぼつと話し出した。

「今回の遭難の最大の原因は自分が山と雪に対しての知識がなかったからである。第二の原因は自分が神田大尉《たいい》に任せて置いた指揮権を奪ってしまったことである。総《すべ》ての原因はこの二つに含まれ、そしてその全責任は自分にある」

山田少佐はそう言ってしばらく間を置いてから、

「死んだ部下たちの遺族のことをよろしくお願いします」

と言って目を閉じた。閉じた瞼《まぶた》の間から絶え間なく涙が流れた。津村中佐は山田少佐の最後のひとことを重視した。自決する覚悟だなと思った。総ての責任は自分にありと言い残して死ぬつもりだと思った。

「責任はきみにはない。雪中行軍を命令した聯隊長にある。この大きな犠牲を無駄にしないためにも、きみは生きていて貰《もら》わねばならない。明日侍従武官が来られるのもきみが早く本復して軍務につけよという聖旨を伝えるためだ」

しかし山田少佐は津村中佐の言葉にはなんとも応《こた》えなかった。

津村中佐は軍医に山田少佐が自殺する虞《おそ》れがあるから警戒するように言い置いて帰営した。軍医はそのことを看護卒に伝えた。だが、山田少佐は聯隊長に報告を終ると重荷をおろしたようにぐっすり眠っていて、取り乱した行動を取るような様子は見えなかった。

遅くなって従卒の高橋一等卒が自宅から、食料や衣類などを持って来た。高橋一等卒は、山田少佐と共に雪中行軍隊に加わる筈《はず》であったが、風邪を引いて熱があったがために参加できなかったのである。

「明日の午後侍従武官が見えられるそうだ。いかに病床にある身であっても、失礼があってはならぬ、この身で軍服を着用してお迎えはできないから、せめて枕元《まくらもと》に軍装を整えて置きたい。それが軍人としての心構えである」

山田少佐はそのように言うと、高橋一等卒に明朝持参して来るべき物をいちいち記帳させた。

山田少佐の妻わかは、高橋一等卒が書き留めて来た軍装品の中に拳銃《けんじゅう》があることに疑問を持った。そしてすぐ彼女は、もしかすると夫は自決するつもりではないかと思った。その可能性は充分あった。八甲田山の遭難事件はあらゆる新聞が書き立てた。世論は死者に対して同情的になり、多くの下士卒を殺した将校に対する風当りは強かった。特に生還した山田少佐に対する非難は日が経《た》つに従って高まって行くようであった。

わかはその空気をいち速く察していた。そして、夫がなにを考えているかもよく分っていた。神田大尉が舌を嚙《か》み切ったという気持もよく分った。

彼女は夫が高橋一等卒に書き留めさせた軍装品目の中の拳銃の二字を長いこと見詰めていた。渡したくない気持がしばらくの間彼女を支配していた。しかし彼女は、軍装品の中に拳銃を入れた。軍人の妻として夫の意志にそむくことはできなかった。もし夫がその拳銃で自決することになったならば、自分もまたその後を追えばいいのだと思うと心は落ちついた。

二月二日に宮本侍従武官が青森の屯営を訪れたことはこの遭難事件に格付けがなされた感があった。多くの士卒を凍死させた無謀の雪中行軍だとする社会全般の非難の声に対して、陸軍省が打った手段であった。

侍従武官が聖意を奉戴《ほうたい》して青森におもむいて、遭難の情況を聞き、生存者に菓子料を与えるということは、天皇自らが、この遭難に対して痛く同情していることであり、同時にこの遭難に対して肯定的な眼で見ていることであった。生存者に菓子を下賜《かし》することは、御苦労であったとその行為を認めることであった。天皇がそうしているのに、民間がとやかくいうことはないであろうと、世論を冷却させようとした陸軍省の処置であった。

侍従武官が来るというので青森衛戍病院は準備を整えてその時刻を待った。

山田少佐は病床に坐《すわ》って宮本侍従武官等の見舞いを受け、慰問の言葉を受けた。毅《き》然《ぜん》とした態度であった。

侍従武官の一行が去って病院側はほっとした。やれやれという気持で、当直以外の軍医は定刻になると退出した。山田少佐の担当の軍医も、看護卒も、前日、津村聯隊長から注意されたことも、侍従武官を迎えるための忙しさで忘れてしまっていた。山田少佐の容態にも別条はなかった。

午後の八時になると病院の中はしんとした。付添いの看護卒も手持ち無沙汰《ぶさた》のままで椅子《いす》に坐っていた。

八時半になって山田少佐はなにかひとりごとを言った。眠ったまままうわごとを言っているのかと思って看護卒がそっちを見ると山田少佐はちゃんと眼を開いていた。

九時になったとき、山田少佐は、今までになくしっかりした声で看護卒を呼んで、

「最近の新聞をなるべく多く持って来て読んでくれ」

と言った。与えられた任務以外のことを患者に要求された場合、付添いの看護卒は

軍医の許可を得てやることになっていたので、看護卒はそのことを当直の軍医のところに言いに行こうと思った。しかし、山田少佐はその機先を制して言った。

「軍医は侍従をお迎えする準備のため朝から動き廻《まわ》って疲れ切っている。つまらぬことをいちいち軍医のところへ聞きに行くのではないぞ」

看護卒はそれもそうだなと思った。彼は病室を出た。山田少佐が入院している個室は病棟のはずれにあった。看護卒は長い廊下に出た。彼は軍医たちのいる部屋の前を通るとき、もしそこに当直の軍医がいたら、やはり一言ことわった方がいいと思った。彼は医務室の戸をノックした。

中から返事があったのと、奥の方で銃声が聞えたのと同時であった。看護卒は急いで廊下を走って帰り、そのあとを軍医が追った。

すべては終っていた。山田少佐は心臓を見事に射《う》ち抜いて倒れていた。

書き置きらしいものはなにもなかった。

軍医は時計を見た。九時九分であった。山田少佐の死はただちに聯隊長に知らされた。津村聯隊長はすぐ現場にかけつけて、そして、長いこと病院長と相談した。

山田少佐の症状が悪化して死亡したと発表されたのは翌日のことであった。自決したことを知っている者は、ごく少数でしかなかった。

終章

1

捜索隊の滑り出しは、迅速であったが、拙速の嫌いがあった。雪中行軍隊全滅の報に驚いた五聯隊《れんたい》本部は、それ救助隊を出動せよと、続々と田茂木野へ兵員をそそぎこんだが、装備の不完全な軍隊が、いかほど多く集まったところで、厳寒の八甲田山に踏み込むことはできなかった。敢《あ》えてそうすれば悲劇を繰り返すのみであった。

第八師団司令部もまたことの重大さに驚いて直ちに弘前第三十一聯隊に出動待機の命令を出し、二月二日には一個中隊が青森に到着したが、田茂木野は既に人で一杯だったから幸畑に宿営して命令を待つという情況であった。

五聯隊ではまず田茂木野に捜索本部を置き、八甲田山方面に対して順次捜索基地をおし進めて行く方法を取った。これは現在の登山術でいうところの極地法であり、最も当を得た手段であった。前進基地には第八哨所《しょうしょ》第九哨所のように番号をつけたり、鳴沢哨所のように地名をつけたり、高橋哨所、塩沢哨所のように指揮官の名前をつけたりした。哨所間は電話で結ばれた。

哨所は雪壕《せつごう》であった。雪壕の中で寝泊りができるようにして、次々と捜索隊員を送り込んで行った。連日の吹雪の中の作業であった。しかし、物量と兵員をつぎ込んだ死にもの狂いの作業によって、江藤房之助伍長《ごちょう》が発見された二十七日から数えて五日目の三十一日には、鳴沢哨所の捜索隊員によって、鳴沢の炭焼き小屋にいた二名が救助されたのである。現在の山岳遭難事故の救助速度と照らし合せて見て、いささかも遅滞感はない。

当初の捜索参加人員は千九十九名、内訳は将校四十名、衛生員十二名、准《じゅん》士官、見習士官十一名、下士卒七百七十六名、地元住民二百六十名と記録されている。これだけの人員をつぎこんだから出来たのである。この捜索隊員の数は捜索が進むにつれて漸次《ぜんじ》減らされては行ったが、二月の中旬までは、五聯隊、三十一聯隊、砲兵第八聯隊、工兵隊までも加わって、数百名の兵員が捜索のために常に八甲田山に入っていた。二月中旬を過ぎてから、捜索は五聯隊独自で進めることになった。この間、北海道からアイヌ人の一行を迎えて遺体の捜索に当らせるという一幕もあった。

遺体捜索は困難をきわめた。雪面の上から竹の棒や鉄の棒を雪の中へ深く突込んで遭難遺体を探し当てることは非常に難かしかった。

五聯隊雪中行軍隊全滅の報は国民に非常に大きな衝撃を与えた。新聞、雑誌等およそ活字となし得るものは例外なくこの事件を取り上げた。事件の真相を比較的正確に告げるものもあったが、いい加減なものもあった。このことについて『遭難始末』には次のとおりに記してある。

歩兵第五聯隊ノ遭難事件世ニ流布《るふ》スルヤ、至尊ノ御憂慮ハ申スモ畏《かしこ》シ、四千万ノ同胞ハ一時此《これ》ガ為《た》メニ震動シ、上下ヲ分タズ、貴賤《きせん》ヲ問ハズ、集レバ之《これ》ヲ談ジ、以《もっ》テ其《その》真相ヲ知ルニ務メ、幾百ノ新聞ハ喧々囂々《けんけんごうごう》、其事ノ真偽ヲ論セズ、苟《いやしく》モ遭難ニ関スルモノハ、悉《ことごと》ク記載シテ、之ヲ社会ニ紹介スル一刻ヲ争フノ状アリ、行軍隊ガ銃ヲ焼キ、背嚢《はいのう》ヲ燃スガ如《ごと》キ虚構ノ流説、亦《また》実ニ此際ニ起リシナリ。

と書いている。しかし背嚢を焼くが如き虚構の流説に関しては、同じ本の第二章行軍実施及び遭難の景況の第三日（一月二十五日）の項の中に、大隊長が人事不省になっ

たとき、

「……背嚢ノ木框《きわく》ヲ脱シテ燃料ト為《な》シ、火ヲ点ジテ大隊長ヲ煖《あたた》メ蘇生《そせい》ヲ図リ……」

と書かれている。背嚢を焼いたのではなく、背嚢の木框だけを焼いたのだという詭《き》弁《べん》はかえって世人の顰蹙《ひんしゆく》を買った。『遭難始末』は明治三十五年の七月に出版されたものであるから、軍としても未《いま》だに冷静を取り戻してはいなかったものと考えられる。

当時の新聞の中には、この大悲惨事を詳細に国民に告げることだけに満足せず、はっきりと、雪中行軍隊の指揮官を責めるものもあった。万朝報は『五聯隊の責任』と題して、田茂木野の村民が、案内なくしては無理だというのを、金が欲しくてそんなことをいうのかと叱《しか》ったことをすっぱぬき、ほとんど同じころ、三十一聯隊の雪中行軍隊は常に案内人を先に立てて行動し、天候の急変したときは雪中に穴を掘って回復を待ったのに、五聯隊はいたずらに吹雪の中を彷徨《ほうこう》した結果、大惨事に至ったのだと書いた。だが、全般的な傾向としては、五聯隊指揮官の無能を責めるものは少なく、未曽有《みぞう》の猛吹雪に遭遇したがために起きた止《や》むを得ざる事故であるという論調に変って行った。事実この時の暴風雪と寒気は記録的なものであった。

異常寒冷現象は第五聯隊雪中行軍隊が出発した一月二十三日の午後からその徴候を現わし始めた。北海道に根を据えた高気圧は頑として移動せず、その勢力は東北地方の北部に及んだ。高気圧の停滞に伴う輻射《ふくしゃ》冷却によって急速な気温低下が起り、二十五日には北海道旭川《あさひかわ》においては零下四十一度という、日本における最低気温の記録を出した。この最低気温の記録は現在に於《お》ても依然として破られずにいる。当時、北海道から東北地方北部にかけての酷寒気団がいかに優勢なものであるかを窺知《きち》することができる。雪中行軍隊は、たまたまこの頃近くを通過した低気圧による暴風雪とその後に襲って来た寒気団に打ちのめされたのであった。

陸軍省は日露開戦の可能性を眼前に控えて、反軍思想が出るのを最も恐れたようであった。この事件が、軍に対する国民の不信感情を煽《あお》ることになってはならないと考えたようであった。軍は、この事件を基として遭難美談集を作ろうとした。上官を介抱しながら死んで行った兵卒、兵卒をいたわりながら死んだ上官、決死の斥候に出た話、寒さのために唇が喇叭《らっぱ》口に凍りついて、ついには唇の皮が剝《は》げた喇叭卒の話……等々である。だが、国民はその美談集にはそう簡単にはとびつかなかった。国民は百九十九名の凍死という悲惨な結果に眼をやった。職業軍人の死よりも一般の下士卒の死を悼《いた》んだ。

最も多くの死者を出したのは岩手県であった。古来東北地方に於ては、凍死はもっとも忌《い》むべきものであった。尋常な死に方ではなかったのだ。

「うちのせがれが戦争へ行って死んだならあきらめがつくが、山の中で凍死したと聞いたのではなんとしても我慢できない、紙切れ一枚で軍隊へ引張って行かれて、こういう殺され方をしたんじゃあ黙ってはおられぬ」

五聯隊へおしかけて、応接に出た将校に向って、率直に怒りを表明した親がいた。二人や三人ではなく、行方不明捜索中の電報を受取って青森へ出て来た父兄のほとんどが同じ感情を持っていた。

五聯隊では家族係りを設けて、遭難者の家族との交渉に当った。将校集会所は家族との応接場所になり、官舎の一部は遭難者家族の宿舎に当てられたが、それだけでは不足で、屯営付近の民家を借り上げた。発見された遺体は田茂木野まで引きおろされて来て、家族と対面して、遺体を故郷に持って帰るなり、火葬に付すなり、その処置はその場で決めた。

雪に埋まった死体は容易に発見できなかった。業を煮やした家族は、自分達で捜索すると言って、当局者を困らせた。慰撫《いぶ》するのに手を焼いた。

五聯隊は遭難遺家族に対して低姿勢を取った。いかなることがあっても、家族を怒らせてはならないと、上層部から固く命令されていた。家族係りに当った将校たちは、しばしば聯隊長に具申して、捜索隊に編入を願ったほどであった。軍は県当局に援助を乞《こ》うた。県の首脳部の慰撫によって、青森につめかけている家族は遺体の発見されるまで一時帰郷して待つことになった。遺体の多くは、春の雪解けを待たざるを得ない状態であったが、捜索班は休みなく捜索活動を続けていた。

五月二十八日、駒込川三階滝上方で最後の遺体が発見されたので捜索大隊は即時帰営して、後に、十数名が残って、武器装具のまだ発見されていないものの捜索に当った。捜索対象は未だに発見されない、小銃二梃《ちょう》に集中された。

2

門間少佐が二名の下士官に担《かつ》がせて持ち帰った三十年式歩兵銃二梃はそのまま銃器庫に保管された。銃器庫まで同行した門間少佐が銃器庫の鍵《かぎ》を預かっている佐々木軍曹に徳島大尉《たいい》が取りに来るまで保管して置けと命じたのである。銃器の出し入れは厳重であった。たとえ将校であろうとも、みだりに銃器の移動はできなかった。しかし、佐々木軍曹は門間少佐に特に眼を掛けられていたこともあって、それをことわることはできなかった。二梃の銃は銃器庫の奥に納められた。

門間少佐は、児島聯隊長《れんたいちょう》に報告を終ると、その足で五聯隊の雪中行軍隊遭難者捜索隊として、中隊を率いて八甲田山へ出動することに決っている添島大尉に会って、徳島隊が拾って来た二梃の銃を何等かの方法によって現地へ運び、雪の中に置いて来てくれないかと頼んだ。

「事情は分りました。徳島大尉の心境とすればそうするより方法はなかったであろう。しかし、今となって、そのような姑息《こそく》な手段を取るのはどうかと思う。おことわりします」

とはっきり言った。

「姑息な手段か、そうすることが」

「そうです。徳島大尉は自分でやったことは自分で始末すべきです。他人を頼むこと即《すなわ》ち姑息です。どう始末をつけていいかは、彼自身が考えてやればいいのです」

添島大尉は不愉快な顔をしていた。おことわりしますと言った以上、門間少佐としても、それ以上頼むことはできなかった。日頃親しく交際していた添島大尉が、そのようなことをいうとは想像もできないことであった。門間少佐は途方に暮れた。

「この件は聞かなかったことにして置きます。聞かないのだから、誰にも話しません」

添島大尉は一礼して去った。

大隊が違うからだと門間少佐は思った。どうせ、遭難者の捜索は長びくに違いない。添島大尉が引率して行く二百人もせいぜい十日か十五日で次の部隊と交替するであろう。その次の部隊に第一大隊を指定して貰《もら》えれば、なんとか細工ができそうだと門間少佐は考えた。門間少佐は聯隊長に、捜索隊の交替を出すときはぜひ第一大隊に命じて貰いたいと進言した。

「第一大隊では徳島隊がたいへんな苦労をしたばかりだ。そうそう第一大隊ばかり出動させるわけにはいかぬ」

児島聯隊長はそういうと、門間少佐の顔をじろりと見て、

「なぜ、雪の八甲田山へ、そんなに行きたいのか」

と言った。

門間少佐は徳島大尉の凱旋《がいせん》を迎えてもけっして心は平らかではなかった。二梃の銃のことは任せて置けと引き受けたもののどうしようもなくなっている自分の腑甲斐《ふがい》なさに腹が立った。

門間少佐から、それらのことを訊《き》いた徳島大尉は、姿勢を正して言った。

「いろいろと御面倒なことをお掛けして申しわけございません。この件は自分がやったことですから、自分一存で処理いたします。どうかいままでのことはなかったもの

と思って下さい」

「一存と言ったって、こうなるとなかなか難かしい。いったいどうするつもりだ」

「それはこれから考えようと思っています」

そう答えた徳島大尉にはなんの当てもなかった。

西海勇次郎が東奥日報に鳴沢で五聯隊の遭難凍死者二体と二梃の銃を目撃したことを発表した。従軍記者として三十一聯隊の雪中行軍隊に加わった彼には報道の義務があった。徳島大尉が、五聯隊の遭難を見たことを他言するなと言ったのは、みだりに他言するなということであり、絶対に発表してはならないと言ったのではないと解釈した。熊ノ沢の七人の案内人のように、うっかりしゃべると、一生暗いところから出られないぞという徳島大尉のおどかしは効かなかった。それに、西海勇次郎は従軍記者として書かざるを得ない立場に追いこまれてもいた。五聯隊の遭難事件が余りにも大きく報道され世間の注目を引いたからである。三十一聯隊の輝かしい勝利は、五聯隊の大悲惨事の陰に隠れてしまいそうであった。彼としてはそれが遺憾であった。五聯隊の遭難以上に三十一聯隊の勝利は賞讃《しょうさん》されるべきだと思った。

彼は東奥日報に詳細な従軍記録を載せた。だが、この記事は、この新聞を購読している人たちの眼に止っただけで、それほど大きな反響はなかった。

五聯隊の将校の中でこの記事を読んだ者もいた。しかし彼等は、同じころ、五聯隊と三十一聯隊の雪中行軍隊が北と南から八甲田山を目ざしたのだから当然、このようなことはあるべきだったと思った。木宮少佐と徳島大尉との間に諍《いさか》いがあったことなど知っている者はいなかった。とにかく、五聯隊は遭難者の捜索と、遭難家族の応接でごったがえしていた。徳島隊が遭難者を見た事実があったなどということは、既に鳴沢に哨所《しょうしょ》ができて、多くの遺体を発見しつつある現状では、たいして役に立つ情報でもなかった。

しかし、三十一聯隊の士官や下士官がこの記事を読んだときの気持は、五聯隊の場合といささか違っていたようであった。徳島隊が五聯隊の遭難現場を踏んで帰ったことは、聯隊長に報告されていた。しかし将校集会所における歓迎会の席においても、徳島大尉はこのことはなるべく避けようとしていた。そのことに興味を持って直接徳島大尉に訊くと、見たことを簡単に答えたが、多くは語らなかった。将校たちのある者は、徳島大尉のその態度は、五聯隊の惨事に対しての、謙虚な姿勢と見たが、一部の将校はなにかその裏にあるものを想像していた。

三月の末になって、東北新聞記者、百足登編として、木文書店から『青森聯隊遭難雪中行軍』という本が出版された。この本の中にも徳島隊が五聯隊の遭難凍死者二体と二梃の小銃を発見したことが書かれてあった。

その本が発行されたころは捜索活動がやや安定を見せたころであった。三十一聯隊他、砲兵隊、工兵隊の捜索援助は打ち切られて、五聯隊独自の捜索体制が取られたころであった。

五聯隊の一将校が、この記事に注目して、津村聯隊長のところに持って行った。

津村中佐は、以前に木宮少佐から、徳島隊はなにも見なかったという報告を受けたことを思い出した。津村中佐はいくらか気色ばんだ顔になって、その本を最初から読んだ。読み終ったときには平静な顔になっていた。

数日後に木宮少佐が聯隊長室にその本を持って現われて、その部分を指しながら激しい口調で徳島大尉を攻撃した。

「彼は嘘《うそ》をつきました。軍人にあるまじき行為であります。直ちに三十一聯隊に対して厳重抗議をするように、お願いいたします」

しかし津村中佐は静かな口調で言った。

「三十一聯隊の徳島隊は暗い吹雪の夜を歩いて来たのだ。彼等は遭難するかしないかの瀬戸際《せとぎわ》を歩いていたのだ。暗い夜だし、そんな状況下であれば、たとえこのようなことがあっても、見た人と見ない人があったろう。多分徳島大尉は見なかったであろう」

「そんなことがあるでしょうか、いかに吹雪の夜だといえ、遭難者を発見して、上官に報告しない軍隊があるでしょうか」

「だから、当夜は異常な状態だと言っておるではないか、いまごろ、そんなことを荒立てていったいなにになる。三十一聯隊は、今度の捜索に随分と協力してくれた。お礼こそいえ、そんな厭《いや》がらせをいえる義理はないぞ」

津村中佐は最後の方はやや強い言葉で言った。その問題はそれ以上発展しては行かなかった。

3

五聯隊《れんたい》遭難者の最後の遺体が発見された、五月二十八日には、雪はほぼ解けて、間もなく若草が萌《も》え出す季節になっていた。捜索開始以来、それまでに、遺体の他、武器装具の大部分は発見されていた。未発見の物は小銃二梃《ちょう》と銃剣若干であった。問題は小銃二梃であった。軍人の魂といわれている小銃二梃は遭難者の遺体と同様に軍に取っては重要であった。

未発見の小銃二梃と、三十一聯隊の徳島隊が見かけたという小銃二梃との数字の符《ふ》合《ごう》がそのころから、五聯隊内部で取り沙汰《ざた》されるようになった。

「三十一聯隊の奴等《やつら》がその二梃の銃を持って帰ったのではないだろうか」

とはっきり口に出していう者が出た。冗談にことよせて、

「徳島隊と同行した新聞記者に訊《き》いて見たらどうだろうか、案内人に訊いて見ても分るかも知れない」

などという者があった。当然、津村聯隊長にそれらの噂《うわさ》が入らぬ筈《はず》はなかった。しかし、津村中佐はその件に関してはいっさい知らぬふりをしていた。二梃の銃を拾って持ち帰ったかどうかなどと、徳島大尉を疑うようなことを訊けるものではなかった。持って帰ったという確かな証拠は何一つとしてないのである。もしあったとしたら、そこには、また新たな犠牲者を作らねばならなくなるのである。迂闊《うかつ》なことは言えなかった。

津村中佐は十数名を山に残して、銃と銃剣を探させたが、その捜索も断念せざるを得ない状況になった。若草が萌え始めて、なにもかも隠そうとしていた。六月二十日に捜索の一切は中止された。このことは津村聯隊長から直接電話で児島聯隊長に知らされた。聯隊長から聯隊長宛《あて》に直接電話がかかって来るなどということはめったにな

いことであったから児島大佐は、いささか緊張した。津村中佐は捜索に協力して貰《もら》った礼を述べたあとで、捜索を本日打切った旨《むね》を述べた。

「二梃の小銃のことはあきらめました。おそらく駒込川の谷底深く沈んだものと思われます。直ちに廃銃処分の手続きを取るつもりです」

電話はそれで終った。

児島大佐は電話を切ってから、しばらく考えていた。捜索を打切るということは予想されていたことであった。打切ったからといって、わざわざ電話で知らせて来たのは何故であろうか。なにか意味がありそうだった。そして児島大佐は、津村中佐が最後に言った二梃の小銃のことに考えが及ぶと、

「二梃の小銃に関するあらゆる問題をこの時点で廃銃処分にするという意味であろうか」

とひとりごとを言った。

児島大佐もうすうすは気付いていた。徳島大尉が五聯隊の凍死者二体と二梃の小銃を発見したことに関してはあまりしゃべりたがらないのはなにかわけがありそうだと思っていた。徳島隊が行方不明の二梃の銃を拾って帰ったのではないかと五聯隊の一部の将校が噂をしているということも、児島大佐の耳に入っていた。

「そうだとすれば、そのことについては適宜な処置を取らずばなるまい」

児島大佐は長考の末そう言った。津村中佐の好意に対してはしかるべきことをしなければならないだろうと思った。児島大佐は門間少佐を呼んだ。

「ただいま、津村聯隊長から遭難に関する捜索のいっさいを中止するという電話があった。未発見の二梃の小銃もあきらめて、廃銃処分にするということであった」

門間少佐は黙って聞いていた。顔色一つ変えなかった。

「それは賢明な処置です。たった二梃の銃にいつまでもこだわっているべきではないと思います。軍にはもっともっと大きな仕事がある筈です」

門間少佐はすらりとかわした。

「そうだ、こだわる必要はない。その二梃の銃も廃銃処分となってしまえば、もうこの世には存在しないことになるのだ。存在してはならないことになるのではないかな」

ないかなと問いかけて来た児島大佐の眼の中にある誘いかけに対して門間少佐は応《こた》えた。

「そのとおりです。軍から籍の抜けた小銃は、もし仮に形があったとしても、それは存在の価値がないものです。そのようなものは、むしろ、その形を失《な》くすような処置を取らねばならないでしょう」

「そうだろうな」

児島大佐と門間少佐は激しく視線をからみ合せたあとで別れた。

門間少佐からその話を聞いた徳島大尉は、小銃のことに一言も触れずに、見当違いのことを言った。

「大隊長殿、わが大隊は最近、夜間演習をしたことがありません、是非やって見たいものであります」

「大隊でやるのか、中隊単位でやりたいのか」

「大隊を二つに分けて、夜半から夜明けにかけての演習にしたらいかがでしょうか」

「兵を夜間出動させるというのだな」

「勿論《もちろん》です」

門間少佐は徳島大尉の胸中を読んだ。夜間演習にかこつけて、あの二梃の銃を処分するつもりだなと思った。

「よろしい、やろう。早速計画を立案して聯隊長に相談して見よう。で、いつごろがいい」

「早ければ早いほどよろしいと思います」

門間少佐は夜間演習の計画を部下に立案させた。徳島大尉にはその計画の立案に参加させなかった。夜間演習の大要が出来たとき、門間少佐は徳島大尉を呼んで、その案を示した上で訊いた。

「お前の中隊はどうする」

「あとで出動する方に入れていただきたいと思います」

門間少佐はその案を持って児島聯隊長を訪れて許可を得た。

夜間演習は七月に入って直《す》ぐ行われた。徳島大尉は門間少佐に、当日銃器庫に例の二梃の銃を取りに行くことを佐々木軍曹に申し伝えて欲しいと申し入れた。

当日になると、徳島大尉は、小隊長に命じて、斎藤吉之助伍長《ごちょう》と小山福松二等卒の両名を中隊長室に午後二時に出頭させるように命じた。演習が始まるまで、中隊長室で中隊の事務を手伝わせるというのが名目だった。両名共に、雪中行軍隊に加わった隊員であった。

斎藤吉之助と小山福松は事務の手伝いと聞いて、軽装で出頭した。

「仕事は夜になる。此処《ここ》から直ちに演習に参加できるように完全武装して来い」

と徳島大尉は二人に命じた。二人は間もなく、完全武装して中隊長室に現われた。

「銃は壁に立てかけて置いて誤って倒すといけないから、そのベッドの壁側に横にして、念のためにその毛布をかけて置け」

と大尉は言った。中隊長室は狭かった。窓側に中隊長の机と椅子《いす》があり、壁側に簡易ベッドがあった。疲れたとき横になって仮眠できる程度のものであった。部屋の中央にテーブルがあり、来客用の椅子が二つあった。作業ができるような広さの部屋ではなかった。

斎藤吉之助と小山福松は徳島大尉が言うとおりにした。徳島大尉は二人にすぐには仕事を与えずしきりに時間を気にしていた。午後の三時に大尉は立上って、二人にそのまま ついて来るように言った。大尉は二人をつれて真直ぐに銃器庫へ行った。佐々木軍曹が、斎藤と小山を胡散臭《うさんくさ》そうな眼でじろじろと見た。

「預けて置いた銃を出してくれ」

徳島大尉が言った。佐々木軍曹は、奥から、二梃の銃を持って出て来た。

「手入れはして置きました」

と佐々木軍曹が言うのに対して徳島大尉は大様《おおよう》に頷《うなず》いて、その二梃の銃を斎藤吉之助と小山福松に持たせると、

「長いこと御苦労であった」

と言って銃器庫を出た。銃器庫を出るのを見た者はいなかった。中隊長室へ帰りつ

くまでには、何人かの人に会ったが下士官と兵卒が銃を持って歩いているのに疑問を抱く者はいなかった。

「その銃もベッドの上に寝かせておけ。そのままでいい。毛布はかぶせるな。お前たちの銃と間違えてはいけないからな」

徳島大尉は二人に言った。二人はその時になって、その二梃の銃が、あの時の銃ではないかと思ったが、大尉がそれをどうしようとしているのか全く見当がつかなかった。しかし、大尉が落着き払っているから、二人もことさら怖《おそ》れることはなかった。

大尉は二人に仕事を与えた。両脚器（コンパス）で地図上の距離を測ってそれを表に書き込んで行く仕事であった。たいして急いでいる様子もなかった。二人がいる間に将校が二、三人来たが、大尉は立ったままで話を簡単に済ませていた。相手も部屋が狭いので遠慮して用事を簡単に済ませて出て行った。

夜間演習は、午後の八時から始まることになっていた。大隊を二つに分けて、紅軍は午後八時に営門を出て目的地について守備態勢を取り、白軍は午後十時に営門を出て、斥候を出しながら、接近して行くことになっていた。主力が衝突するのは翌日の未明であった。

午後九時になると徳島大尉は立上って、二人に完全武装を整えるように言った。白軍の集合は九時四十分であった。まだ早いと思ったが二人は大尉の言うがままに武装すると、ベッドの方に手を延ばした。

「お前たちの銃ではない。さっき銃器庫から持って来た銃を担《かつ》いで来るのだ」

大尉は重々しい口調で言った。二人はそのとおりにした。大尉は二人をつれて営庭に出た。星空だった。広い営庭に人の姿は見えなかった。

大尉は営庭を斜めに横切ると、営門の方へは向わずに、左に折れて、練兵場の方へ歩いて行った。大尉は練兵場の桜並木の中ほどで二人に停れの号令をかけた。

「銃をそこに置け」

大尉は更に命じた。置けと言われて、二人はそこに古井戸があるのを見た。

「御苦労であった。中隊長室へ戻ってお前たちの銃を持って、それぞれの小隊へ帰れ、このことは他言するなよ、分ったな」

二人は大尉に敬礼してから、廻《まわ》れ右をした。

「注意して行けよ」

二人は足を止めた。他人にとがめられないように注意しろと言ったのだなと思った。

二人は大尉があの小銃を古井戸に投げこむに違いないと思った。斎藤伍長は彼の弟の長谷部善次郎が持っていた銃が永久に暗い井戸の底に沈むことに一抹《いちまつ》の悲哀を感じた。

だが考えて見ると、他の兵隊の手に渡らずに、銃もまた弟と同じように死んだと思えばあきらめがついた。二人は耳を澄ましたが、銃が井戸に沈む音をついに聞き取ることはできなかった。

4

陸軍省は遭難事件発生の直後、遭難事件取調委員会を設け九名の委員を任命した。陸軍省人事局長、同人事局恩賞課長、同軍務局軍事課長、同総務局庶務課長、同総務局課員、同経理局建築課長、同医務局医事課長、陸軍参事官、第八師団副官等の役職にいる人たちであった。

取調委員会の委員は急遽《きゅうきょ》青森に赴いて事件の調査に当ったが、委員会としての正式発表は最後まで行われなかった。従って何等の公式決定事項を見ずして解散したものと見られている。

だが委員会はすることだけはちゃんとやった。公式発表はしなかったけれども、数項目についての意見を陸軍大臣に上申した。

最も強調した点は装備に関する件であった。委員会は雪中行軍隊の装備が劣悪極まるものであり、もし改良をせずに放置して置けば緊急事態に際して重大なる蹉跌《さてつ》を起すであろうと述べた。

第二の点は遭難者及び遭難遺族、生存者等に対する処置に関してであった。充分なる労《いたわ》りの処置を取らねば国民は納得しないだろうし、一旦《いったん》緩急ある場合に際しての士気に影響するであろうことを述べた。

第三の点は、軍は非常時を眼前にひかえて、一将校、一兵卒たりとも温存しなければならない時であり、既に遭難事件の責任者と目されるべき二名の将校は死んだことでもあるから、これ以上の責任は追及すべきではないということであった。

緊急事態といい、一旦緩急ある場合といい、非常時といい、すべて日露戦争を指していることは明白であった。

他の項目は常識的なことであった。

六月二十日にすべての捜索が終った段階で五聯隊《れんたい》の津村聯隊長は第八師団長立川中将に進退伺いを出した。事件直後に申し出たが、後始末が済むまで待てと言われていたからであった。師団長の部屋には第四旅団長友田少将と、師団参謀長の中林大佐がいた。立川中将は津村聯隊長の進退伺いをその場で二つに破って捨てた。

「すべての責任は師団長にある。第五聯隊と第三十一聯隊を八甲田山踏破に向けたのは師団の方針であった。両聯隊に雪中行軍という種目を与えて競争させようと考え、そのようにしむけたのは自分である。聯隊長になんの責任があろうぞ、自分は数日中に陸軍省に出頭して進退を伺うつもりである」

　立川中将はそういうと、隣室に待たせてあった第三十一聯隊の児島聯隊長を部屋に呼び入れて、

「今回の事件の責任はすべて自分にあると言ったところだ。厳寒の八甲田山踏破競争などというだいそれたことを考え出した自分の頭は老化していたのかもしれない。幸い三十一聯隊は無事であったが、三十一聯隊もまた同じようなことになったとしたら、切腹ものだ。いや切腹したぐらいで済む問題ではない」

　旅団長と師団参謀長とが同時になにか言おうとしたがやめた。二人は師団長にそのようにしたらどうかと意見を具申したのは自分たちであると言おうとしたようであった。

「お互いに軍人というものはつらいものだ。軍人は常に仮想敵国を作って戦っていなければならぬ、同じ師団の同じ聯隊同士でも仮想の敵とならねばならない、……ところでどうだな、雪の八甲田山攻略作戦はいったいどちらが勝ったと思うか」

　立川中将は両聯隊長に向って言った。思いもよらぬ質問であった。

「勿論《もちろん》、第五聯隊の負けであります」

　津村中佐が答えた。

「いや、第五聯隊は勝ったのだ。百九十九人という尊い犠牲を出してこの戦いに勝ったのだ。昨日、陸軍省の軍務局長が来た。遭難事件取調委員会の具申によって、軍の寒中装備は全面的に改良されることになったそうだ。寒中装備については、かねてから陸軍省に対して口が酸《す》っぱくなるほど改善を言いつづけて来たが、寒地や雪のことを知らないで、東京あたりの机の前でふんぞり返っている軍人の姿《なり》をした高級官僚どもは、われわれ現地部隊の要請を取り上げようとはしなかった。曰《いわ》く軍人精神、曰く鍛練であった。しかし、今度という今度は彼等も、精神や鍛練だけでは吹雪に勝てないことを知ったのだ。もしこのことが、ロシヤとの戦争中に起ったらどうなると思う。日本は負けるぞ。こういう事件が起ったからこそ、軍は防寒に対して真剣に取り組もうと考えたのだ。これはたいへんなことだ。極端ないい方をすれば、五聯隊の遭難が日本陸軍の敗北を未然に防いだことになるのだ。五聯隊の遭難士卒の霊はもって瞑《めい》すべしと言わねばならないだろう」

　立川中将は能弁であった。彼は感激の表情で聞いている津村中佐に更につけ加えた。

「五聯隊が勝ったのはそれだけではない。今回の事件によって青森五聯隊の名を天下に知らせることになった。最初は五聯隊の首脳部に対して批判的だった世論も、現在では止《や》むを得ない遭難であったと考えるようになって来ている。なによりも遭難者に対して全国民が寄せたあの声と義捐金《ぎえんきん》の額を見ても国民が五聯隊の遭難に対して如何《いか》に同情しているかがわかる。その同情の深さは今や、軍に対する支持の強さを示すものにもなっているのだ。青森歩兵第五聯隊の名は、不滅となった。あらゆる聯隊の中で最もよく国民に知られる名となったのだ。不名誉な事件によって知られたのだとは決して思うな。雪と勇敢に戦ったその結果だと思えばいいのだ」

立川中将は今度は児島大佐に向って言った。

「だからといって、三十一聯隊が負けたのではない。三十一聯隊は立派に勝った。おそらく三十一聯隊がやりおおせたあの壮挙を二度とやることのできる者は当分出ないだろう。そもそも勝利とはなんぞや……」

「師団長、両方が勝つという戦争があるのですか」

参謀長の中林大佐が言葉を挟んだ。師団長の長広舌に対して、茶々を入れたのである。放って置けば、何時間でもしゃべり続けそうな勢いであった。

「それはある。川中島の合戦では、武田《たけだ》信玄、上杉謙信双方が勝った勝ったと宣伝した。大戦争になると、勝ったか負けたかの見分けがむずかしくなる。勝ったと思えば勝ち、負けたと思えば負けになる」

師団長室を出た津村中佐と児島大佐は師団司令部の前で乗馬が来るまでしばらく立っていた。

「師団長が言われるように今回はわが方の負けですな」

児島大佐が言った。

「いやいや、負けたのはこっちです。三十一聯隊は一兵も損ぜず見事にあの難事をやり遂げた」

津村中佐が言った。

二人は黙った。それ以上言うことはなかった。言うべきことは師団長が全部言ってしまったのである。

「この次の手柄争いは実弾の下でやることになりますかな」

「さよう、来年、いや再来年あたりにはそういうことになるでしょうね」

二人共、日露戦争を頭に思い浮べていた。乗馬が来た。二人は互いに敬礼して別れた。

5

政府及び陸軍は国民の動向に敏感だった。五聯隊《れんたい》の遭難事件の処理如何《いかん》が国民と軍とを疎遠《そえん》にするか緊密にするかの鍵《かぎ》になるであろうと考えられるほどこの事件の成行きを全国民は凝視した。

陸軍省はまず皇室を盾として世論を押えようとした。侍従武官、東宮武官等は屡々《しばしば》青森を訪れて、遭難遺家族や入院中の生存者を慰問したばかりでなく、遭難現場の捜索情況まで視察した。四月二十五日皇后陛下が手足截断《せつだん》の生存者に義足義手を下賜《かし》された。両陛下より遭難死亡将校以下の遺族に対して、祭祀《さいし》料が下賜せられた。これらのことは連日新聞を飾った。遭難者遺族の怒りは次第におさまって行った。しかし、下賜された祭祀料は、少佐七十五円、大尉《たいい》五十円、中尉三十五円、少尉二十五円、准士官下士十円、兵卒五円、という上に極めて厚く、下に極めて低いものであった。少佐七十五円に対して兵卒五円はあまりにも差があり過ぎた。遺族の中には、生存中は階級があっても死んだら同じ仏様、なぜ祭祀料にこれだけの差をつけるのか、おそらくこれは聖慮ではなく側近の役人のしたことであろうと不平を洩《も》らす者がいた。大っぴらには言えぬことだけに、内攻した遺家族の憤懣《ふんまん》は、国民感情を背景に再び軍首脳部への不信感を誘った。

陸軍省は政府に要請して、議会に追加予算を提出し、これを可決させた。捜索費用、遭難者の共同墓地建設費、遭難者に対する一時金などがこの予算の中に含まれていた。

死者に対する一時金は、少佐千五百円、大尉千円、中尉七百五十円、少尉六百円、准《じゅん》士官五百円、下士三百五十円、兵卒二百五十円と定められた。

前の祭祀料は少佐と兵卒の比率は十五対一だったのに対して一時金は六対一であった。遭難遺家族はこの処置に対して略《ほぼ》満足したようであった。更に遭難者は戦死者と同じように扱い、靖国《やすくに》神社に合祀するということを聞いて、遺家族も国民もようやく納得した。こうなるまでに半年は経過していた。七月二十三日、第八師団長が祭主となって、田茂木野に於《おい》て盛大な合同葬儀が行われた。

遭難事件発生以来、個人又は団体で、遭難者遺家族や生存者に対して弔慰金や見舞金を送って来る者が多くなった。各新聞社も義捐金《ぎえんきん》を募集した。六月末までにその総額は二十一万円を超過した。義捐金の内容は各種各様であった。個人宛《あて》に送るもの、死亡者家族全体に対して送るもの、兵卒だけを対象とするもの、岩手県民に限ると指定したもの、生存者に対して、その負傷度に応じて配分してくれという者等様々であった。物品を送って来る者もあった。特に捜索中には、物品の寄贈が多かった。当時の記録によると、寄贈物品中の菓子として、松風五千枚、シユープス六箱、ウヱープアース六箱、蓬萊《ほうらい》豆千袋、園露十五個と書いてある。内容はどのような菓子であったか現在においては想像することの出来ないものばかりであった。義捐金は集計され、寄付者の希望通りに各遺族及び生存者に分配された。生存者中、士官及び准士官はこれを辞退した。

生存者十一名中、将校二名と特務曹長の三名は軽い凍傷を負っただけであったから、二月十八日に退院して軍務に服することができたが、他の下士卒八名は、両手両足を截断した者や、両足を截断した者ばかりであった。

雪中行軍隊二百十名の階級別隊員数の内訳とその生存者数を比較すると、

准士官以上の隊員数	十六名	准士官以上の生存者数	三名	生存の割合五人に一人
下士官の隊員数	三十八名	下士官の生存者数	三名	同、十三人に一人
兵卒の隊員数	百五十六名	兵卒の生存者数	五名	同、三十一人に一人
計	二百十名	計	十一名	全体生存割合 十九人に一人

となり、死亡率は圧倒的に兵卒に高く、将校は低かった。しかも、生存者の負傷程

度にも顕著な差があった。これがこの遭難事件の特色の一つであり、将校たちに世論の風当りが強かった原因でもあった。

しかし、負傷程度の軽かった将校たち三名も翌々年の明治三十七年に始まった日露戦争に出征して、黒溝台《こっこうだい》において倉石一大尉（小説では倉田大尉）は戦死、伊藤格明中尉（小説では伊東中尉）と長谷川貞三曹長（小説では谷川特務曹長）は重傷を負った。そして、三十一聯隊の福島泰蔵大尉（小説では徳島大尉）もこの戦いで戦死し、三十一聯隊の雪中行軍隊に加わった士卒のうち半数は戦死又は戦傷を負った。第五聯隊と第三十一聯隊の属する第八師団が苦境に陥った騎兵第一旅団を救援すべく黒溝台に出撃して、数倍の露軍を向うに廻《まわ》して日露戦史上稀《まれ》に見る激戦を行なった結果であった。

青森衛戍《えいじゅ》病院に入院して手術を受けた八名の下士卒は、その後、浅虫の病院に送られて療養に専念した。八名共に経過は順調であった。

彼等が退院したのは青葉が出揃《でそろ》ったころであった。彼等は義足義手の上に新しい軍服を着せられて、写真を撮った上、それぞれの生家へ付添い同道で帰還した。彼等八人の名は、遭難以来、全国に知れ渡った。生き残りの勇士という名で呼ばれるようになっていた。奇蹟《きせき》の人でもあった。全国からの手紙が山積していた。特に故郷に於ては彼等は英雄視されていた。そのような英雄が出たことを郷土の誇りとしていた。

汽車が駅に止ると、町中の人が日の丸の旗を振って迎えた。彼等は用意された人力車に乗って町をねり歩いて歓呼の声に答えながら、彼等の生家へ向った。その道々の町や村でも同じように彼等を迎えた。各町村長や顔役がぞろぞろと従った。彼等が生家のある村に来ると、その歓迎は熱狂的となった。村人は涙を流し、声をからしながら彼等を迎えた。

彼等の帰郷の後を追うように一時下賜金、義捐金が交付された。合計すると一人約一千円に相当する額であった。

生存者八人の兵卒の共通したところは何《いず》れも農家の出身であり炭焼きの経験者であった。八人が八人共、秋から冬にかけて山に入って炭を焼いていた。山と雪には馴《な》れていた。彼等が生きていたのは、寒さと雪に対する防禦《ぼうぎょ》方法を知っていたからであった。経験を生かしたからであった。そして八人の多くは、裕福な農家の子弟ではなかった。

当時の千円は大金であった。その千円を投じて田を三段五畝《せ》買った者がいた。三十町歩の山林を買った者もあった。貯金して、その利子を生活に当てようとした者もいた。

結果に於ては物に替えた人がよくて、貯金した者は、間もなくそれを使い果すことになった。

八名は独身であった。その八名に嫁の希望者が殺到した。中には両手両足がなく、口で筆をくわえて書くような人がいた。達磨《だるま》とそっくりであった。そういう人にも嫁の希望者はあった。夫が不具者であることは夫の栄誉を物語るものであった。それは生きている勲章であった。嫁にとっては誇りであった。英雄たちは八人とも良縁を得て結婚した。村会議員を長らく務めた人もいた。役場の書記をやった人もいたが、英雄という名と、思いもかけない大金を得たがために身を持ち崩した男もいた。彼は片足義足であった。八人の中では軽傷の方であった。美男子であったから嫁の希望が多かった。その中から選んだ妻は、彼によく仕えた。彼はよく他の町や村から迎えられて、雪中行軍隊の武勇談を語った。彼は話が上手であった。武勇談の後で必ず酒が出た。度重なるにつれて、彼は酒を深くたしなむようになった。日露戦争が始まると、英雄は日本中に溢《あふ》れた。雪中行軍隊の武勇伝より、実弾をくぐった話の方を人々は喜んで聞いた。日露戦争が終って数年経《た》つと彼はいつの間にか人々に忘れられ、その鬱《うっ》憤《ぷん》を酒にまぎらせようとした。更に十年経った。彼は酒の奴《ど》隷《れい》と化した。妻はそういう彼を見限って去った。

彼が町の居酒屋で大酒を飲んで死んだのは、妻と別れて三年目であった。

彼は死ぬ直前に、

「おれは八甲田山の生き残りの勇士だぞ」

とたまたま居酒屋にいた若い男に言った。

「なんだい、八甲田山の生き残りっていうのは」

その若い男は、二十年も前のことは知らなかった。彼がまだ生れていないころのことであった。

彼は一瞬眼をむいて、若い男を睨《にら》みつけた。そしてがっくりと机の上に倒れ伏した。それが彼の最期《さいご》の姿であった。八人の中の一人、小原忠三郎伍長《ごちょう》（小説の中では大原伍長）は九十一歳まで高齢を保って、当時のことを謙虚に語りつづけて昭和四十五年に死んだ。この人の証言が五聯隊の雪中行軍隊の実相を世に伝えることになった。


三十一聯隊雪中行軍隊の輝かしい業績は、五聯隊の遭難の陰に隠れたままで終った。徳島隊の成功は当時五聯隊の遭難を批判する材料として時折使用されたに過ぎなかった。国民の多くは、三十一聯隊雪中行軍隊のことも徳島大尉の名も知らなかった。

徳島隊を案内した熊ノ沢の案内人の七人は、徳島大尉に絶対言うなと口止めされたまま、長い間、沈黙を守っていたが、昭和五年になって苫米地吉重氏によって初めて事実が明らかにされた。『八甲田山麓《さんろく》雪中行軍秘話』がこれである。七人の案内人の一人が、もう話してもいいだろうと言って口述したのを収録したものであった。これら七人の案内者のほとんどは凍傷で手の指や足の指が曲り、農業や山仕事をするのに不自由な思いをした。徳島隊を案内して、雪中行軍を成功させたことがかえって彼等に一生つらい思いをさせることになった。

三十一聯隊と五聯隊の二つの雪中行軍隊の終末は、その成功、不成功にかかわらず総じて暗かった。直接関係者のほとんどは悲劇の人となった。そして後に残されたものは、落合直文作詞、好楽居士作曲の軍歌『陸奥の吹雪』であった。白雪深く降り積る八甲田山の麓原《ふもとばら》、吹くや喇叭《らっぱ》の声までも……の軍歌は、明治から大正、大正から昭和へと歌い続けられ、八甲田山の遭難を後世に伝えた。だが、八甲田山の遭難がなぜ起ったのかと真剣にこれを解析しようとする者は少なかった。

とまれ、この遭難事件は日露戦争を前提として考えねば解決しがたいものであった。装備不良、指揮系統の混乱、未曾有《みぞう》の悪天候などの原因は必ずしも真相を衝《つ》くものではなく、やはり、日露戦争を前にして軍首脳部が考え出した、寒冷地における人間実験がこの悲惨事を生み出した最大の原因であった。

第八師団長を初めとして、この事件の関係者は一人として責任を問われる者もなく、転任させられる者もなかった。すべては、そのままの体制で日露戦争へと進軍して行ったのである。

取材に行って見て、この当時と現在とのいちじるしい相違を感じた。

弘前歩兵第三十一聯隊の屯営跡は住宅地になっており、青森歩兵第五聯隊の屯営跡は高等学校になっている。

田茂木野付近は当時の写真とあまり違ってはいないようで、草葺《くさぶ》きの屋根がまだ残っているが、雪中行軍隊の通った旧道は跡形もなく、ほぼ旧道沿いに立派な自動車道路が走っている。賽《さい》ノ河原のあたりに、遭難の翌年に植えられたという杉の一叢《ひとむら》があるが、七十年も経つというのに高さ五メートル太さ三十センチほどにしか生長していない。この付近には、いじけたハンノキやカンバの木が生えているだけで木らしいものは無い。

馬立場の頂上には後藤房之助（小説では江藤伍長）の銅像がある。ここからの眺望はすばらしかった。

福島隊（小説では徳島隊）の目標になった田代平の長吉岱《ちょうきちだい》の黒い石はそのまま草原の中に腰をすえている。福島隊が通った十和田湖のほとりの道も、宇樽部《うたるべ》から戸《へ》来《らい》村へ通ずる道も立派な自動車道路になっている。

五聯隊の遭難者墓地は幸畑にある。四方に土手を築き、桜と赤松をめぐらせ、その中に芝生を植えこんだ、なにか西洋の墓地を思わせるものがあった。正面には山口鋠大隊長（小説では山田大隊長）の碑が一段と高く聳《そび》え、その左右に将校たちの碑が階級に準じて並んでいた。この中に神成文吉大尉（小説では神田大尉）の碑があった。一段下って、南側と北側には参拝者の通路をへだてて下士卒の碑が並んでいた。死しても階級の差は厳然として示され、近づきがたいものを感じた。

解説

山本健吉

一

青森第五聯隊《れんたい》が雪中の八甲田山に遭難して、ほとんど全員が凍死した事件を、私は少年時代から聞かされていた。詳しいことは知らないながら、母たちの会話に時々出て来るのを聞き知って、陰惨な事件として強く印象されていたのだと思う。私が生れる数年前の事件だから、もちろん私はその事件が報道された時の驚きを経験しているわけではない。その印象の暗さは、不思議なほどである。私より一廻《ひとまわ》りほどあとに生れた人は、八甲田遭難事件といっても、さほど強い印象はないようだから、これは私の世代までの特別の印象なのかも知れない。言ってみれば、それは私にとっては、「明治の暗さ」を代表しているような思いなのだ。

何時《いつ》か高橋誠一郎氏が、世間ではよく明治というとよかった時代のように言うひとがあるが、私の印象では少しもよくはなかった、それは暗い時代だったと言ったことがある。私はそれに、強い共感を覚えたが、明治四十年生れの私が、明治の暗さを具体的に知っていたわけはない。その印象は、けばけばしい色彩の明治の錦絵《にしきえ》などから来ていることが多い。それに、哀愁深いメロディの演歌である。それに次いでは、陰惨な事件を物語に仕組んだのぞきからくりなどである。物語と錦絵と演歌と、この三つは私にとっては、相補い合って一つの印象を形作っている。

八甲田山の遭難事件は、明治三十五年である。同じ年には、少年時代の私に、たまらない陰惨な事件として印象されていた事件が、もう一つ起っている。それは野口男三郎が麹町《こうじまち》下二番町路上で十一歳の少年の臀肉《でんにく》を切取って殺害した事件だ。これは八甲田山の事件とまるで違うが、少年の私の気持を暗くする事件として、同じ性質を持っていた。同じ年に、一月と三月とに起ったというのは偶然だが、時代の暗さを反映していることでは同じかも知れない。国の運命を賭《と》した日露開戦は、二年あとに迫っていたのだから——。

だが八甲田山の事件の真相は、長く国民には知らされないままになっていた。日露の風雲が切迫していたということもあったろうし、その上に陸軍の秘密主義ということがあったろう。軍の責任に触れ、その恥部を国民に知らしめることを怖《おそ》れたのだ。当時盛岡中学生だった石川啄木《たくぼく》が、犠牲者とその家族との救援のための義捐金《ぎえんきん》募集をやったというが、ことに同県人から最も多くの死者を出したその悲惨に心疼《うず》く思いをしたとしても、その事件の真実をどれほど知っていたか。私たちにしても、新田氏が克明に調べてこの作品を書いてくれなかったら、何時までもその真相を知ることはなかっただろう。なぜなら、日本陸軍が壊滅の日まで、この事件の真相を明らかにすることの困難な事情は、消滅することはなかったから。だからこの事件は、私たちの世代以上の者の記憶の片隅に、わずかに存在しただけで、国民の大部分の意識の中には、何時か消えていた。いや、もはや存在しなかったと言ってもよかった。

それを掘り起したのが、新田氏のこの記録文学である。こんな無惨《むざん》な事件がかつてあったのか。新田氏の小説を読み、映画化されたそのなまなましい死の彷徨《ほうこう》の場面を見て、ひとびとには、はじめて知った驚きがあった。

二

新田氏は私より少し若いが、ほぼ同世代と言ってもよいから、この事件については少年時代から話を聞いていただろう。それに、伯父に元中央気象台長藤原咲平博士を持ち、自身も気象学を専攻して、長く気象庁の技官だったのだから、旭川で零下四十一度という、日本での気温の最低記録を生んだときの異常寒冷現象のさなかに起った遭難事件への関心は、大きいものがあったろうと推察する。

この作品で、八甲田山の事件について教えてくれた最大のものは、遭難した青森第五聯隊の外に、弘前《ひろさき》第三十一聯隊が同時に、同一コースを逆の方向から行軍していて、この方は一人の犠牲者も出さずに成功していることである。もっとも、氏より前に、昭和四十年に自衛隊第九師団が当時の資料による記録『陸奥《むつ》の吹雪』を編集していて、ここには失敗した第五聯隊と成功した第三十一聯隊との行動が、比較対照しながら書かれている。成功者の業績を賞揚することは、対照的に失敗者のやり口を浮び上らせることになるのだから、意識的に秘せられたことがあったのだろう。作者は言っている。「三十一聯隊雪中行軍隊の輝かしい業績は、五聯隊の遭難の陰に隠れたままで終った。徳島隊の成功は当時五聯隊の遭難を批判する材料として時折使用されたに過ぎなかった。国民の多くは、三十一聯隊雪中行軍隊のことも徳島大尉《たいい》の名も知らなかった。」

さらにまた、徳島隊を案内した熊ノ沢の案内人七人は、大尉に口止めされて長く沈黙を守っていた。また徳島大尉始め、雪中行軍に加わった第三十一聯隊の士卒の半数は、二年あとの日露戦争には、黒溝台《こっこうだい》の激戦で戦死または戦傷している。成功者も失敗者も、死の訪れには二年の遅速があったに過ぎなかった。それは、日露の戦いの準備行動で死んだか、戦いそのもので死んだかの違いに過ぎなかった。そして、征韓論以来、日本人の心を蔽《おお》っている暗雲が帝政ロシアという大国であり、それは今日においても依然として不変であることを思えば、この八甲田山の惨劇の意味が急に大きなものとなり、それは近代日本にとって一つの象徴的事件のように思われてくるのだ。

三

この事件を書くのに新田氏以上の適任者を見出《みい》だしがたいことは、氏が気象学者であることに加えて、登山家であり、冬の富士山頂での越冬経験もあり、冬山の気象の実際を知悉《ちしつ》していることを考えてみればよい。この経験がなかったら、雪中行軍と遭難との模様を、あんなにも迫真力を持って書くことはできなかったろう。一切の取材を終って十和田の蔦《つた》温泉に泊った夜、全身氷に覆《おお》われた兵士が次々に自分の前を通って行く夢を見たという。念夢というべきか。

一月二十六日の朝が明けた。雪が激しく降っていた。露営地を出発するときには、その地で死んだ兵たちはことごとく雪に覆われていた。風が比較的少ないだけが取り得であった。

生き残りの三十名は全身氷に覆われていた。人間の形をした氷の化け者が深雪の中を泳いでいるようであった。ほとんどは死の一歩手前の状態にあった。倉田大尉、神田大尉等若干名が思考力を具《そな》えているに過ぎなかった。（中略）

……二人の大尉が動くと、それに従って兵たちが動いた。猛吹雪となり、進路を失ったとなると、絶望感のため倒れる者が多くなった。一人が倒れると将棋の駒《こま》のようにつぎつぎと倒れて行くのがこの遭難の特色の一つであった。倒れるだけ倒れた後、生き残った者はまた歩き出した。……

これが作者の、第五聯隊の猛吹雪中における断末魔の描写である。

第五聯隊中隊長神田大尉と、第三十一聯隊小隊長徳島大尉とは、どちらも優秀な将校であった。それなのに雪中行軍の結果が、黒と白ほど違ったのは、結局後者が、指揮権の一切をまかされていた、むしろ計画・実行の一切が自分に任せられることを前提として引き受けたのに、前者においては大隊本部が随行する形を取って同行した大隊長の山田少佐が、計画・実行のすべてに容喙《ようかい》し、大事な判断の場合につねに神田大尉の指揮権を侵し奪ったからであった。神田大尉は最後の憑《たの》みの斥候に江藤伍長《ごちょう》を出したあと、下半身の感覚は失《う》せながらも、不思議にはっきりした頭に、失敗の原因を数え上げる。すべての原因は、山田少佐の出過ぎた指揮権発動にあった。だが、そのような理不尽な少佐の命令を、神田大尉が正当の指揮官として当然はねつけるべきであった自分の心弱さも、同じく責められるべきであった。

そのことを作者は、次のように説明する。当時士官になる道は、士官学校を経る道と、陸軍教導団に入って下士官から累進《るいしん》する道と、二つあった。士官学校出身者は多く士族で、秋田県の漁村の出身である神田大尉は、平民出の優秀な将校の一人だった。教導団出の将校は、士官学校出の将校に対して、自らを卑下する意識があった。そのことが、山田少佐対神田大尉の関係に微妙に影響した。

この計画の決定した最初の会議のあと、第三十一聯隊の門間少佐が、「実施となるとお互いにたいへんですな」と言ったのに対して、山田少佐が威丈高《いたけだか》に、「たいへん？　なにがです、少しもたいへんなことなぞないではないですか」と見返して言う場面がある。山田少佐の性格的独善が、この冒頭の章にすでに布置されている。一方、神田大尉は、晴天の小峠《ことうげ》までの予行雪中行軍の際、あまりに楽に予定より早く小峠まで到着したので、さらに大峠まで行軍を延長しようという伊東中尉の提案を、それは大隊長の許可以外だと言って一蹴《いっしゅう》するところがある。予定計画から一歩も出ようとしないこの大尉のこだわり方に、伊東中尉は不審を持つ。あまりに融通性に欠けるというべきだが、これはやはり平民出の、教導団上りの将校の内面にひそむ劣等意識だったのだろう。

それに反して、徳島大尉は自分の信ずるところを貫くことにおいて、はるかに果断であった。案内人その他、その人間が信用できるかどうか見極める能力が将校には必要だ、と彼は言うが、同じ全面的信頼を、雪中行軍の指揮者たる自分にも、上司に対して要求し、それを貫くのである。士族出の彼の士魂を彼は具《そな》えているが、作者は同時に、その案内人たちに対する、消すことの出来ない差別意識をも、容赦なく指摘する。それは案内人に五十銭銀貨を与えて別れる時の、再三の描写によって強調される。第五聯隊が鳴沢《なるさわ》の猛吹雪の谿間《たにま》を方角も知れず彷徨している日、第三十一聯隊は開拓村の戸来《へらい》村から銀山へ出稼ぎに行っている男の若い嫁さわ女の先導で、零下十六度の暴風雪の犬吠峠をやっとの思いで越える。嵐《あらし》と呼吸を合せているような彼女の、童女のように輝く赤い頰を作者は描く。その時「指揮官はさわ女であった」と、作者はこの場面をある感動を以《もっ》て描いている。その原作の感動が、映画で羽井内《はいない》の部落で別れる時の隊員たちの捧《ささ》げ銃《つつ》の場面を思いつかせた。だが作者は、やはり徳島大尉の手から五十銭玉を無造作に彼女の手に渡させ、彼女の口から「もう用はねえってわけかね」の一言を吐かせる。そして、大尉のこの冷たさは、最後に一行を無事田茂木野《たもぎの》まで辿《たど》り着かしめた、決死行の熊ノ沢の案内人七人を、五十銭銀貨一枚で無慈悲に突き離してしまう。

この作品は軍隊という特殊な集団の、一種の極限状況における行動を、全体的に描いたものだが、同時にまた、その中の神田大尉、徳島大尉、山田少佐その他、個々の人物をも立派に描き分けて、その対立葛藤《かっとう》に一大人間ドラマを作り上げている。これは私には、作者新田次郎氏の胸中に、はるかな昔に醱酵《はっこう》した一つの思いが、大きく結晶するに到ったものと思われて仕方がない。私の思いには、もちろん新田氏に比すべき強さも執拗《しつよう》さもないが、それでもこの作品によって、幼時からはぐくまれた、漠然とした明治日本のかなしさの思いが、ようやく具体化されたという喜びが伴ったことを、ここにひとこと言い添えておきたいのである。

（昭和五十二年十二月、文芸評論家）

この作品は昭和四十六年九月新潮社より書下ろし刊行された。

新潮文庫の新刊

万城目　学著
あの子とQ
高校生の嵐野弓子の前に突然現れた謎の物体Q。吸血鬼だが人間同様に暮らす弓子の日常は変化し……。とびきりキュートな青春小説。

川上未映子著
春のこわいもの
容姿をめぐる残酷な真実、匿名の悪意が招いた悲劇、心に秘めた罪の記憶……六人の男女が体験する六つの地獄。不穏で甘美な短編集。

桜木紫乃著
孤蝶の城
カーニバル真子として活躍する秀男は、手術を受け、念願だった「女の体」を手に入れた！　読む人の運命を変える、圧倒的な物語。

松家仁之著
光の犬
河合隼雄物語賞・芸術選奨文部科学大臣賞受賞

やがて誰もが平等に死んでゆく――。ままならぬ人生の中で確かに存在していた生を照らす、一族三代と北海道犬の百年にわたる物語。

池田　渓著
東大なんか入らなきゃよかった
残業地獄のキャリア官僚、年収230万円の地下街の警備員……。東大に人生を狂わされた、5人の卒業生から見えてきたものとは？

西岡壱誠著
それでも僕は東大に合格したかった
―偏差値35からの大逆転―

成績最下位のいじめられっ子に、担任は、東大を目指してみろという途轍もない提案を。人生の大逆転を本当に経験した「僕」の話。

新潮文庫の新刊

國分功一郎著
中動態の世界
―意志と責任の考古学―
紀伊國屋じんぶん大賞・小林秀雄賞受賞

能動でも受動でもない歴史から姿を消した〝中動態〟に注目し、人間の不自由さを見つめ、本当の自由を求める新たな時代の哲学書。

C・ハイムズ
田村義進訳
逃げろ逃げろ逃げろ！

追いかける狂気の警官、逃げる夜間清掃員の若者――。NYの街中をノンストップで疾走する、極上のブラック・パルプ・ノワール！

W・ムアワッド
大林薫訳
灼熱の魂

戦争と因習、そして運命に弄ばれた女性の壮絶なる生涯が静かに明かされていく。現代のシェイクスピアが紡ぎあげた慟哭の黙示録。

ヘミングウェイ
高見浩訳
河を渡って木立の中へ

戦争の傷を抱える男と、彼を癒そうとする若い貴族の娘。終戦直後のヴェネツィアを舞台に著者自身を投影して描く、愛と死の物語。

P・マーゴリン
加賀山卓朗訳
銃を持つ花嫁

婚礼当夜に新郎を射殺したのは新婦だったのか？　真相は一枚の写真に……。法廷スリラーの巨匠が描くベストセラー・サスペンス！

午鳥志季著
このクリニックはつぶれます！
―医療コンサル高柴一香の診断―

医師免許を持つ異色の医療コンサル高柴一香とお人好し開業医のバディが、倒産寸前のクリニックを立て直す。医療お仕事エンタメ。

八甲田山《はつこうださん》死《し》の彷徨《ほうこう》

新潮文庫　に - 2 - 14

昭和五十三年一月三十日　発行
平成十四年三月二十日　六十三刷改版
令和七年四月二十日　百二刷

著者　新《にっ》田《た》次《じ》郎《ろう》

発行者　佐藤隆信
発行所　株式会社新潮社
郵便番号　一六二―八七一一
東京都新宿区矢来町七一
電話　編集部(〇三)三二六六―五四四〇
　　　読者係(〇三)三二六六―五一一一
https://www.shinchosha.co.jp
価格はカバーに表示してあります。
乱丁・落丁本は、ご面倒ですが小社読者係宛ご送付ください。送料小社負担にてお取替えいたします。

印刷・錦明印刷株式会社　製本・錦明印刷株式会社

ISBN978-4-10-112214-4 C0193